蒼穹變

5 蒼穹武道

龍人◎著

目　錄

第一章　傳說再現

鐵風與貝總管相視一眼，皆有愕然之色。

「快！看一看北尉大人的屍首是否也在其中？」鐵風下令的同時，與貝總管先後向馬車那邊掠去。

來到馬車邊，鐵風見每輛馬車上都有兩三具「清風三十六騎」的屍體，屍體皆是並排放在車廂內，頭內腳外，而且好像還經過了整理，除了身上的血跡傷痕之外，還算齊整。而最讓人意外的是，每具屍體的頸部還墊了一個軟枕。

將「清風三十六騎」的屍首送來的當然是卜城戰士，鐵風猜不透卜城戰士葫蘆裏賣的是什麼藥：「難道殺了人只需將屍首送回就可息事寧人？」

鐵風心中有怒意在滋生！

沒有見到重山河的屍體，鐵風並不死心，繼續依次查看每一輛馬車。當他行至第四輛馬車前時，忽聞貝總管在叫他：「鐵尉。」

一轉身，只見貝總管正在向自己招手，鐵風由貝總管格外凝重的神情，幾乎立即斷定他已發現了重山河的屍首。這時，鐵風也注意到貝總管身邊的那輛馬車是所有馬車中最寬大的，側窗也多了其他馬車所沒有的修飾。

果不出鐵風所料，重山河的屍首就在這輛馬車車廂內。

鐵風第一眼就被重山河的眼睛所吸引，重山河的雙眼睜得很大，雖死不瞑。

讓鐵風不解的是，重山河最後的眼神竟既不是憤怒，也不是恐懼，而是驚訝！

讓重山河驚訝的是什麼，鐵風已無法得知，他的目光隨後落在了重山河胸部驚人的傷口上。

傷口足足有半尺多長，橫於重山河的胸部，因爲雨水的沖刷浸泡，傷口已泛白，並因爲輕微的腫脹而向兩側翻開少許，這樣就比較容易看到傷口的縱深處。

乍一看，這很像是刀傷，而且是橫向劈於重山河的胸前。但以刀創敵多爲縱劈、斜撩、直刺，就算是橫斬，傷口也多半在人的左右兩側，而且應該是一端深一端淺，這樣才合乎刀勢運行的規律，但重山河胸前的傷口兩端卻是深淺一致。憑直覺，鐵風否定了重山河死於刀下的可能。

「我已看過了，重尉的傷口中間深，兩端淺，真正置他於死地的就是中間的傷勢，傷口幾乎洞穿了他的身子。也就是說，殺害重尉的是一件極爲獨特的兵器，這種兵器中間刃部前凸，兩側又有利刃，如雁、鷹之翼。」貝總管在一旁分析道。

鐵風又看了看重山河胸部的傷口，對貝總管的分析深信不疑。

殞驚天回到坐忘城所做的第一件事，就是收殮重山河、「清風三十六騎」的屍體。他剛剛送走了雙生兄弟殞孤天，立即又要面對損折重將的事實，其打擊之大，可想而知。

「七祭之禮」不食不眠，加上心靈憔悴，殞驚天整個人一下子顯得蒼老了。

小夭得知父親回到乘風宮，忙趕去相見，但當她在華藏樓見到父親殞驚天時，一時幾乎難以相信眼前這憔悴不堪、神色間隱有太多無奈和滄桑的人，就是自己的父親。

在她的心目中，父親殞驚天一直是屹立如山、叱吒風雲的！

殞驚天的身子深深埋在了寬大的交椅中，他的神色若有所思。當小夭出現時，他望著自己的女兒，強自一笑，道了聲：「妳來了。」就不再多說什麼了。

小夭心頭有些黯然，鼻頭也有些酸澀。

她與殞驚天父女二人相依為命，如果說過去因為自己是城主女兒而備受眾人呵護，小夭對父親在她生命中的重要性還感觸不深的話，自從前些日子華藏樓驚變，皇影武士甲察、尤無幾殺害了殞孤天，卻被所有人認為被殺的是城主殞驚天時，小夭才真正地意識到父親對自己來說是何等重要！

小夭走至殞驚天的身後，輕聲道：「爹，你瘦了許多。」

殞驚天不願讓女兒爲自己擔心，便道：「人生難得老來瘦嘛。」

小夭道：「爹沒有老！」

殞驚天搖了搖頭，「妳都已是大姑娘了，爹怎能不老？」隨後又道：「平時連爹都難見到妳的蹤影，整日在街頭做妳的什麼『美女大龍頭』，怎麼今天忽然肯來陪爹了？」

小夭心頭又是一酸，忖道：「自娘病逝之後，爹爹一定常常獨自一人在這華藏樓吧？爹要忙的事太多太多了，也許正因爲這樣，當他難得閒下時，獨自在華藏樓中，恐怕就更感寂寞了。娘在世時，爹的頭上沒有一根白髮。」

小夭道：「先前小夭不懂事，以後我一定常來陪伴爹爹。」

當她說完這句話時，忽然感到自己的話語似乎過於傷感，不由有些不安，怕又引得父親傷懷，想了想，便轉過話頭道：「對了，爹，小夭有一件事要告訴爹。聽了之後，爹一定會寬心不少。」

「哦？妳倒說說看。」殞驚天道。

小夭聽得出父親只是順著自己而已，其實壓根兒不相信她能有可以讓他「寬心不少」的事告訴他。

小夭心道：「我要讓爹不再小看我。」這麼想著，她便顯得格外正經地道：「據我推測，逼臨我坐忘城前的卜城人馬並不如傳說的那麼多，『三萬人馬』只是虛假數目。」

殞驚天有些意外地看著小夭。

小夭有些得意，便將爻意昨夜說的那番話，現炒現賣地在父親面前敘說了一遍。

聽罷，殞驚天眉頭皺起，以手輕拍交椅扶手，沉吟著道：「頗有見地，頗有見地。」沉吟半晌，他側過頭來，望著小夭，很有把握地道：「這恐怕不是妳自己的見解吧？」

小夭一下子就洩了氣，心中嘀咕道：「憑什麼就不能是我想出來的？」口中卻不得不承認：「是爻意姐姐說的，我只是說有一件事要告訴爹，可沒有說這件事是我想出來的啊！」

殞驚天聽說是爻意的見解，頓時十分感慨地道：「爻意姑娘的確是冰雪聰明，她與陳籍二人都是難得一見的年輕奇才，如果有他們照應妳，爹也就沒有什麼不放心的了。」

對父親的話，小夭也沒有往深處想，她道：「無論如何他們都是坐忘城的客人而已，不會永遠留在坐忘城，我有爹照應就足夠了。」

殞驚天沒有就此事再說什麼，轉而道：「現在我終於真正地明白，爲什麼落木四會將戰事一再推遲了。」說完輕輕地嘆了一口氣，接著道：「小夭，妳猜爹爹此刻最想見的人是誰？」

小夭想了想，「是……爻意姐姐？」

殞驚天搖了搖頭。

「那……是陳人哥？」小夭接著猜道。

「都不是。」殞驚天緩緩站起身來，「爹現在最想見的人是卜城城主落木四！」

小夭一下子怔住了，她難以明白父親的話。

只聽得殞驚天繼續道：「我猜測如今落木四最想見的人也是我，只不過，妳重叔叔一死，一切都變得不可能了！」

午後，坐忘城北門、東門相繼出現了大量卜城戰士，直到城前一里遠近的距離方停下。

目前，坐忘城唯一未被圍困的只有西門。

重山河的死，讓坐忘城矛盾的心理一下子簡單化了，備戰在緊張而有序地進行。

大濁族當年沒能完全征服這座城池，大冥樂土也是在重春秋為免生靈荼毒而主動和解的情況下才擁有這座城池，坐忘城所屬堅信今天的對手同樣無法征服坐忘城！

黃昏時分，由卜城大營衝出一列騎士，直奔坐忘城東門，在離城門一箭之外的地方停下，為首者高聲喊話道：「坐忘城內的人聽著，逆賊殞驚天承蒙冥皇聖恩不知回報，反存忤逆之心，殺害二百司殺驃騎，置坐忘城萬民生死於不顧。今日我卜城大軍奉冥皇之命討伐逆賊，鐵騎成群，玉軸相連，馬嘶動而北風起，劍氣沖而南斗平！以此制敵，無敵不摧，以此克敵，無城不克！望聞者識得時務，莫入歧途，而應棄暗投明！冥皇有令，取殞賊性命者將賜以萬金。」

此人聲如洪鐘，吐字清晰，城上的坐忘城守衛聽得明明白白，忖道：「直到今日，卜城人馬總算行動起來了，儘管全是胡說八道！」

當即四下一陣喧鬧，有大聲喝罵者，有冷嘲熱諷者，更有人將兵器高舉空中，以示決不屈服，一下子就將那卜城人的聲音給淹沒了。

那些卜城騎士也不以爲意，待城上的聲音略低時，復又高聲吶喊，無非是一些聽起來似乎義正嚴辭、實質千篇一律的套話。

像這樣的人，就是所謂的「宣士」，不單是卜城有，樂土六大要塞都有。

宣士的特點就是「喊得響跑得快」，喊得響自不必說，至於跑得快，是因爲他們總是在兩軍正式交戰前脫離自己的大軍，試圖憑言辭達到聲勢奪人、瓦解對方士氣的目的，若是對方一怒之下掩殺過來，勢單力孤的宣士就必須儘快退回自己的陣營。

卜城的宣士又喊了一遍「暗嗚則山嶽崩頽，叱吒則風雲變色」的話，心知在未經歷血戰之前，僅憑他們的鼓動，是不可能瓦解坐忘城的鬥志的，於是便失去了耐心，調轉馬首，返回卜城大營。

坐忘城戰士中年長者都知道，這一幕其實就是一場生死之戰的序幕。

卜城大營與坐忘城忽然間都靜了下來。

天邊的夕陽在緩緩地向山巒深處移去，幾片雲彩被映染得一片血紅。

風，似乎也靜止了。

百合草原上，白天積蓄起來的熱量開始慢慢地散去。

當夕陽已沒入山巒，天色卻尚未完全暗下來時，卜城人馬開始了對坐忘城的第一輪攻擊。

約有三千卜城戰士向坐忘城東門推進，他們之所以選擇東門而不是已折損了主將重山河的北門爲攻擊點，也許是顧忌北尉府的人馬因報仇心切而士氣高漲。

三千卜城戰士中大部分爲步行戰士，他們在隊形的前列，而不到千人的騎兵則在後列。

騎兵固然有迅速快捷的優點，但那必須是空闊地帶機動作戰，未攻陷城池，騎兵的優勢根本無從發揮。這不到千人的騎兵的作用並不在於攻城，而在於一旦攻陷城池之後，他們可以迅速長驅直入，而不給對方反撲的機會；或是當攻城落敗時，爲步行戰士斷後，以免在後撤時被對方反應快捷的騎兵掩殺過來，以致潰不成軍。

行在最前面手持堅盾的卜城戰士，當進入坐忘城戰士箭矢射程後，每五名持盾戰士組成梅花形盾陣，這樣可以掩護的範圍大大增加。坐忘城戰士搭上羽箭，弦聲響動，箭如飛蝗射出，但在巧妙的盾陣前，收效甚微。

鐵風見狀，即喝令停止射箭。

三千餘卜城戰士如一道鐵流洶湧無比地向坐忘城壓來，無數寒刃在黯淡的天色裏泛著耀眼的光芒。

驀地，卜城大營中傳來激蕩人心的鼓聲，鼓點激昂無比。

卜城戰士的隊列如同浪潮般自中央向兩側分開，隊伍閃開處，三十輛拋石車、十架雲梯以及一輛被厚重牛皮包裹得嚴嚴實實的撞城車出現在坐忘城戰士面前。

巨大的投石車發出驚人的聲響，一塊塊斗大的石頭飛向城牆，夾著驚人的衝擊力，一旦撞擊在上方的垛口上，能使垛口被撞坍，隱身於垛口後面的坐忘城戰士難免遭殃。

若是直接落在城內，其殺傷力更是可想而知！卜城戰士不愧歷經百戰，經他們改良後的拋石車威力之大，實是匪夷所思。

與此同時，百餘名身強力壯的卜城戰士在持盾戰士的掩護下，向東門衝去，而置於車架上的十輛雲梯也被人飛速推近城牆。

「轟……」撞城車的檑木挾萬鈞之力狠狠地撞在了坐忘城城門上，巨大的撞擊力使身在城上的坐忘城戰士也感到一陣可怕的震顫，厚重且包裹著鐵皮的城門發出刺耳的「吱吱咯咯」聲。

只怕再經受幾次這樣的撞擊，城門就算不坍，也會因扭曲變形而不能開啓了，要想進出東門，唯有先毀了此門。

強大的攻擊使坐忘城戰士有了片刻的不知所措，而十架雲梯已在這時候豎起，鐵風一聲令下，滾木隕石如雨點般向撞城車落下，當下就有十幾名卜城戰士倒下了，但十幾個人的損失並不足以制約撞城車的作用，撞城車後撤了一段距離後，再度猛力衝撞向城門。

這時，雲梯上的卜城戰士已接近頂端，坐忘城戰士一面提防著凌空飛至的拋石，一面持著抵篙叉竿推向雲梯，試圖推倒雲梯，粉碎卜城戰士攻城的企圖。

雖然拋石車威力驚人，極大地限制了坐忘城戰士的行動，但大部分雲梯還是被抵篙叉竿迎了個正著。

眼看著雲梯紛紛被抵篙叉竿推得向後倒去之時，倏見各架雲梯最上端的卜城戰士突然在雲梯上一借力，凌空掠起，直撲向城頭！

身形甫出，便有鐵索自他們懷中射出，鐵索繫著的鐵鉤準確地鉤在了城頭之上。

鐵風大吃一驚，他沒有料到身先士卒衝在最前面的竟是一個個武功好手，而方才從他們攀爬雲梯的動作來看，根本看不出這一點，顯然他們是有意隱藏了自己的實力，以達到出奇制勝的效果。

也許，卜城人馬之所以選擇這天色昏暗的時間攻城，也是爲了更好地隱藏自己的意圖。由這幾名卜城戰士的身手來看，他們顯然是精心挑選出來的，與普通的卜城戰士不可同日而語，一旦讓他們在城上站穩腳跟，哪怕只是短時間內，也將會給坐忘城戰士帶來致命的後果。而與此同時，雲梯必定蜂擁而上，有這幾個好手作掩護，卜城戰士將暫無顧忌。

攻守之戰中，對於守城者來說，只要不讓攻者在城上立足，哪怕傷亡嚴重也無大礙。否則，地勢之利就等於喪失了大半，這才是最爲可怕的。

鐵風大吼一聲：「不得讓他們立足坐忘城！」

聲如驚雷，足見此刻心焦如焚。

吼聲中，他已抽出長刀，親自出戰，向離他最近的一名登城者疾衝過去。

「噹……」鐵風先是一刀斬於鐵鉤上，火星四濺，鐵鉤立時自城頭脫開，而他的長刀即刻似怒龍般暴掠而起，向那名尙未足踏實地的卜城好手正面迎去。

鐵風身法之快，更甚於殞驚天，以至於那卜城好手突見眼前刀光凄迷，不禁大吃一驚，心知自己運氣不佳，選擇的登城點正好遇上了坐忘城的頂尖高手。

但這些衝殺在前的卜城好手無不是早已將生死置之度外的死士，雖驚而不亂，凌空舉刀便向鐵風迎去。

「去死吧！」鐵風一聲沉喝，刀勢只取極小的變化，力道卻再度攀升至無以復加的地步，蘊涵奪命殺機於簡明快捷中。

驚人的利刃破空聲中，鐵風的長刀重重地斬在對方兵器接近握手處的部位——這樣的攻擊對敵人的威脅一般是最小的，因爲這不利於自己的迴旋。

但鐵風的目的本不是要將對手斬於刀下，他的長刀所蓄力道之強，足以生生將對方撞下城去。

「噹……」的一聲暴響，那人只覺雙臂痛麻，一股奇大的力道將他連人帶刀震得倒跌出去，如隕石般急墜而下，在真力渙散的情況下由如此高的高度墜下，必定非死即傷。

鐵風雖然成功地阻截了一人，但其餘幾名卜城死士卻成功地踏足於坐忘城上，甫一著地，各人立即擲出幾粒如雞蛋般大小的彈丸，撞擊於地，只聞「砰」的一聲輕響，立即有濃黑的煙霧迷漫開來。

剎那間，城頭黑濛濛的一片，而且其範圍還在擴大，幾名卜城死士及正準備向他們圍殺過去的坐忘城戰士的身影很快便被黑煙吞沒其中。

鐵風既憤怒又不能不佩服卜城戰士用計之妙！這些煙霧為登上城頭的人提供了很好的掩護，在無法視物的情況下，短時間內即使坐忘城投入數倍、十數倍的戰士，也難以將業已攀上城頭的卜城死士悉數斬殺，這些卜城死士的修為決非普通坐忘城戰士可比。

如此一來，城下的卜城大軍將可以利用這段時間重架雲梯，更多的卜城戰士蜂擁而上，東門防線將就此被打開一道缺口！

這甚至等於宣告，坐忘城與卜城大軍的對決戰場將不再是百合草原，而是坐忘城內的每一條街巷！

若如此，坐忘城付出的代價定然無比慘重！

想到自己身為東尉將，卻很可能讓卜城戰士輕易地由坐忘城東門突入城內，這讓鐵風無法接受！

他已決定豁命一拚！

但數名卜城死士都是一等一的好手，又有煙霧作掩護，就算他存有傾力搏殺之心，恐怕也是無濟於事。

既別無選擇，鐵風再不猶豫，正待欺身而進時，忽聞有人叫道：「鐵尉且慢！」是貝總管的聲音！

鐵風不由爲之一怔，心道：「貝總管怎麼也趕來了？不過如此也好，他的修爲不在我之下，正好可助我一臂之力。」

心頭正轉念間，只聽得貝總管道：「鐵尉小心了！」

鐵風循聲向貝總管那邊望去，但見貝總管正站在與自己相距十幾丈遠的城樓上，與他同在城樓上的，還有二十餘名手持勁弩的乘風宮侍衛。

除這座城樓之外，東城牆的另外兩座城樓上也有乘風宮侍衛的身影，同樣是手持勁弩，而且是能群發的連珠弩。此時，弩機已張，齊齊指向籠罩在城頭上的那團煙霧。

鐵風還未回過神來，只聽得貝總管一聲令下，三座城樓上近百名乘風宮侍衛手中的強弩齊發，一時箭矢如雨傾灑。

連珠弩可以連發，與普通弓箭相比，唯一的缺點就是不夠準確，但此刻連珠弩的目標距離極近，況且有煙霧籠罩，根本無法分辨出敵我，準確與否已毫無區別。

貝總管所採用的赫然是「無差異攻擊」！

所謂的「無差異攻擊」，就是在特殊情況下，對敵我雙方的人馬一律予以攻擊。在「無差異攻擊」下，三座城樓上的箭矢形成交叉的攻擊力，如漫天飛蝗，無情地射向混戰成一團的卜城死士與坐忘城戰士！

雖然根本無法看清煙霧中的身影，但箭雨十分密集，處於「無差異攻擊」下的人避無可避，紛紛倒於箭下，煙霧中驚心動魄的呼聲不絕於耳。

但這種狀況維持的時間並不久，很快，城頭便變得沉寂，城下撞城車撞擊城門的聲音因此而顯得格外驚心動魄。

這時，煙霧開始變淡，而雲梯也重新搭架在城牆上了。

但率先攀雲梯而上的卜城戰士卻沒能得到早一步登上城樓的勇士的接應，因爲那些勇士已在「無差異攻擊」中，與十數倍於他們人數的坐忘城戰士同歸於盡。

迎接他們的只是由三座敵臺上射來的箭雨。

鐵風知道卜城人馬的這一次攻擊已計謀落空，東門很快將暫時擺脫危機。

鐵風也知道貝總管的決定並沒有錯，甚至可以說很及時而有效，否則坐忘城折損的將不僅僅是百餘人，而是整座城池都陷於血腥廝殺中，但他仍是難免百感交集！

半炷香過後，卜城大軍的第一次進攻已經結束，在坐忘城前留下了三百多具屍體後，卜城人馬開始後撤了。

城頭傾倒而下的桐油被隨後擲下的火把點著，燃燒起處處火焰。由於滾木檑石的阻擋，那輛龐大無比的撞城車在一次後撤中被卡住了，難以動彈。城上諸坐忘城戰士趁機向它傾倒了大量桐油，並將火把擲於撞城車上，很快撞城車便燃起了熊熊大火。

守護這輛撞城車的卜城戰士既要撲滅火勢，又要掃除路障，實是難以兩全，恐怕最終未能成功將這輛撞城車拖回大營，倒搭上更多的性命，只好無奈地拋棄了這輛給坐忘城以巨大心理衝擊力的撞城車，眼睜睜地看著它漸漸地被烈焰完全吞沒。

坐忘城折損的人數與卜城幾乎不相上下，對於佔據地勢之利的守方來說，這樣的傷亡自然是有悖常規的，這與貝總管的「無差異攻擊」不無關係。

喧囂聲隱退，天地間唯剩一片壓抑的死寂。城牆前的火光在演繹著最後的瘋狂，在越來越深的夜色中絕望地舞動，直至歸於一片黑暗之中，濃郁的血腥之氣在悄然蒸騰，平添了無限蕭索肅殺。

八狼江嗚咽著奔騰不息，昨夜的那場暴雨使它更為聲勢浩大。

卜城大營裏的戰傳說終於清醒過來。醒來時，正是坐忘城剛擊退卜城第一次攻擊後不久，只是戰傳說並不知道這一點而已。

卜城大軍直抵坐忘城前之後，在原先的駐營地就只留下了「武備營」不足五百人的人馬，但因為武備營掌管著錢糧、兵器、戰馬等一應軍資，是決定勝負、穩定軍心的基礎，所以武備營的人馬精良，具有頗強的戰鬥力，尤其擅長防守。

戰傳說就是被留在武備營中，落木四因他傷勢太重，不宜隨大軍前行，才作出了這一決定。

狐川子本不屬於武備營，但他主動請纓擔負起守護戰傳說的重責後，便隨戰傳說一起留下了。

戰傳說醒來時，狐川子正獨自坐著發愣。他雖是落木四帳前的一員年輕勇將，但由於不喜言辭，加上本與武備營無直接關聯，所以留在武備營後，他多半時間是在獨處中度過。期間只有落木四特意為戰傳說安排的兩名郎中偶爾入帳，為戰傳說察看傷勢。

就在片刻之前，狐川子聽兩名郎中帶來消息，說前方大軍已對坐忘城發動了第一輪攻襲，但結果是無功而返，有三百餘名卜城戰士亡於陣前，傷者更多。

兩名郎中還告訴狐川子：戰傳說的傷勢奇特，但他的清醒與恢復只是時間遲早問題而已。由於前方已有數百卜城戰士受傷，他們當中的一人必須離開武備營前往大營。

狐川子乃卜城有名悍將，以勇不畏死著稱，若在往日，與坐忘城決戰時，他必是衝殺於前，馳騁沙場，但今日卻只能在後方旁觀，愛莫能助，難免心神不定，尤其是聽說初次攻城受挫後，他更是坐立難安。

先前他之所以向城主落木四主動請纓守護戰傳說，是因為對戰傳說的武道修為傾慕不已，有心與這年輕高手相識，此刻倒有些後悔了。

戰傳說清醒過來時，發現自己是在一座帳篷內，而與自己同處其間的則是一個二旬左右的陌生男子，不由有些疑惑，靜下心來努力回憶，以往的經歷漸漸地浮上心頭。

「大概我是在卜城的營中吧？」戰傳說終於對自己的處境有所明白了。

見狐川子怔怔出神，戰傳說清咳一聲，以示提醒。

狐川子聽見了聲響，回過神來，轉身見戰傳說已睜開雙眼，雖然眉目間略顯疲憊，但看得出其神志已完全恢復，不由喜出望外！他的欣喜除了因為戰傳說化險為夷之外，還因為想到戰傳說的身體恢復後，他便可以奔赴最前線，投身於驚心動魄的爭戰中。

戰傳說自是不知狐川子的心理，見這模樣粗獷之人如此欣喜，倒有些感動。

狐川子雙手互搓，嗡聲嗡氣地道：「你醒了，醒了就好。」停頓了一會兒，像是一時不知該再說什麼，卻又不願讓戰傳說看出自己拙於言辭，便接著道：「在下是卜城千士長狐川子，奉城主之命留在武備營陪著英雄。」

戰傳說試著運了運內力，見無大礙，便一邊慢慢地將上身支起，一邊道：「狐大哥說笑了，我哪是什麼英雄！對了，落城主他們都已不在此地？」

雖然狐川子並沒有直接言及落木四及卜城大軍的去向，但戰傳說仍是由狐川子的話中，推測出自己及狐川子與卜城主力並不在一起。

狐川子對戰傳說毫無防備之心，見其問話，便以實相告道：「城主率領主力已直抵坐忘城前。」

戰傳說心中爲之略略一緊，但很快他就想到單問與卜城快馬營原統領烏代的那番交談，由他們的對話以及後來千島盟大盟司的表現來看，卜城此時兵發坐忘城的確只有萬餘人馬，既然如此，坐忘城的局勢就不會如原先所想像的那麼惡劣。思及此處，他的心又漸漸放下。

「在下去請郎中過來，失陪片刻。」狐川子有些放心不下，他希望戰傳說所受之傷一下子便痊癒。

「不必了。」戰傳說忙阻止道，他看出狐川子是性情耿直之人，便想從他口中探聽一些情況，若是驚動了其他人，恐怕就難以如願了。他接著道：「我已無礙。」

狐川子見戰傳說看上去的確無礙，也不再堅持，思索著該如何向城主落木四稟明此事，然後再向城主請求赴陣前作戰。

他是一個耿直粗豪之人，但並非魯莽無禮，以尊敬的口吻問道：「英雄力挫大盟司，狐川子十分佩服，敢問英雄尊姓大名?」

戰傳說遲疑了一下，方緩緩地道：「在下戰傳說，『英雄』二字，實不敢當，望狐兄莫再如此稱呼。」

狐川子見他說自己名字時顯得格外的鄭重其事，像是下了很大的決心才肯說出，不由有些詫異，心中默默地將「戰傳說」三字重複了幾遍，心想這名字倒有些耳熟，難道的確是一個非比尋常的名字？

狐川子忽地心中一動，頓有所悟，不由「啊」地一聲低呼，以驚訝而複雜的目光望著戰傳說，一時卻不說話。

由狐川子的表情變化，戰傳說猜出了他的大致心理，笑了笑，很認真地道：「狐兄是否想問，此戰傳說是否就是被不二法門追殺的戰傳說？」

這樣的問題讓人有些難以回答，但狐川子卻沒有再猶豫，點了點頭。

「不錯，在下就是曾被不二法門追殺的戰傳說，也是樂土傳聞中已死在一個叫陳籍的年輕人劍下的戰傳說。只是，恐怕沒有幾人知道，所謂的陳籍，其真實的身分就是戰傳說！」

對於局外人來說，他的這一番話顯然太不可思議，太不合邏輯了，既然說「陳籍」就是戰傳說，那麼戰傳說又豈能自己殺了自己？而此事還牽涉到不二法門，其中的曲折關節，恐怕更是錯綜複雜。

饒是狐川子絞盡腦汁，也是難以洞悉所有的真相。但他心頭之震愕是可想而知的，戰傳說被不二法門追殺的事早已傳遍整個樂土，關於戰傳說的種種說法沸沸揚揚，不一而足，狐川子亦有所聞。

在沒有見到戰傳說之前，狐川子想像中的戰傳說決不會是如此形象。事實上，戰傳說還活著這件事本身就頗為讓人意外了。

戰傳說在說出自己的真實身分之前，自己內心也經歷了一番矛盾。而最終促使他下決心不再對他人隱瞞自己身分的原因，在很大程度上是因為靈使已親口承認冒充「戰傳說」者是他的親生兒子。

事情既然已大有眉目，戰傳說相信離真相大白於天下之日也已不遠。而成功力拒千島盟大盟司這等世間罕見的有數高手，亦讓戰傳說平添了不少自信。與其繼續用「陳籍」之虛名苟存於世間，等將來再澄清自己的謊言，倒不如從今日起便光明正大地以真正的自我面對世間。

狐川子的反應，當然在戰傳說的預料之中。

但狐川子縱有滿腹疑慮，卻沒有追問更多，而是道：「原來是戰英雄。」聽得出他言辭懇切，並無半點做作。

戰傳說下了床，覺得除了全身因為包紮了太多處傷口而有些不自在外，倒沒有更多不適，不覺有些欣喜。

狐川子見戰傳說重傷之後恢復得這麼快，既意外又佩服。

這時，帳外有腳步聲傳來，隨後有人掀簾而入，卻是單問，難怪可以在武備營中出入自由，連進入戰傳說、狐川子的帳內也不用讓人先入內稟告。

單問入帳後，見戰傳說竟已下了床，而且看上去與常人並無不同，不由大為驚訝！略略怔神之餘，忙拱手笑道：「少英雄資質過人，真乃神人！這麼快就已無恙，實是可喜可賀！」

戰傳說對單問頗有好感，對其體恤部屬的舉止十分佩服，因此也有些欣喜地道：「多虧諸位照顧周全。」

狐川子向單問道：「單尉，少英雄是當年在龍靈關力戰千異的戰曲戰前輩之子。」

單問在卜城地位舉足輕重，僅在落木四、左知己之下，鑒於戰傳說的特殊身分，決非小事，故狐川子要將此事及時告知單問，倒不是搬弄口舌。單問乃卜城的智囊，狐川子相信單問一定會妥善對待此事的。

聽完狐川子的話，單問的神情幾乎沒有任何異常，他的語氣依舊是那麼熱情而自然：「當年戰前輩力戰千異，早成千古佳話，今日戰英雄義拒大盟司，與令尊相比亦不遑多讓！」彷彿他從來不知道有不二法門追殺戰傳說一事。

戰傳說不由暗暗佩服單問的涵養！

狐川子見單問並未因為知道此事而改變態度，不由暗暗鬆了一口氣。

單問接著道：「眼下我等皆奔波於戰事，多有怠慢，待戰事平息凱旋返回卜城之日，務必請戰英雄賞臉前往卜城一行，以讓我卜城對戰英雄相助之恩略表謝意！」

戰傳說試探著道：「單兄自信卜城將很快就能取勝？據我所知，坐忘城戰士數萬，而卜城圍城人馬僅萬餘，又不占地利，何以能如此自信？」

單問想到戰傳說在暈迷前曾說過「坐忘……」二字，再聯繫方才他所說的話，隱隱感到戰傳說與坐忘城有著某種淵源。

於是單問道：「卜城不占地利，卻擁有人和，師出有名。雖然僅有萬餘人馬兵臨坐忘城下，但在卜城身後，卻擁有整個樂土的堅強後盾！」

戰傳說道：「單兄說師出有名，在下倒想聽一聽，以何爲名？」

「討伐叛臣逆賊！」單問的回答毫不猶豫，顯得斬釘截鐵，成竹在胸。

戰傳說心頭憤然不平之氣油然而生，他沉聲道：「如此說來，是殞驚天有負冥皇，還是坐忘城萬民對冥皇不夠忠誠？」

單問何等人物，由戰傳說神情言語的微妙變化，已斷定他是坐忘城之人，至少，在卜城與坐忘城之間，他偏向於坐忘城。

單問不由有些失落。

他的失落並不僅僅因爲戰傳說的修爲如此可怕，坐忘城若能得戰傳說之助將是如虎添翼，更重要的是，他想到將要與戰傳說成爲敵對的一方，這是他所不願面對但不得不接受的事實。

尤其是想到戰傳說明知卜城是爲進攻坐忘城而來，卻仍能出手相助，足見他的深明大義，在面對千島盟大盟司這種樂土共同的敵人時，能夠拋開兩城之間的怨仇，這更讓單問對戰傳說心生敬佩之情。

而且，戰傳說有意無意中將自己的傾向流露出來，讓單問斷定他是一個豁達而非工於心計之人，這也平添了單問對戰傳說的好感。

所以，單問想委婉避過與戰傳說的言語對抗：「單某身輕言微，許多事未必知曉全面，只知身爲臣子，報效君恩，奉令行事乃分內之事。」

戰傳說察覺出單問是在有意回避，不由有些氣惱，但對方一直恭遜有禮，自己也不宜窮加追問，略一轉念，「不知落城主現在何處？在下想與他一見。」

他的這一要求倒出乎單問的意料之外，但單問仍是應對從容：「怎能勞戰公子奔走？戰公子只管在此歇息，明日我家城主自會來此與你一敘。」

戰傳說也算幫了卜城的一個大忙，對說動落木四來此與之相見，單問還是很有把握的。而他改了對戰傳說的稱呼，則是考慮到日後也許真的將不得已與之互爲敵我，若再以過於尊敬的稱謂稱呼戰傳說，未免顯得有些言不由衷。但他對戰傳說的敬佩之情，其實未改。

他以爲這麼說，戰傳說不會有何異議，孰料戰傳說竟道：「我想今夜便與落城主相見。」

單問不由有些警惕了，心道：「他爲何急於見到城主？難道他是奉殞驚天之命而來，本是欲伺機刺殺城主的？爲了樂土大局，他可以與大盟司一戰，但這與他要伺機接近我家城主並刺殺城主並不矛盾。」

也難怪單問如此擔憂，戰傳說所顯示出的驚世駭俗的修爲太可怕了，恐怕城主落木四也非其敵。

不過，事實也並非如此嚴重，只要有足夠的警惕，那麼戰傳說要想在千軍萬馬中對落木四構成致命威脅也是微乎其微。

單問只有極爲短暫的遲疑，便應允了戰傳說的要求。

落木四看望了受傷的卜城戰士後，返回大帳時，發現二城主左知己正在他的帳外等他。

二人入帳後，落木四開門見山地問道：「將重山河及他的部屬共三十三具屍體送回坐忘城，是你的主意？」

「正是，這樣一來，坐忘城全城皆知此事，可以打擊他們的士氣，重山河是坐忘城有數高手之一，他的死，不能不讓其他人顧念自己是否比重山河更有能力與卜城抗衡！」左知己道。

「但你是否知道殺了重山河的人很可能不是卜城的人？」落木四道。

左知己對此事並不在意，「這並不影響大局。恰恰相反，也許這正好證明坐忘城覆滅乃是天意！」

落木四冷笑一聲：「天意？難道你真的相信天意嗎？恐怕有些言不由衷吧！爲何你就不曾

想到殺重山河的人是千島盟的人？而千島盟這麼做的目的不言自明！就是要讓卜城與坐忘城拚個兩敗俱傷，然後坐收漁翁之利！」

左知己很平靜地道：「落城主所想的，我也考慮到了。就算重山河的確是千島盟的人所殺，那又能如何？難道卜城應當向坐忘城將此事解釋分辯？若真是千島盟所為，那麼正如你所說，他們此舉包藏野心，但我們還有退路嗎？就算重山河不曾死，我們也已沒有別的選擇了！大冥樂土本就是以武立國，千島盟的種種伎倆在我大冥樂土的鐵與血中，只能是無功而返！冥皇的意思再明白不過了，若是樂土存在著叛逆者，那麼即使以數年安寧為代價，也要平定逆臣亂賊！此之所謂拒外必先安內，內患不息，何言抗禦外敵？落城主體恤兩城城民性命，我何嘗不知？但我等豈能因一己之仁而壞樂土大業？」

落木四雖覺左知己所言難以說服自己，但卻又一時語拙，不知該如何應對。

正靜默間，忽聞帳外侍衛稟報：「二位城主，單尉領客人欲見二位城主。」

落木四與左知己都有些吃驚。兩軍對壘之際，怎會有客？當單問與戰傳說相繼入帳後，兩人才恍然大悟。

落木四見戰傳說傷勢已無恙，自然大喜。左知己已聽說了有關戰傳說的事，對戰傳說亦十分客氣。

因為是行軍在外，就連落木四的大帳內也未設几椅，只是以氈墊席地而坐。

單問為主客雙方做了引見，聽說「戰傳說」三字時，落木四很是吃驚，相形之下，倒是左知己更沉得住氣一些，神色幾無變化。

而戰傳說得知那顯得無精打采，像是縱欲過度，連說話都懶洋洋的人是卜城二城主時，不由多加留意了。因為在與大盟司一戰前他隱於暗處時，由卜城快馬營統領烏代口中聽出卜城兩位城主似乎不睦。

因為雙方各懷心事，故氣氛有些局促，一番寒喧後，戰傳說直奔主題。

「二位城主，在下與坐忘城城主殞驚天相識，也算得上有些交情，所以今日想代殞城主向二位城主討教一些事。」

單問心頭「咯噔」一下，忖道：「果然不出我所料！」而且戰傳說對他自己與殞驚天有交情的事竟直言不諱，讓單問不由替其暗捏了一把汗，心忖你為何不能旁敲側擊？

落木四與左知己相視了一眼，見對方都有凝重之色。顯然，他們沒有料到戰傳說會與坐忘城有淵源。

落木四緩聲道：「戰公子有話請講！」

戰傳說當仁不讓地道：「坐忘城與卜城相距數百里，彼此間素無間隙，不知卜城此次何以要對坐忘城大動干戈？」

左知己笑了笑，「這是冥皇之令。」

「是否冥皇之令無論對錯，卜城都將唯命是從？」戰傳說開始步步進逼。

「如此說來，難道戰公子認爲冥皇聖意有錯不成？」左知己的言語慢吞吞的，但他的思維卻絕對不慢，甚至可以說是敏銳至極。

戰傳說鄭重地道：「冥皇非但錯了，而且可謂是忠逆不分，草菅人命，昏昧至極。」

他的聲音並不大，但在落木四、左知己、單問聽來卻是字字猶如驚雷！饒是三人皆非喜怒輕易形於色者，亦難免動容。

帳內竟出現了短暫的寂靜，誰也沒有料到戰傳說會就此事慷慨陳辭，而且毫無迴旋餘地，似對冥皇有極大隱憤。若是此言出自樂土臣子口中，無疑是大逆不道的萬死之罪！

雖然落木四等三人皆非怯懦之輩，但對他們而言，縱是與禪都相距千里，冥皇之威依然深植心底，雖口伐冥皇者是戰傳說而非他們三人，但卻讓他們有驚悸而寒的感覺。

對落木四、單問來說，還有一層擔慮，就是左知己是來自冥皇身邊的人，此時若言語間有所差錯，後果非尋常可比。

單問雖是一動不動地坐於原處，但他的雙手卻已涔涔汗濕。

終於，左知己打了個哈哈，「我終於明白殞驚天何以膽敢冒天下之大不韙，行逆亂之舉了。」頓了一頓，他接著道：「因爲他本就已無所顧忌，冥皇意欲討伐殞驚天，也決非偶然！」

落木四也覺得戰傳說所言有些誇大其詞，但顧念戰傳說對卜城之恩，他還是斟酌著字句委婉道：「泛泛虛指，乃我輩所不屑為之，落某願聞其詳。」

戰傳說心知落木四懷疑自己責諷冥皇之言是空穴來風，憑空捏造，當下道：「在下與殞城主相識不過十數日，其中也不過數面之緣，說有交情，其實僅是戰某敬重他的性情為人而已。」

隨後，他便將前些日子在坐忘城發生的諸多事宜大致向三人敘說了一遍，其過程雖然曲折離奇，但由於戰傳說親歷了這些事，所以聽來不會讓人感到太過離譜。

聽罷，左知己撫掌大笑道：「精彩，精彩，左某幾乎也相信戰公子所說的故事是真的了。」

戰傳說只覺怒意由心頭「騰」地升起！他強抑怒焰，沉聲道：「在下所言句句屬實，決非故事！」

「哦？那依戰公子看，冥皇何以要因為劫域哀將被戰公子所殺，就要對坐忘城大動干戈？難道說在冥皇的心目中，樂土的安寧、皇室的大業還不如區區劫域重要?!」

左知己直擊戰傳說最薄弱的要害處，他指出的這一點，正是連戰傳說、殞驚天等人也百思不得其解的地方！以至於若非甲察親口承認是奉冥皇之命擊殺殞驚天，連他們都不敢確信自己的推斷。

戰傳說道：「其中詳情，日後自有水落石出之時，至少冥皇欲置戰某與殞城主於死地是不爭的事實！」

「何以見得這就是不爭的事實？」左知己道。

「甲察身上有『十方聖令』，而且甲察自己也親口承認了此事。」

「『十方聖令』又能證明什麼？甲察身上有『十方聖令』，是因爲『十方聖令』是甲察私自盜取的，誰都知道擁有『十方聖令』可以辦到一些以一己之力難以辦到的事。甲察身爲皇影武士，私取『十方聖令』並非沒有可能。冥皇察覺這一點，便讓地司殺追緝甲、尤二人。司殺府執掌司殺大權，追緝甲察乃天經地義的事，但坐忘城卻強加阻撓，最後地司殺大人雖然除去了甲察，但卻付出了兩百司殺驃騎的代價！坐忘城阻撓地司殺大人行分內之責，豈非公然與大冥王朝分庭抗禮？」

「甲察是爲了殺殞城主而來，坐忘城怎會爲了他而得罪冥皇?!」戰傳說已有些激動難耐，彷若在他眼前的已不是卜城三大首領，而是冥皇本人。

「說來說去，能證明甲察、尤無幾曾試圖刺殺殞驚天的，只有坐忘城的人或甲察、尤無幾本人。前者的話自是難以讓人完全信服，而讓兇手自己證明自己是兇手，豈非也是十分荒謬？何況殞驚天在兩大皇影武士的攻擊下，卻還安然無恙地活在世間。而有關二儀門的說法，嘿嘿！」左知己乾笑幾聲，不再繼續說下去，但言下之意不言自明。

戰傳說只覺腦中「嗡」的一聲，氣極之餘，反倒一句話也說不出來了，只是直直地望著左知己。

他的目光讓左知己有些膽寒，這時他才猛地意識到自己的言語間也許犯了一個錯誤：不該過於激怒戰傳說！眼前的這個年輕人既有力挫大盟司的實力，那麼他的憤怒無疑將是十分可怕的！雖然此時是在卜城大營中，且左知己對自己的武道修爲也一向很自信，但這些卻已不再能如往日那樣讓他從容不迫。

戰傳說緩緩地站起身來，「在下之所以對諸位說這一番話，並不是擔心坐忘城無法抵擋卜城人馬。只是此事是由在下殺了劫域哀將而起，我不願看到卜城、坐忘城爲此而無辜地付出許多性命！既然諸位信不過我，那麼再見之日，我與諸位將是敵非友！雖然我本非坐忘城中人，但殞城主陷身此事本就是爲了我，我自當爲坐忘城竭盡全力！」

單問心中暗嘆一聲，他一直擔心的事情終於還是發生了，看樣子此事已無法挽回了。

左知己慢悠悠地道：「戰公子就想這麼離去嗎？」

戰傳說目光與他的目光正面相迎，哈哈一笑，「如何？莫非左城主還想將戰某強行留下不成？」

明知自己此刻置身卜城大營中，勢單力薄，但戰傳說卻殊無懼色。

左知己的神色微變，雖然對戰傳說的修爲有所顧忌，但戰傳說這種毫不掩飾的挑戰性目光仍是讓他難以接受。

落木四及時插話道：「戰公子，就算發生了天大的事，至少今夜你仍是卜城真正的朋友！

嘿嘿，一個敢公開宣稱自己殺了劫域哀將的人，一個敢在卜城大營中承認自己已是坐忘城朋友的人，僅這些，就足以讓我落木四佩服之至！我相信你不會是一個對我等有虛妄之語的人，但所謂的『冥皇暗中依照劫域旨意行事』的說法實在太不可思議，就算我落木四能相信，卜城萬民也不會相信！你力挫大盟司，於卜城有恩，於樂土有功，落某今日便答應你十日之內決不攻城！這也是我力所能及的極限了，但願你在十日之內能找出真正讓世人心服口服的證據。那時，縱是拚著捨棄這城主之位，我落木四也會撤兵卜城；若是十日之內一切如舊，那麼落某也只好依冥皇之令而行了。」

未等戰傳說有何表示，左知己已先忍耐不住道：「落城主，冥皇給我們的期限也只是十五日而已，從離開卜城至今，已過去將近一半的時日了，若再拖延十日……望落城主三思！」

落木四揮了揮手，不容置疑地道：「不必了，到時若冥皇怪罪下來，一切罪責皆歸於我便是！」

單問忖道：「冥皇若真的怪罪下來，就是沒有落城主這句話，也一樣是會歸於他一人，左城主是來自冥皇身邊的人，冥皇豈會怪罪於他？」

左知己對落木四的性情已是十分瞭解，知道已勸阻不了他了。

戰傳說雖然不知十日期限內能否如願以償地將真相大白於天下，但有寬限之日總比沒有好。他已見識了卜城軍容之盛，知道就算最終無法攻下坐忘城，憑其驚人的戰鬥力，也將會給坐忘城帶來巨大的災難。

心意已定，他便道：「多謝落城主，無論如何，我定會竭盡全力向你證明坐忘城、殞城主是無辜的，告辭了！」

言罷，他先後向落木四、單問施禮告退，連左知己他也待之以禮。

單問多少有些遺憾，但事已至此，他也不能多說什麼了，只能眼睜睜地看著戰傳說掀簾離去。

正自惆悵間，忽聞落木四道：「單尉，你送他一程吧，以保他一路通暢，免受盤查。本當由我送他，但若是被坐忘城知道卜城落木四親自送他，恐怕會有誤會。」

單問明白這是城主的一番好意，答應一聲，便追了出去。

當單問離去之後，落木四輕嘆了一口氣，「他能在如此年輕時，就被不二法門、劫域、冥皇同時視作非除去而後快的人物，則定然決不簡單！」

左知己道：「正因為感到他太複雜，所以我才處處小心，這樣的人所佈置的假象，最為逼真。不二法門的公正嚴明天下皆知，他們公開追殺戰傳說，不會毫無道理的。何況戰傳說還是戰曲之子，有這樣一層特殊的身分，不二法門更不會貿然行事，在不二法門的追殺之下能活下來，這不能不說是奇蹟。就在不久前，還有傳言說戰傳說已被一個名為『陳籍』的人所殺，而剛才戰傳說卻又活生生地出現在你我面前，看來此事之錯綜複雜真可謂是撲朔迷離、真假難辨啊！回首數十年來，也只有南許許與戰傳說能夠在不二法門約定的追殺期限後還活著！」

「南許許？莫非就是那個被稱做藥瘋子的南許許？」落木四皺了皺眉道。

「正是。」

「南許許求醫已入魔道，連九極神教教主勾禍也出手相救，他與戰傳說終是不同。」落木四顯然不願將戰傳說與南許許相提並論。

左知己也不與他在此事上多加爭執，轉而道：「據說戰傳說初現時，是在我們的營帳左近，當時我軍紮營之處與坐忘城尙相距四五十里，戰傳說卻在那兒出現，恐怕不是巧合那麼簡單吧？」

落木四認爲左知己的猜測不無道理，但兩軍對壘之際，互相派出人手探聽對方的底細豈非再正常不過？所以落木四對左知己提到的問題並不在意。

現在他所擔心的是如何挨過十日，冥皇一旦得知自己遲遲無動於衷，必然會以種種手段施加壓力，自己能否應付得了？何況卜城部屬未必都能理解他的決定！

戰傳說尙在卜城武備營的時候，就已是夜間，隨後的一番波折，加上由武備營趕到落木四大帳有四五十里，雖有戰馬代步，卻也花去不少時間。所以，當他離開落木四的大帳，在單問的相陪下穿過卜城大營時，已是子夜了。

單問行到轅門處就止步不前了。

所謂轅門，是指行軍駐營時，在營前以兩輛戰車相對豎立，拱立如門，故稱轅門。由於卜城對馬車進行了改良，以致他們的轅門顯得格外莊肅，在轅門兩側分列十數杆大旗，旗上繡著紅羽之鳥，正是卜城城旗，紅羽鳥即精衛鳥。

卜城人一向視精衛鳥爲神鳥，他們一直相信一種說法：在比武界神祇更遙遠的時代，此處本是汪洋大海，後來這片陸地是在精衛塡海中造就的。

關於「精衛塡海」的傳說，樂土人人皆知，事實上，與「精衛塡海」源於同一時代的傳說還有許許多多，但千萬年的時光流逝，無數次爭戰紛紜，分分合合，連山川江海都已在類似於武界神祇時代的神魔「斷世之戰」中發生更易，滄海化爲桑田。

「斷世之戰」毀滅性的威力造就了今日的「異域廢墟」，也使本屬異域的千里生機勃勃的草原化爲荒漠。

樂土經歷了太多太多的災難，在每一場巨大的災難面前，萬民的生命脆弱如風中之燭，生存成了每個人的唯一念頭，許許多多美麗動人的傳說在一次又一次的浩劫中被沖淡，直到最後完全消逝於樂土人的記憶之外。

而「精衛塡海」的傳說之所以傳流至今，與卜城對精衛鳥的推崇不無關係。精衛鳥的不屈不撓與卜城人的堅毅有一種暗合。

戰傳說向單問辭別，單問不無感慨地道：「但願重見之日，不必刀槍相見。」

戰傳說笑了笑，沒有說什麼，轉身大步向坐忘城方向走去。單問立於轅門，默默地望著他遠去的背影。

卜城大營的最前沿與坐忘城相距不過兩三里，很快，戰傳說便已到達坐忘城前。

當他進入坐忘城一箭距離之內時，城頭各垛口處出現了一個個嚴陣以待的戰士，百餘張強弓勁弩直指戰傳說，但卻並沒有立即發動攻擊，顯然是見戰傳說只是孤身一人前來，才忍而不發。

城頭上立時有人高喝道：「來者何人？」

戰傳說大聲應道：「在下陳籍，煩請城上的朋友打開城門，讓我入城。」

坐忘城人只知他叫「陳籍」，因此戰傳說沒有報出真實姓名，一問一答的聲音在夜色中傳出老遠。

城頭上亮起了更多的火把，大概是想將戰傳說看清，但這些戰士都是東尉將鐵風的部屬，幾未與戰傳說有任何接觸，而此時夜色昏暗，戰傳說又是由敵營而來，因此誰也不能確定來者是否真的是「陳籍」，事實上就算是，也沒有人敢擅作主張大開城門。

有一戰士頗為機智，想起一事，忙向城下道：「陳公子，白天卜城攻城已撞壞了城門，你稍等片刻，我們試試看能否打開，否則只好另圖他策了。」

戰傳說也理解他們的難處，他們這麼說其實只是想緩一緩時間，以迅速向鐵風或殞驚天稟明此事。當下戰傳說便道：「無妨，有勞諸位了。」

以他的武道修爲，掠上城牆決無困難，但如此一來只怕就有藐視戍城戰士之嫌了。

在等待中，戰傳說的目光向四下裏掃視，因爲他所立之處已在坐忘城弓弩射程能及的範圍內，所以四下望去，見到的皆是屍體，情景觸目驚心。

凝固了的血跡，毀壞的攻城車，被焚的旌旗，猶自泛著寒光的鐵甲與兵刃，以及昏淡的月色，共同交織成一幅淒涼的畫面。

身前、身後各有雄兵萬眾，但此時戰傳說卻是置身一片冷寂之中，一股莫名悲愴爬上了他的心頭。

果不出戰傳說所料，等了一陣子，城頭上傳來了鐵風的聲音：「陳公子在此時此地出現，實是出人意料！」

入城之後，雖已是子夜，但戰傳說也顧不得是否冒昧，便去乘風宮見殞驚天，他要儘快將落木四答應罷戰十日的事告訴殞驚天。

鐵風陪他同去乘風宮的途中由他口中得知此事後，卻並不顯得如何興奮，而是不以爲然地道：「他們就算沒日沒夜地攻城，也未必能撼動我坐忘城分毫！」

鐵風的態度倒出乎戰傳說的意料之外，他不知這是因白天一戰使東尉府屬眾折損了百餘人之故。畢竟是自己朝夕與共的部下，鐵風對卜城之恨陡增不少。

雖是深夜，殞驚天卻並未入寢，見了戰傳說，他顯得很是高興。而對戰傳說如何離開坐忘城，離開坐忘城又有什麼經歷，怎會自卜城大營方向而來之類的疑問，他卻隻字不提。

數日不見，殞驚天已憔悴了很多，但渾身上上下下仍是收拾得乾淨俐落。

戰傳說主動將在卜城大營的遭遇說了一遍，當他說到大盟司的事時，殞驚天格外地加以留意。

聽罷戰傳說的敘說，殞驚天由衷地道：「真是有勞陳公子了。」頓了一頓，又接著道：「有十日和緩的時間，自是好事，但真的要向世人揭開真相，又談何容易？甲察、尤無幾已亡，死無對證，僅憑『十方聖令』一物，的確無法服眾。」

鐵風一語道破天機：「其實就算能讓落木四相信我等所說的真相，又能如何？落木四不願攻城，冥皇自會另擇他人代其之位率領卜城人馬攻城，退一萬步說，卜城上下因擁戴落木四亦不願攻城，冥皇還有須彌城、九歌城、九疇關、風占關的人馬，禪都內更是有對冥皇忠貞不二的力量，誰能擔保天下人都如落木四這樣能明辨是非、顧全大局？所以，事情的最終癥結其實並不在落木四，而在於冥皇！」

戰傳說本是抱著也許能促使局勢峰迴路轉、柳暗花明的興奮之情而來的，鐵風的話頓時如向他當頭潑了一瓢冷水，讓他一下子從興奮的巔峰跌落下來，偏偏鐵風所說的幾乎無可反駁。

殞驚天其實早已想到了鐵風所說的這一切，只是他不忍看到戰傳說太過失望，因此沒有說破。

鐵風繼續道：「城主，不如我們一不做，二不休，索性公示天下與大冥王朝決裂！冥皇不是稱我等為逆賊嗎？那我們就做一回叛逆者，免得空負一個逆賊之名！」

「鐵風，你自圖心中痛快，可曾想到這樣一來，老城主的一番苦心卻要付諸東流？」

「這……」鐵風語塞。

殞驚天道：「我等也不必現在就灰心喪氣，有十日寬限總比沒有的好，大家慢慢再想辦法，天無絕人之路。」

事到如今，誰也沒有更好的辦法，鐵風與殞驚天又商議了一陣東城防務的事，便與戰傳說一起離開了乘風宮。當夜，戰傳說便在鐵風的東尉府休息了。

由於心中有事，戰傳說在床上輾轉反側，又過了大半個時辰才迷迷糊糊入睡。此時，已是月隱星稀，曙光將臨時分了。

醒來之時，天已大亮，戰傳說起床洗漱，不久有東尉府府衛進來道：「陳公子，爻意姑娘來了。」

戰傳說忙匆匆洗完臉就出了內室，到了外堂，果見爻意已在，依舊是那麼的光彩照人，飄逸如仙。

戰傳說本以爲自己見了爻意會有許多話要說，但此時他卻一句話也記不起了，只知笑望著爻意。

爻意見狀，不由莞爾一笑，「我是從小夭口中得知你回了坐忘城的，一打聽，你未去南尉府，便猜知應在東尉府了。」

戰傳說心想：「大概是殞城主告訴小夭的吧。」口中道：「妳來得正好，我正想去南尉府見石前輩，妳與我同去吧。」

第二章　禪意巧解

一路上，因爲卜城兵臨城下的緣故，街巷間少了平時的繁華熱鬧，多了許多緊張的氛圍，不時有坐忘城騎士在大街上奔馳而過，每個人都顯得行色匆匆。

在任何一條街巷，都能看到乘風宮殿宇之頂那隻似乎隨時都會振翅飛向無限蒼穹的雄鷹。戰傳說見到這隻雄鷹時，竟感到牠的身上平添了無限的悲壯之氣。

長街空寂，行人寥寥，秋風拂動著爻意的裙襬，讓人感到這美絕人寰的女子似將乘風而去。

戰傳說無意間留意到爻意的絕世風姿，竟然癡了，恍惚間已忘卻這些日子來一直揮之不去的種種煩惱。

爻意見他只是默默地與自己並肩而行，卻不發一言，不由好奇地問道：「你在想什麼？」

「啊……」戰傳說一怔，回過神來，隨口道，「我在想石前輩。」

「想石前輩？」爻意聽他這麼說，很是意外，看了他一眼，微微一笑，「你倒挺掛念石前輩。」

戰傳說只有把謊言繼續說下去：「我在想石前輩是昔日道宗的宗主，坐忘城已派了人前去道宗，按理，道宗也應有人來坐忘城迎接他們的老宗主了。」

「道宗的確來了人。」爻意道，「但就在前夜，來的一位道宗旗主卻莫名被殺了。」

戰傳說大吃一驚，不由停下腳步：「什麼？在坐忘城內被殺？兇手何人？」心想：道宗的人在坐忘城被殺，石前輩定是前後兩難，處境尷尬了。

「據說是什麼術宗的高手，但誰也沒有在城內發現所謂的術宗高手的蹤跡。」爻意道。

戰傳說點了點頭，「如果兇手真的是術宗之人，那麼的確很難查到此人，哪怕明白他就是隱身於坐忘城也是如此。我曾聽父親說，術宗擅於法術，常人很難窺破其中玄機，而能殺害道宗旗主的人，必然是術宗數一數二的高手！唉！術、道、內丹三宗皆源於玄流，彼此間卻紛爭不息，我總猜測石前輩之所以會在隱鳳谷中隱身近二十年，與三宗之間的明爭暗鬥不無關係。」

他的話尚未說完，忽聞一陣急促的馬蹄聲由遠而近傳來，由蹄聲之急促足以推測來者騎速之快！

轉瞬間，三騎已在前方十字路口出現，並繼續向乘風宮方向疾馳而去！由馬上騎士的衣著來看，是南尉府的府衛。

戰傳說兩人皆暗吃一驚：三名南尉府府衛如此匆忙，難道說南尉府又有突變？眼見那三騎疾馳如電，幾乎撞倒了一行人，兩人的心弦也一下子繃得極緊，若非十分火急之事，南尉府府衛決不會在自己的城內如此不顧一切地橫衝直撞！

眼看三騎就要在兩人驚愕的目光中消失於前方路口時，驀聞「啊……」地一聲慘呼，其中一名騎士突然翻身由馬背上跌落，在街面上滾出一段距離後，竟一動不動地撲身倒在地上，而他的坐騎則已衝出老遠。

戰傳說親眼目睹了這一幕，幾乎目瞪口呆。

回過神來，他的第一個反應就是這名府衛一定是受到了暗處的襲擊！但奇怪的是，由於戰傳說驚訝於三名府衛的異常舉動，故他的目光一直本能地追隨著三名府衛，如果說有人在暗處襲擊三名府衛，連戰傳說也無法事先察知的話，那麼攻襲者的修爲豈非已高至不可思議的境界？

這時，已衝出一段距離的另一名南尉府府衛又折了回來，但他的同伴卻再未折回，戰傳說猜測那人是繼續趕路了。

那名折返而回的府衛還將那匹失去了主人的馬匹一齊牽回了，他翻身下馬之後，將倒於地上的那名同伴抱起。

戰傳說見被抱起的那名府衛雙手雙腳無力地垂下，頓知此人若非死亡，就至少已昏迷過去了。他心頭一沉，與爻意交換了一個眼神，不約而同地向那邊趕去。

但見那府衛將同伴抱起後，將其俯身向下橫置於馬鞍上，隨後在馬臀上用力拍了一掌，那匹健馬便向著南尉府的方向而去了。

「那名兄弟怎麼了？」戰傳說、爻意匆匆趕至，急忙問道。

那府衛猛地轉過身來，正對著他們，但見他滿頭大汗，雙目充血，眼中閃著近乎瘋狂的怒焰，看樣子似乎要向戰傳說二人大發雷霆。

但很快他就意識到向他問話的不是普通坐忘城戰士，而是南尉府的貴客，就算他識不得戰傳說，卻不可能不認識爻意。

看得出此人是以極大的克制力才保持了相對冷靜的語調，但他的聲音仍是低泣而嘶啞，足以顯示出其心頭之沉痛：「他——死了。」

戰傳說、爻意的心齊齊一沉。他們很想再問些什麼，但對方的痛苦神情卻讓他們不忍心繼續問下去。

倒是那府衛自己接著道：「他是中毒而亡的，在我離開南尉府時，府中已死了兩百多人，現在，也許已更多！我們是奉命向城主稟報的！」

他狠狠地抹了一把臉上的汗水，迅速翻身上馬，猛地抽了一鞭。

戰馬吃痛，立時如箭般射出，只留下他的最後一句話：「也許，我也會倒在前去乘風宮的路上。」

說到最後幾個字時，話音因距離的拉遠而變得有些模糊，但戰傳說卻聽得十分真切，更是如聞驚雷！

南尉府一片蕭瑟、肅殺。

進入南尉府，一眼就可以看到在府中空場上擺滿了屍體，最早毒發身亡的人還放在木板上，後來連卸下的門板都已不夠用，只好在屍體下面鋪些草墊了事，而此時仍不時有人倒下。

南尉府中每一個人的腳步都匆忙而沉重。當戰傳說、爻意進入南尉府目睹眼前的情景時，只覺一股寒意直透心底。

爻意美如星辰的眸子蒙上了憂傷之色，眼眶濕潤了。戰傳說為她的憂傷所感動，心頭泛起憐愛的柔情。

爻意下意識地抓住了戰傳說的手，她的手一片冰涼。

戰傳說感受到了爻意對自己的信任與依賴，雖然她有著傳奇的身分，歷經了常人永遠不會體會到的曲折往事，但她終究是女人。

在這一刻，也許她將戰傳說視作了她的「威郎」的化身。

戰傳說的心情竟然很平靜，連他自己也暗自奇怪。

他只是輕輕地道：「一切都會成為過去的。」

爻意點了點頭，向他感激一笑，又很自然地抽回自己的纖手。

這時，正好伯頌由後院走出，見了戰傳說二人，便向他們走了過來。

伯頌顯得精力憔悴，雙目深陷，整個人幾乎已變了形。這突如其來的災難對伯頌打擊之大，可想而知。

伯頌沒有與他們寒暄，而是直言關鍵處：「現在南尉府已有三百二十餘人毒發而亡。」停頓了片刻，才接著道：「驚變來勢太猛，讓人措手不及，當意識到大事不妙時，已有數十人遭遇了不測。」

這時，有人一陣小跑趕到伯頌身前，稟報道：「南尉大人，郎中已剖析了連大江的身軀，查出他的胃中有毒。」

伯頌長長地吐了一口氣，像是要借此吐盡胸中鬱悶之氣，隨後他向戰傳說、爻意二人道：「已可斷定是有人在水井中投了毒。」

若伯頌所言是真，那麼這一發現顯然可謂是一大突破。但在伯頌的臉上卻未見有絲毫的輕鬆，相反，在哀傷中又增添了無比仇恨與憤怒。

伯頌接著向那人下令道：「封鎖南尉府取水的三口井，未經我的允許，任何人不得接近！也許可借此查出蛛絲馬跡，同時速速將之稟報城主，讓其他三尉府也多加小心！」

「是！」那人領命立即離去了。

伯頌以近乎自言自語的低聲道：「連大江在未有毒發跡象之前，就告訴老夫，萬一他毒發身亡，就將其遺體剖開查個究竟。如連大江這般主動要求的人，共有二十餘人，二十餘人中有五人現在已遭了不測。」

他每說幾句話，就要停頓片刻。的確，面對如此慘烈的事，僅是敘述，也要有足夠的堅強。

說到這兒，他的聲音提高了些：「若是查出兇手是誰，我定寢其皮、食其肉！」

在戰傳說二人的印象中，伯頌是一個憨厚長者，如今卻由他口中說出此言，足見他是何其憤怒！

戰傳說一直默默地聽著，直到這時才插話問道：「不知石前輩無恙否？」

伯頌道：「石兄也中了毒，只是他內力深厚，很快就已將體內之毒逼出。不過，這也顯示出兇手用毒十分高明，否則以石老兄弟的經驗閱歷，焉能不察？」

聽說石敢當也中了毒，戰傳說吃驚非小，後來才放心下來。

「石老兄弟正在爲人驅毒，現在既已查清毒源，剩下的事就是儘量多救幾人，陳公子、爻意姑娘，恕老夫不能相陪了。」

言罷正待離去，卻被戰傳說攔住了，戰傳說道：「在下理當盡綿薄之力。」

伯頌想了想，「也好，請隨我來。」

直到日暮時分，南尉府的風波終於漸漸平定了，已有一個多時辰未再有人毒發。

至此，南尉府已共有三百九十七人毒發身亡！舉城爲之震動！

平時，南尉府的人主要在三口井中取水，當夜他們便在其中的一口井中發現了被人投毒的跡象。

坐忘城內雖然大大小小有十幾口井，但事實上，所有水井底下的水層都是相互連通的，因此其餘的水井也很可能會漸漸地被波及。

若在平日，八狼江水尚可取用，但那一場暴雨使八狼江暴漲不少，上游的汙物也被沖帶而來，江水已汙濁，飲用八狼江水有引發瘟疫的危險。故殞驚天當即下令暫時封住城內十餘口水井，並連夜在與西門相接的山腰處掘井，這裏的地勢比被投了毒的水井高出不少，不會有危險。但也因爲地勢較高，掘井成功取水的可能性就小了許多，在新的水井尚未掘成之前，城內只能以貯存著的水暫作維持。

往日根本不成問題的用水，如今卻成了迫在眉睫的危機。城池臨江，故城內少有貯水，估計所有貯水只能供數萬城民兩日之用。

入夜時分，殞驚天約見了戰傳說、爻意兩人。除了他們兩人之外，還有貝總管、幸九安、伯頌、昆吾、慎獨，石敢當、白中貽亦相繼受邀到了乘風宮。

殞驚天對戰傳說、爻意頗爲看重，邀約他們共商大事是情理中事，而白中貽、石敢當同爲坐忘城之客，自是不能厚此薄彼。

昆吾的傷勢終於已恢復大半，戰傳說與昆吾彼此都有好感，但卻也未多加交談，南尉府的慘變如一團陰影般籠罩在每個人的心頭。

殞驚天待眾人都入座後，環視了眾人一眼，聲音低緩地道：「如今坐忘城的局勢諸位都明瞭，正所謂內憂外患交相困擾，殞某能力有限。今日請石老宗主、白旗主、陳公子、爻意姑娘來，是望諸位能不吝賜教，如何才能找出真凶。」

伯頌先將他所查知的情況告之於眾人，其實兇手幾乎沒有在現場留下任何可以追查的線索。

聽罷，昆吾沉吟道：「依我看，投毒者的身分儘管撲朔迷離，但卻並非毫無端倪。」

眾人的精神不由爲之一振，目光齊集於昆吾身上，只等他說出下文。

昆吾道：「此事有兩種最大的可能，一種是兇手對伯尉將懷有仇恨，所以矛頭直指南尉府；另一種可能，就是兇手針對的並不僅僅是南尉府，而是整個坐忘城。如果是後一種可能，那麼兇手出沒之地很可能就是在南尉府，這樣才符合常理。」

昆吾說得很委婉，但在場的人都知道所謂「出沒之地」其實應是居住之處，只是昆吾不願使伯頌有更大的壓力罷了。

昆吾的推斷並未止於此，他接著道：「依我之見，第一種可能性並不大，因爲事實證明水中毒物固然毒性極強，但對於有一定的武道修爲的人來說，卻並不能形成致命危機。換而言之，這對伯尉將是不會有威脅的，所以昆吾便傾向於後一種可能。」

昆吾的一番話，一下子將範圍縮小了許多。

幸九安道：「此人的用意如果是針對整個坐忘城，那麼就不能不與卜城兵圍我城的事聯繫在一起。南尉府一日之間折損數百人，其結果不僅僅是戰鬥力的直接損傷，而且將影響士氣，甚至由於兇手一定是隱於城中的，更會造成大家彼此間的相互猜忌，這才是最可怕的。」

貝總管插話道：「陳公子已探明卜城的人馬只有萬餘，卜城僅憑萬餘人就圍我坐忘城，這不能不讓人起疑，若不是落木四太狂妄自信，那就是他另有妙招。而所謂的『妙招』，最有效的莫過於在坐忘城內尋找契機，製造混亂。」

他的目光緩緩掃過眾人，神色備顯凝重：「先前地司殺能出人意料地知道關押甲察的地點就顯十分蹊蹺，莫非在坐忘城中，隱有冥皇的親信？」

此言一出，眾人皆是心頭微震，回首前些日子所發生的點點滴滴，再聯繫卜城出人意料的輕舉冒進，這不能不讓人起疑。

慎獨擔憂地道：「若是如此，那麼落木四應允按兵十日的動機，恐怕就是別有用心了。」

殞驚天目光倏閃！沉吟了片刻方道：「你是說，落木四有可能只是在等待潛伏於坐忘城內的人製造混亂，削減坐忘城的力量，所以按兵十日其實只是他的一個計謀？」

慎獨緩緩點頭。

殿內忽然靜了下來，連眾人的呼吸聲都清晰可聞。

有時，潛在的危險遠比正面的威脅更可怕！若說坐忘城內安插有冥皇的親信，那麼除了殞驚天、戰傳說、爻意等有數的幾個人之外，坐忘城內絕大多數人都有可能是冥皇所安插的人！甚至包括此時在場的人！

眾人的神情都有些複雜，唯有爻意恬然自若。

殞驚天察覺到了，不由心中一動，忙道：「爻意姑娘可有高見？」

爻意淡淡一笑，「若城主信得過爻意，爻意倒有一個辦法可爲城主查明此事。」她的笑容美麗動人，在恬淡中顯現出自信，讓人在折服於她神韻天成的魅力的同時，也不由自主地相信了她的話。眾人似覺有一縷清風自心頭拂過，陰雲爲之一掃而空。

戰傳說亦訝然相望。

殞驚天難掩喜色地道：「殞某自是信得過爻意姑娘，願洗耳恭聽。」

自小夭告訴他爻意關於卜城兵力的推斷，而戰傳說返回坐忘城後又證實了其推斷後，殞驚天對爻意的冰雪聰明已是十分佩服，此刻聽她說可以查出真相，當然信多疑少。

爻意美眸一輪，「城主能否找到智禪珠？只要有智禪珠，爻意可讓一切水落石出。」

「智禪珠？」殞驚天一怔，「難道姑娘要以禪術推論真相？」殞驚天一臉的吃驚。

而昆吾等人的神色則由期待變爲失望，誰不知道禪術是早已失傳了的卜測之術？儘管相傳禪術之博大精深不在堪輿術、梅花易數之下，禪術的最高境界即可洞悉天地玄奧，窠辨世事滄桑，但它卻沒能如堪輿術、梅花易數一樣流傳下來，而只存在於樂土人的傳說中。

傳說中將禪術發揮至最高境界的人，即爲武界神祇時代的——智佬！如果說在樂土人的心目中，武道至高無上的象徵是開闢武界神祇時代的「玄天武帝」的話，那麼擁有至高智慧的便是神祇時代的智佬。

只是，無論禪術曾有過如何輝煌的過往，畢竟它只存在於一個遙遠的傳說中。而眾人眼前的爻意僅是一年輕女子，怎麼可能通悉禪術？

雖然在樂土境內乃至千島盟，仍有不少關於禪術的典籍，不少人收藏有智禪珠，但關於禪術的典籍有若天書，其中經要聱牙詰屈，深玄詭秘，曾有不少自命天賦異稟者試圖解悟，結果卻窮經皓首，也一無所獲。

百餘年前，尚未分裂的玄流出現了一個非凡人物，即石敢當的師祖天玄老人之前的玄流主人悔無夢，當時世人皆謂悔無夢的心智天賦無人能及。悔無夢是玄流歷代主人即位時最年輕的一個，在悔無夢的影響下，玄流出現了最鼎盛的局面。

當時除了不二法門外，無一門派能超越於玄流之上。但悔無夢心氣太傲，縱是已有常人望塵莫及的輝煌，仍不能忍受玄流屈居不二法門之下的現實，而要想超越猶如神明般的法門元尊卻難比登天！最終，悔無夢選擇了一條奇徑：他要悟透業已失傳的禪術，憑藉禪術蘊念玄機無窮、洞徹天地的玄能，使自己的修爲完成質的突破！

孰料，一代天驕竟在苦悟禪術數載之後心殫力竭，稍一不慎，走火入魔後魂歸天國。

從此，世人對禪術漸漸敬而遠之，極少有人再奢望能使已失傳的禪術重現，即使有不知天高地厚之人，亦是徒耗歲月而已。

而關於禪術的種種典籍，因爲禪術的玄奧莫測，反而具有了別樣的吸引力。在禪術已失傳的今天，關於禪術的種種典籍卻並未減少，只是雖然諸種典籍或大同小異，或大異小同，或自稱「唯一孤本」，或稱「驚世珍本」，但孰真孰假，卻無人知曉，而且擁有種種典籍者也多半是將它束之高閣。

至於智禪珠，則更成了樂土顯貴，乃顯示知書達理、富有智謀的象徵，縱是對禪術一無所知者，也必會將之珍藏。

智禪珠淪落成一種點綴物，恐怕是智佬所始料不及的。

殞驚天雖對爻意的智謀十分賞識，但若說爻意通悉禪術，則殞驚天無論如何亦難以置信。

孰料爻意竟胸有成竹地點了點頭，「正是。雖然爻意對禪術知之甚淺，但亦已至可『奪斷』的境地，要查清此事，尙不足爲慮。」

推究智禪珠的禪術雖已失傳，但關於禪術可分爲射覆、奪斷、紀世三種境界這一點，卻是人皆盡知。

所謂「射覆」，乃禪術中最低境界，可以借推究七七四十九顆微智珠猜物；而「奪斷」之境，則是可以推究過往，卜測將來，而所能推究的範圍自是因修爲智慧高低而不同。但無論如何，在今人看來，能達到「奪斷」之境，已是神人！

至於「紀世」之境，則可洞悉天地萬物生滅更迭的真諦，其中真正的玄奧，已非他人所能想像。

據說悔無夢曾達到「奪斷」之境，但因他最終走火入魔魂歸天國，誰也無法確知這一點。除此之外，則是連能達到「射覆」之境者亦未曾有所聞，更勿論「奪斷」之境了。

但爻意的神情卻不像在說笑——況且事關坐忘城危機存亡，爻意也不會等閒視之。殞驚天如牙痛般輕輕嘆了口氣，一時倒不知該說什麼好。

石敢當、戰傳說二人的心理與他人卻不相同，因爲他們兩人皆知爻意有著非比尋常的來歷——她來自於遙遠的神祇時代，且貴爲公主。而最高智慧的象徵——智佬，正是屬於神祇時代！所以，戰傳說、石敢當的心態是將信將疑。

石敢當乃玄流道宗昔日宗主，而玄流與禪術曾有的一段淵源使玄流中人對禪術留意更多，石敢當年輕時也曾對禪術典籍有所涉足，於是道：「老朽也曾觀摩禪術，不過生性愚鈍，一無所獲，現有不解之處，想請姑娘賜教。」

「石老宗主客氣了，爻意勉力而為便是。」爻意道。

石敢當道：「所謂『老變少不變』作何解？」

爻意道：「九為老陽之數，六為老陰之數，以七為少陰之數，以八為少陽之數，即九、六智禪珠為動珠，可變；七、八是靜珠，不可變。」

石敢當隨即又道：「何為『拆』？」

「智禪珠兩動一靜為『拆』。」爻意道。

「那何為『重』？」石敢當不知不覺中神情顯得有些激動了。

反觀爻意，卻是風平浪靜，笑意盈盈：「『重』乃智禪珠萬變之源人皆盡知，但否極泰來，物極必反，欲借智禪珠洞悉古今之變、人之興衰、物之更迭，便不能為『重』所困，所謂滄海廣大，盡隱於一粟之中。能在『重』與『獨』之間揮灑自由，讓心意如塵埃，如氤氳，無憑無藉無己無物，方是『重』之真諦。」

石敢當微微合上雙眼，像是在默默地回味著爻意的這番話。

戰傳說、殞驚天、貝總管等人無不是如墜雲裏霧裏，一片茫然。

唯白中貽似被爻意的話深深吸引，眉頭緊鎖。眾人想到白中貽乃道宗的旗主，在此之前對禪術多半也有所涉足，所以才會被爻意的話所吸引。

半晌，石敢當方長出一口氣，睜開雙眼，肅然而立，向爻意深施一禮，懇切地道：「姑娘真乃神人，老朽曾揣摩禪術數載春秋，卻始終不得要領，而姑娘卻分明是高屋建瓴，實不知強過老朽多少籌！」

爻意忙還禮道：「雕蟲小技，不登大雅之堂。」

她雖說得謙遜，但能得道宗老宗主如此誇譽，至少說明她對禪術決非一無所知。

殞驚天的失望之色消失了，取而代之的是滿懷期待，當即吩咐慎獨去取坐忘城收藏著的智禪珠。

殞驚天為了讓爻意能安心推演智禪珠，特意為她選了一間雅潔小屋，搬去屋內的一切雜物，只留下一方暖席與一張長几，屋子的四角各燃一燭臺，將此屋映照得燈火通明。

爻意跪坐几前，手托香腮，默默沉思，在燭光的映照下，顯得無比俏美而聖潔，一顰一喜之間無不動人心弦，室內只有一小婢伺候。

長几上，置放的便是隱含至玄的智禪珠。七七四十九顆智禪珠靜靜地躺在一隻檀木鑲金的盒子裏，旁邊則是用來推演智禪珠的「微盤」。

微盤為規則的八邊形，形近八卦，將微盤八隻角任意一隻角與另外七隻角以紅線相連，如此紅線在微盤盤面上將共有四十九個交錯點，其中最中央的交錯點共有四條紅線交錯於這一點，此點即為禪術推演中十分重要的「重」點。

除此之外，尚有三條紅線交錯成的點八處，即「串點」，以及兩條紅線交錯而成的「同點」。四十個「同點」，八處「串點」，一處「重點」，加上八隻被稱做「獨點」的外角，即組成了幻變無窮、飽含天地間最高智慧的微盤。

「串、同、重、獨」點皆被鑿出了小凹洞，凹洞為米圓形，打磨得無比光滑，大小正合適放置智禪珠。

智禪珠共分七色，每一色各有七極，分別象徵天、地、人、時、意、物、氣七大限。

沉思良久，爻意纖美之手探入檀木盒中，玉指輕拈一枚泛著幽幽紅色光芒的智禪珠，懸皓腕於微盤上方，卻久久不落。

紅色的智禪珠暗合七大限中的「天」，紅珠與她白皙的玉指相映，竟有了幾分美感。

外室與內室以垂簾虛隔，殞驚天、戰傳說等一干人皆靜候於外室，當智禪珠被撥動的聲音響起時，眾人的心便提了起來。

智禪珠久久不落，眾人懸著的心也久久不落。

終於，「啪」一聲輕而脆的響聲中，爻意手中的智禪珠穩穩地落在了一「串點」上。燭光的火苗跳躍了幾下，變得更亮了。

聽得落珠之聲，外室的一干人不由得相視一眼，皆有暗舒一口氣之感。

半個時辰後。

珠簾輕響，內室的小婢掀簾而出，向殞驚天稟道：「爻意姑娘要小婢告訴城主，她已推出兇手的確是在南尉府中，而且此人乃一中年男子。」

殞驚天忙道：「爻意姑娘還說了什麼？」

「她只告訴小婢這些。」那小婢道。

殞驚天沉吟了片刻，揮了揮手，「妳進去吧。」

小婢退回內室後，殞驚天背負雙手無聲地來回踱步，心中真可謂是千頭萬緒，難以言表！一方面，他對智禪珠的博大精深早有所知，所以對爻意充滿了期待；另一方面，當爻意真的有所成效時，殞驚天反而感到心頭極不踏實，反反覆覆地思忖著同一個問題：難道智禪珠的推演真的能查出真相？

若是因此而誤殺了好人，卻讓真正的兇手逍遙自在，那可真的是有苦難言了。

非但殞驚天滿腹心思，其他人亦是神色凝重。

又過了半個時辰，珠簾聲再度響起，這一次，出來的卻不是小婢，而是爻意。

爻意顯得有些疲憊地歉然一笑，「我有些累了，雖可再支撐，但只恐會因心神勞疲而導致推演失敗。」

推演智禪珠極耗心力，這一點人皆盡知，殞驚天忙道：「既然如此，留待明日再推演不遲。」

眾人亦無異議，當下相繼離開了乘風宮。

戰傳說本待回南尉府，臨走時卻被爻意叫住了。

爻意望著他，「你送我去紅葉軒吧。」神情依戀。

「好……好的。」他似乎有些口吃了，爻意當著這麼多人的面顯示出這種依戀，讓他頗有些不自在。當然，同時亦有甜蜜的感覺在心頭蕩漾開來。

當眾人離開乘風宮時，已是午夜了。

今夜，坐忘城的夜色顯得格外蒼涼。

白中貽住在南尉府的最西首，他與同來的十餘名道宗弟子本擬定今日由坐忘城西門出發，折返天機峰，但南尉府驚人慘劇發生後，石敢當勸阻了他們的這一打算。

石敢當的意思很明顯：在南尉府蹊蹺死亡三百餘人的時候離開坐忘城，無論如何都有瓜田李下之嫌，倒不如留下來再逗留幾天，待事情水落石出之後再回天機峰，白中貽應允了。

南尉府一片蕭索，一方面南門面臨卜城人馬的威脅，需比往日留駐更多的戰士，加上近四百人的死亡，偌大的南尉府顯得格外空蕩，路口處的幾盞燈籠泛著昏黃的燈光，備顯淒涼。

白中貽乃道宗旗主，伯頌爲他單獨一人安置了一間屋子。

白中貽與石敢當、伯頌一起回到南尉府後，便在前院分道而行了，因爲各人的居所不在同一處，石敢當住於東首，白中貽住於西首，而伯頌則在內院。

當白中貽輕輕地推開門進入屋中後，正待反手掩上門，動作卻忽地僵住了。

屋內有人！

雖然屋內一片漆黑，但白中貽憑直覺察知了這一點，便一動不動地站著！

半晌，他才以極低的聲音道：「是……你？」

「不錯，是我！」黑暗中響起了一個白中貽十分熟悉的聲音，略有些嘶啞，卻又有某種神秘的魅力。

白中貽像是大爲釋懷地長吁了一口氣，反手把門掩上了。僅有的一點慘澹月光也被阻隔在門外。

「不要點燈。」那略顯嘶啞的聲音道，「今日你去乘風宮，殞驚天有沒有發現什麼？你放心地說，任何人走進此屋二十丈之內，我都能及時察覺！」

「看樣子，殞驚天已束手無策，病急亂投醫了，竟將希望寄託於所謂的禪術上。」白中貽仍是儘量將聲音壓得低如蚊蟻。

「你還不配低估殞驚天！」那嘶啞的聲音冷冷地道。

白中貽的臉色頓時變得很難看，只是這也被黑暗所完全掩蓋了。但他終還是很恭敬地道：「是。」

「正因爲禪術已失傳，殞驚天將希望寄託於禪術上，才更顯非同尋常，因爲殞驚天決非昏昧無知之輩！」頓了頓，那個嘶啞的聲音繼續道：「莫非推演禪術者是石敢當？不，不可能！若是石敢當，倒真的不足爲慮了。當樂土人都認定禪術已失傳時，若說其實還有人通曉禪術，那麼此人必然不是久負盛名的人。」

白中貽低聲道：「的確如此，此人是與陳籍關係密切的那位名爲爻意的女子。」猶豫了一下，他還是說出了心中的感受：「不知爲何，我總覺得此女子極不尋常，似乎……似乎是我永遠無法捉摸透的。」

「噢，竟然是她？」隱於黑暗中的人語氣也頗顯驚訝。

兩人沉默了頗久的時間，那人向白中貽道：「你將具體的情形說說，休要遺漏任何細節！」

於是，白中貽便將進入乘風宮後的情形從頭到尾說了一遍，他的記憶力甚是驚人，竟將石敢當與爻意的對話一字不漏地記了下來，而且言辭條理清晰，不快不慢。

「這爻意果然非比尋常！」那略顯嘶啞的聲音低聲道，「看來，你我不能不有所舉措以應對了。」

「白中貽唯命是從！」白中貽的語氣既恭敬又隱含著少許的畏懼。

「嘿嘿嘿……」黑暗中傳出一陣如夜鷹般的冷笑，其聲低啞而冷酷。

白中貽只覺後背一陣陣地發涼。

四更時分。

乘風宮內今夜負責巡視守夜的侍衛仍在警惕地留意著乘風宮內的風吹草動。自南尉府的變故之後，乘風宮的防範比平時更爲嚴密了。

此時，已是接近黎明的時候，夜色反而更深了。

也許是天色將亮，人的精神漸漸有所鬆弛，巡守的侍衛中有人忍不住打起了哈欠。

一個粗獷的聲音嚴厲地喝道：「精神點！出了事誰也逃脫不了干係！」

呵斥者是乘風宮侍衛中的一名「上勇士」。

被呵斥的人並不畏他，嘿嘿一笑，「老駱，你不知道我素川是越打哈欠越精神嗎？這會兒我精神得只想哼一曲小調。」

「呵呵……」幾名乘風宮侍衛同時發笑，包括那位姓駱的上勇士。

就在眾乘風宮侍衛哄笑聲中，一道人影以難以捕捉之速如輕煙般從他們數丈外的地方飄然而過，無聲無息地落在了遠處幾棵玉桂的樹影下，此人一襲黑衣，極難被發現。

而玉桂樹的正前方，便是殞驚天、戰傳說、爻意等人白天議事處的正門。

兩名侍衛就在離正門不過三四丈遠的地方來回走動，庭院中的青草被他們踩得「沙沙」作響，響聲漸漸地接近玉桂樹這邊，在離玉桂樹僅丈許遠的地方復又折回，如此反反覆覆，時間便在這樣的反覆中一點點流逝。

兩名乘風宮侍衛誰也沒有發現玉桂樹下的人影。

此人似乎與斑駁的樹影已融作了一體，甚至，他就如同一棵樹般，無呼無吸。

在這種默默等待中，他顯示出了驚人的耐心。直到夜空中出現了一隻盤旋著忽起忽落的夜鳥時，他才無聲地笑了。

兩名侍衛再一次走到玉桂樹前，復轉身折返的那一剎那，忽聞夜空中響起一聲尖銳而淒厲的鳴叫聲，他們驀然一驚，不由自主地抬頭望去。

就在他們的視野捕捉到一隻夜鳥搖搖晃晃地向遠處疾飛而去的身影的那一剎間，陡覺後背忽然同時被什麼東西輕輕地撞了一下。

輕得根本感覺不到疼痛！他們卻無聲無息地向前倒去。

但沒容他們失去知覺的身軀倒下，已被一雙有力的手扣住，然後那雙手將兩名不知死活的侍衛輕輕放下，其小心翼翼之狀就如同置放的是極易破碎的珍玩。

隨後，便見一個高挑的身影向那正門走去，雙掌抵於門上，一股吸力將門閂與雙掌牢牢相吸，借此上提——門便無聲無息地打開了。

以同樣的方式將大門重新關閉後，此人已置身於空蕩蕩的大堂中。

隨即便見一抹幽光在黑暗中顯現，並不斷地延伸，直至達到數尺長短。

赫然是一柄出鞘的劍！

劍身的幽幽光華成了大堂中唯一的光線來源。借著幽幽劍光，可以看到北首低垂的珠簾將內室外室虛隔開來。

身形頎長者毫不猶豫地掀簾而入。內室同樣是空蕩蕩的，四盞紅燭早已滅了。借著劍身幽華，映照出了長几上擱置著的微盤。

微盤已被與之相配的盤蓋蓋上了，爻意推演的半局智禪珠隱於盤蓋之下。

那人走至長几前，一手執劍，一手伸出去揭盤蓋。盤蓋應手揭開，但他卻在微盤與盤蓋碰撞聲中敏銳地捕捉到了另一個聲音，一個極爲輕微的機簧啓動聲！

「不好！」他心頭暗叫一聲，左手閃電般縮回。

卻已遲了！

他只感左腕及腰部同時一痛！雖只是如針扎般的微痛，但卻足以讓他心頭震駭莫名。

左臂內力一吐，尚執於手中的盤蓋徑直飛出，向外室的方向撞去！與此同時，他自身已沖天掠起。

「轟……」微盤盤蓋中央先是倏然透過一截槍尖，旋即整個盤蓋化作無數碎片。

與此同時，闖入內室者已連人帶劍衝出屋宇。

未等他落穩，一股殺機已自他的身後如迅雷般奔至！

是強橫無匹的劍氣！他心頭不由爲之一凜，在迅速迫進的劍氣威脅下，他竟連轉身應戰都不可能做到！

心神倏閃之際，腳下一錯，身軀沿著屋頂斜斜向下標射而去，同時長劍反向暴削。

「噹……」金鐵交鳴聲中，雙劍相擊，劍氣四溢！一拚之下，倉促應戰的黑衣夜行人竟處下風，非但未能擋開對方一劍之襲，反而被來者借機再度迫進半尺。

死亡從來沒有與他如此接近！

更要命的是，他的左臂開始發麻，已難以動彈，這大大地影響了他的身法。

別無選擇，若要保住性命，已再不能顧及體面。他當機立斷，腳下一踏，借機強擰身軀，以極爲不雅的姿態斜向跌出。

「喀嚓……」一聲，屋簷應聲被撞坍了一角，而他亦如紙鳶般向下方飄落。

直到這時，他才留意到從他試圖揭開微盤到衝出屋頂的短暫時間內，外面的情形已發生了很大的變化。四周燃起了數十支火把，兩三百名乘風宮侍衛在外圍形成了一個大包圍圈，嚴陣以待。在火把的映照下，他根本無所遁形！

這一變化，在他衝出房頂時就已發生，但當時因爲面臨著致命的一劍，精神的極度集中使他的內心世界只容得下如電襲至的劍，對其他的一切都是視若未見。

而此時，所有的一切都殘酷無比地呈現於他的面前！顯而易見，他已踏入了一個別人早就設好的圈套中。

他即將跌落的方向，正有一鬚髮皆白、高大偉岸的男子如山屹立，手中長槍槍尖的一點寒芒讓人難以正視，人槍相映，氣勢銳不可當。

此人赫然便是坐忘城城主殞驚天！

殞驚天大喝一聲：「你若不死，天理何在?!」其聲既怒且恨，猶如驚雷，滾滾而過。

暴喝聲中，神虛槍驀然狂扎而出，在迅速逾越空間距離的同時，其運行軌跡亦發生著不可描述的變化！神槍激蕩虛空，形成了嗚咽般的尖嘯聲，讓人聞之驚心動魄！

殞驚天料定對方即使不是在井中投毒的兇手，亦必然是其同黨。在他看來，毒殺三百餘名南尉府戰士者，遠比卜城人馬更爲可恨，其手段之卑鄙無以復加！故殞驚天甫一出手，便是全力施爲，恨不能一槍就將對方前胸後背扎個透穿，方解心頭之恨！

剎那間，神虛槍封死了對手所有可能落足的每一寸空間。

前有強敵，後有追兵，黑衣人性命繫於一線！

「月値使者，隨法隨敕，乞賜神盾，急急如律令！」黑衣人性命攸關之際，被迫祭起看家本領。

鏗鏘咒語中，無形氣勁迅速凝結成盾，似若具有了實體，在黑衣人的身側形成了一團盾形的光芒。神虛槍以一往無回之勢暴扎盾形光芒，頓時爆發出如金鐵重擊時方有的巨響。神虛槍「嗡」的一聲，赫然被盾形氣勁震得反彈而出。

「混沌太一，九氣化生，乞賜神劍，急急如律令！」黑衣人飄然落地，劍身豪光暴現，掩蓋了劍本身所具有的幽光，且無限延伸，間不容髮已穿射至殞驚天胸前。

「是術宗的人！」殞驚天心頭飛速閃過一個念頭，神虛槍槍尖寒芒幻化萬千，若漫天飛雪，千萬點寒芒最終指向同一個目標：那道奪人心魄的豪光！

「一氣歸根，萬神朝祖，乞賜神枷，頃刻而成！」劍形豪光倏散即合，殞驚天赫然發覺神虛槍如被束以千鈞之枷，一時竟動彈不得！

大愕之時，一抹冷芒趁虛而入，挾驚人殺機，長驅直進。

神虛槍被困無法動彈，殞驚天頓處險境，危在彈指！就在這時，一團黑暗挾裹著光華流燦的劍光，自斜刺裏席捲而上。

驚人的金鐵交鳴聲中，兩柄長劍已在電光石火的瞬息間完成無數次進退閃掣，劍氣橫溢。

神虛槍驟然一鬆，重獲自由，殞驚天迅速抽身而退。

退出數丈之外，殞驚天才覺腹部、胸前皆隱隱作痛，伸手一摸，一片黏濕，竟是鮮血，這才知道自己竟被橫溢的劍氣所傷。

而這時交戰的雙方已齊齊退開！

與殞驚天聯手截殺黑衣人的是戰傳說，也是他及時救下了殞驚天。此時他抱劍而立，目光罩在了與之相距三丈遠近的黑衣人身上，氣度從容而自信。

黑衣人臉上蒙著黑巾，旁人只能看到他的雙眼，其眼神銳利而兇悍，並隱隱夾雜著因絕望而萌發的瘋狂，讓人不由聯想到樊籠中的困獸！

黑衣人的左臂低垂，不能動彈，這大大地削減了他的戰鬥力。

事實上，不僅是左臂，包括他的腰部也開始變得麻木僵硬，而且這種感覺在不斷地由腰際向整個身子擴散。

這時，兩百餘名乘風宮侍衛中，除半數人尚在外圍形成一個包圍圈外，其餘的人已迅速糾集在更小的範圍內，形成更為嚴密的包圍圈，如此遠近疏密結合，黑衣人已插翅難飛。

如此周密的安排，足見殞驚天對毒殺南尉府三百餘眾的兇手是恨之入骨！

眾乘風宮侍衛亦是憤恨無比，兩百餘雙仇視的目光全集中於黑衣人一人身上，似欲將黑衣人生生吞噬。

殞驚天、戰傳說互為犄角，牢牢地封鎖了黑衣人的退路，黑衣人已無任何機會可言。除非他能勝過殞驚天、戰傳說兩人的聯手一擊。

但與戰傳說已交過手的黑衣人心中明白，就算自己在沒有受傷前，也未必能與戰傳說匹敵，更勿論眼下了。

殞驚天沉聲道：「南尉府三百九十七條性命是否因你而斷送？」

未等對方回答，殞驚天又接著道：「你得知有人要以禪術推演兇手，便心虛了，所以想偷窺半局智禪珠，以一探虛實，是也不是？」

黑衣人冷冷一笑，「既然是我做下的事，就不會不敢承認。不錯，南尉府的三百九十七條性命……不，應是三百九十八條性命的確是因我而亡！嘿嘿，如果不是你們在微盤中設下毒針，又怎能困住我？只要我能走脫，還會將你們坐忘城攪得天翻地覆！」

殞驚天、戰傳說心頭同時一驚，皆忖道：「難道說道宗的黃書山也是被此人所殺？」心頭轉念，怒意更甚！

殞驚天道：「以毒襲人，的確算不得光明磊落，但對於你這種十惡不赦之徒，卻大可不必顧忌這一點。我殞驚天恨不能將你碎屍萬段！背負一個不夠光明磊落之名，又算得了什麼？既然已死在臨頭，爲何還不取下遮羞之物？若是明知死期已至卻還不敢以真面目示人，也未免太過窩囊！」

黑衣人不屑地一聲冷笑：「激將之法對我毫無用處！成王敗寇，何須多言？我只是奇怪你何以會想到借智禪珠設伏！」

戰傳說道：「我便讓你做個明白鬼，告訴你真相：設下此計的人，是爻意姑娘。她能神機妙算於千里之外，這次你敗在她的妙計之下，也不算冤枉。」

事實上，此計的確是爻意所設，而所謂的「神機妙算於千里之外」，則是戰傳說從小夭口中聽說後現學現用。原來，爻意藉口讓戰傳說送她至紅葉軒，其實是爲了有機會能向他面授計策。

當戰傳說將爻意送到紅葉軒時，小夭也在紅葉軒中。她見戰傳說與爻意一同回到紅葉軒，一時心頭滋味百般，不知是喜是哀。

戰傳說準備離開紅葉軒時，爻意再一次將他叫住了。

他很驚訝地看了爻意一眼，神情頓時有些不自在了，忖道：「她這是爲何？」

爻意又讓小夭稟退了閒雜之人，這才對戰傳說道：「今夜我們便可以查出南尉府驚變的真相了。」

「妳要連夜推演智禪珠？」戰傳說道。

爻意淡淡一笑，「其實憑我的禪術境界，並未達到『奪斷』之境，換而言之，我根本沒有憑藉智禪珠推演出事情真相的把握。」

戰傳說一呆，愕然相望，一時倒不知說什麼好了，心中忖道：「那妳豈非讓眾人空歡喜了一場？」定了定神，戰傳說才道：「那……妳爲何說投毒者是在南尉府中，而且是一中年男子？」

若說讓眾人空歡喜一場尚無大礙的話，那麼這件事就嚴重得多了，說不定會引來無數枝節，豈非等於在給坐忘城添亂？他的話已略帶責備的語氣了。

而這種責備的語氣非但沒有讓爻意不快，反而讓她感到更爲親切。戰傳說對爻意過於尊重，諸事客氣有加，偏偏他與她的「威郎」的容貌猶如一人！這讓爻意心頭頗有些不習慣，常常有「威郎」對她變得冷淡了的錯覺，儘管她也自覺這種念頭十分可笑，但它卻仍是頑強地存在著，揮之不去，不時地浮上她的心頭。

爻意嫣然一笑，「誰說除了禪術就別無他策？」

戰傳說見爻意笑意盎然，知她定早有良策，擔慮之心頓去，忙追問道：「快說來聽聽。」

爻意含笑道：「我之所以聲稱可借智禪珠查明真相，倒非有意戲言，而是借此讓兇手緊張，唯有這樣，此人方會自我暴露。向我傳授禪術的大史卜的禪術修爲在火鳳宗也算是有數的高人之一，只是不能與智佬相比，縱是這樣，當初我若是用心領悟大史卜的教誨，要達到『奪斷』之境也決無困難。只是我嫌禪術太過單調玄奧，不肯用心，所以最多只能算是一知半解。不過，無論如何我也算是師出名家，就算僅僅學得大史卜的皮毛，在常人看來也非同小可了。我就是算準了這一點，才敢當眾聲稱可以憑禪術推演出真相。」

戰傳說感慨地道：「妳可知道禪術在今日的樂土早已失傳？」

「失傳?!」爻意嬌軀一震，神情愕然。

「不錯！換句話說，在整個樂土，已沒有一個人真正地懂得禪術！」戰傳說接著又補充道：「這對妳的計謀本來相當不利，因爲，若是所有的人對禪術都一無所知，那麼外人反倒很難相信妳的話了，就如同世人很難相信一件從來沒有人見過的事物一樣。」

爻意柳眉輕蹙道：「你說得不錯……那豈非等於說我的計謀毫無作用？」說完輕輕地嘆了一口氣，幽幽接道：「沒想到連禪術都已失傳，在火鳳宗，若是顯貴子弟對禪術一無所知，就會被人輕視。」憂鬱之情溢於言表。

小夭也與他們同在，對於城主之女小夭，爻意自然沒有什麼不放心的，而小夭對爻意的一番話則百思不得其解。戰傳說卻明白，爻意一定是又想起了她與本應是她生活著的時代已相隔了兩千年之距，可想而知這是一種怎樣的孤獨與憂傷。

小夭的不解與疑惑也落入了戰傳說的眼中，他擔心小夭貿然相問會勾起爻意更多的傷感，便搶過話頭安慰爻意道：「事情並沒有妳想像的那麼糟，憑我的直覺，包括殞城主、石前輩在內的所有人，都已相信妳的確精通禪術——我也不例外！想必妳也應已看出殞城主對妳寄以厚望，其中的原因，除了對妳本身的信任之外，更因爲石前輩的緣故。石前輩乃昔日道宗宗主，道宗源自玄流，而玄流與禪術等各種術法又有著千絲萬縷的聯繫。故此，石前輩雖然與其他人一樣未能悟出禪術的真正玄奧，但他對禪術的領悟畢竟是在常人之上的，妳與石前輩的一番交談，我等雖然如聞天書，但卻因石前輩對妳的敬佩而對妳深信不疑。」

說到這兒，他忽然笑了笑，遲疑了片刻方有些靦腆地道：「況且……況且我相信普天之下，任何一個人都不會對妳所說之話起疑的，至少……至少我便是如此。」

這番話固然是他的心裏話，但同時也是爲了安慰爻意。

爻意先是訝然不解，再看戰傳說局促的神情，便明白了八九分，心頭不由浮現出威郎豪氣干雲、強霸英武的形象，暗忖道：「他們的模樣雖然幾無任何區別，但兩者的性情卻是有太多的不同了。威郎，威郎，如今你又身在何方？」

小夭見爻意望著戰傳說出神，竟湧起一股莫名的傷感。爲了掩飾自己的失態，她強自笑道：「爻意姐姐能神機妙算於千里之外，算無遺漏，陳大哥如何能早早識破？」

戰傳說嘿嘿一笑，「小夭姑娘言之有理。」

面對小夭，他又恢復了本有的豪爽氣概。

小夭心中道：「恐怕你就是能識破，也是不會說出來的吧？」卻不再言語，慢慢地走至窗前，伸手觸摸著凝於石砌窗臺上的秋露。一絲微微的涼意由指尖滲入，然後慢慢地爬上她的心間。

爻意因爲戰傳說的鼓勵，對自己的計謀重新有了信心，她道：「只要眾人相信我的禪術，那麼此次成功的把握就很大了。」

戰傳說卻提出了一個新的疑問：「假若兇手對爻意姑娘要以禪術推演真相的事並不知曉，那豈非……」

爻意自信地一笑，「他一定會知道此事。」

「難道，妳是說……」戰傳說望著爻意，欲言又止。

爻意卻接過他的話頭道：「今日受城主之約進入乘風宮商議此事的人當中，定有一人與兇手有染，甚至，此人自己便是兇手！」

戰傳說怔住了。聯繫爻意曾說過投毒者居住於南尉府，而且是一中年男子，戰傳說的腦海中迅速浮現出白中貽的形象。

卻聽得爻意道：「你不宜在紅葉軒逗留太久，必須儘快返回南尉府，返回南尉府之後，要故佈疑陣，讓人以爲你回南尉府便入睡了。半個時辰之後再潛回乘風宮，我現在就與小夭一同去見城主，將事情的真相告訴他，讓他在宮中設伏，有殞城主的安排，你進入乘風宮不會受阻的。」

戰傳說亦知事情緊迫，便告辭離開了紅葉軒，其實對於爻意的計謀是否真的有效，他的心裏並沒有底。而此刻，戰傳說不由暗暗佩服爻意的明察秋毫。

但黑衣人在左臂無法動彈的情況下，尤有驚人的戰鬥力，這一點又讓戰傳說大惑不解，對自己先前關於白中貽的猜測已無把握，暗忖：白中貽只是道宗的一名旗主，不會有如此高深的武道修爲，黑衣人既然不是白中貽，又會是誰呢？

他恨不能一下子揭去黑衣人臉上的黑巾，看看這兇殘而強悍的魔頭究竟是何人？

黑衣人聽罷戰傳說所言，喟然一嘆道：「我正是沒有低估她，才欲前來一探她究竟如何借禪術推演事實真相，沒想到我的心思早已在她的意料之中！」

殞驚天見對方遲遲不設法突圍，似乎他並沒有意識到由於中了毒針，時間拖得越久對他越是不利，當下便以言語點破對方的如意算盤：「本城主知道在坐忘城中還有你的人，但你永遠別想等到你的同夥的策應了，拖延下去，對你可是毫無益處！」

黑衣人眼中光芒倏閃，足見此刻他心頭之驚愕。他終於知道什麼叫做兵敗如山倒！此刻，他連最後一線希望也徹底破滅了。殞驚天既然能點破這一點，就必定早有應對之策。

「哈哈哈！想不到我終究是栽在一女流之輩的手中！」黑衣人的聲音嘶啞森然，「但你們若想殺我，也要付出相應的代價！」

戰傳說劍尖遙指黑衣人，傲然道：「我倒要看看你如何讓我付出代價！」屹然若山，鋒芒畢露，大有千軍辟易之勢！

黑衣人冷笑一聲，忽然自懷中取出一隻瓷瓶，一揚手，瓷瓶高高飛起，直入夜空。

「我倒要看看誰的毒更爲霸道！哈哈哈……」黑衣人大笑聲中，已飛身至七八丈高的瓷瓶突然碎成無數，瓶中所盛的液體在潛於瓶內的內家真力的作用下，化作無數極爲細小的水珠，向四面八方散射開來。

「小心有毒！」殞驚天一下子想到南尉府因毒而亡的數百人命，只覺腦中「嗡」的一聲，脫口大呼。

即使殞驚天沒有提醒，黑衣人的言語間也早已有所暗示，瓷瓶爆碎的那一剎那，眾乘風宮侍衛皆本能地作出反應，向後退出數步！

戰傳說如怒矢般標射而出！黑衣人的毒計非但沒有嚇阻戰傳說，反而激起了他無邊的憤怒。

貝總管贈與他的搖光劍已毀於千島盟大盟司之手，此刻他所持的只是一柄平凡得不能再平凡的劍。但由戰傳說使出，此劍卻儼然有了驚世駭俗的風采。

劍芒一閃！黑衣人忽然感到戰傳說手中的劍有那麼極爲短暫的一瞬間似乎憑空消失了，待對方的劍再度出現於他視野中時，戰傳說連人帶劍已不可思議地迫進他一丈之內。

劍在戰傳說臂腕的運轉下，劃過一道奪人心魄的弧線，疾斬黑衣人的側腰。

戰傳說已看出對手腰部不甚靈活，便攻其薄弱。

如此快疾絕倫的攻擊，如此刁鑽無比的角度，頓使黑衣人可以迴旋的餘地變得極爲狹小。

黑衣人豁盡全力舉劍格擋！「鏘」的一聲，雙劍相擊！

黑衣人由於是強行封阻，用劍之勢頗為不暢，這使他的力道打了折扣，加上身中毒針，本就氣血漸滯，毫無迴旋餘地一拚之下，連人帶劍被撞得倒滑出數步。

「萬象無法，法本寂滅，寂定於心，不昏不昧，萬變隨緣，天地可滅。」戰傳說「無咎劍道」的第一式擅於攻擊的「止觀隨緣滅世道」向黑衣人席捲而去，在佔據上風的情況下，「止觀隨緣滅世道」更具威力，其攻擊性發揮得淋漓盡致，劍勢猶如開閘洪水，一發不可收拾。

一浪高過一浪的無儔劍氣頓使黑衣人疲於應付，恍惚間只覺自己猶如溺水之人，身陷驚濤駭浪之中，隨時都有被淹沒的危險。

斗轉星移間，戰傳說已將黑衣人迫得一退再退！

黑衣人一聲沉喝，傾盡自身所有修為，狂攻數劍，勉強暫時扼止了戰傳說如水銀泄地般的攻勢後，故技重演，試圖以術法力挽頹局。

「月值使者，隨法隨敕，乞賜神盾，急急如律令！」咒語聲中，奪目光盾再度重現。

戰傳說一聲長嘯，沖天掠起，凌空斗然折身，身劍合一，如長虹貫日般疾射而下！雙方在以肉眼難辨的速度迅速接近距離。

「轟……」一聲悶響，戰傳說的劍赫然洞穿了光盾，由內家氣勁凝成的光盾立時潰不成形。

黑衣人絕望之中，尚不忘作最後一搏，長劍斜撩，試圖蕩開戰傳說的劍。

「噗……」血光乍現！

戰傳說的劍勢已非黑衣人所能阻擋，他的劍在擊潰光芒之盾後，繼續長驅直入，貫穿了黑衣人的胸膛。

黑衣人的動作一下子僵硬停滯了！很快他便失去了重心，幾乎全身的重量全是由戰傳說的劍在支撐著，他的雙目變得格外突兀，兀兀地盯著戰傳說。

戰傳說後撤兩步，迅速抽出自己的劍。黑衣人向前踉蹌著走了一步，晃了晃身形，終還是無力地向前撲倒過去，頹然倒在地上。

頓時歡呼聲四起！戰傳說這才想起黑衣人擲出的毒液，忙向四周望去，卻見眾乘風宮侍衛已皆安然無恙，既高興又意外，不由向殞驚天望去。

殞驚天明白他的意思，「大概瓶中所盛的並非有毒之物，甚至也許就是可以解南尉府中毒者身上之毒的解藥，他這麼做是試圖製造混亂，以尋找脫身之機，同時也毀去了解藥。」

戰傳說暗道一聲僥倖，若瓶中真的是毒物，那恐怕又將不知有多少人要遭殃了。

這些日子來，坐忘城中連遭不幸，誅殺此人可謂是坐忘城久違的勝利，而且是在危機重重之際，因此更顯重要。黑衣人手段歹毒，他的死讓眾侍衛感到大快人心！

殞驚天上前扳轉黑衣人的屍體，揭下黑衣人臉上的黑巾，終使其真面目暴露於眾人眼前。

這是一張很平凡的臉，與他生前銳利強悍的眼神倒有些不相稱了，唯有右臉頰部分一塊榆錢大小的淡黑色胎記很顯眼，年逾五旬。

殞驚天長嘆一聲，「果然是術宗的人，看來事情越來越複雜了。」

術宗與坐忘城向來井水不犯河水，就算因為石敢當的緣故，使坐忘城與道宗聯繫密切，但按理這不應成為術宗仇視坐忘城的理由，即使術宗之人心存忌恨，也不至於大施毒手，一舉毒害南尉府近四百人。

殞驚天道：「此人是術宗排行第三的高手，名為戚七，因為臉上這道胎記，不少人暗地裏稱他為戚漆，真名之『七』為『七星捧月』的『七』，戲稱的『漆』字則是『墨漆』的『漆』，字不同而音同，聽起來當然無法分辨。不過由此可見，武界中人對他的為人頗有些不以為然，否則以戚七的修為，加上術宗在樂土武界的影響，斷不會有人對他有戲謔之辭。只是先前只聽說戚七心胸狹隘，誰會想到他竟如此心狠手辣？」

末了，他又語氣沉重地道：「但願，戚七的所作所為與術宗並無關係。」

殞驚天實在不願再樹一個強敵，術宗與坐忘城向無夙怨，若突然將矛頭直指坐忘城，就很可能是受了冥皇的唆使。

依不二法門與冥皇的祭湖盟約，不二法門的入門弟子、非入門弟子都不得與大冥王朝為敵，冥皇立此盟約的意圖是為了儘量減少武界諸門派對大冥王朝的威脅，盡可能少讓武界中人插手大冥朝政。但若是冥皇為了達到某種目的，而有意主動與武界中人聯手，又另當別論。

何況由於當年悔無夢有與不二法門一較高下的雄心壯志，故對玄流弟子約束極嚴，決不許門下所屬與不二法門有染，玄流是眾多門派中被不二法門滲透最少的門派之一。

縱是在玄流分裂為術宗、道宗、內丹宗後，這一情形仍未有多少改變，所以「祭湖之約」對術宗、道宗、內丹宗的約束力並不大。殞驚天的擔憂自在情理之中。

這時，天漸漸地亮了。

落木四應允的十日寬限已過了一天。

第三章　立竿見影

這個清晨的陽光很明亮，但這樣明亮的陽光帶給白中貽的只有煩躁。雖然他一直靜靜地坐在自己的房中，但他的內心卻遠沒有表面那麼平靜。

如果有人仔細看他的眼神，就會發覺讓他靜坐房中幾近於是一種酷刑，而他也是在勉力堅持著。

他的眼神中透露著不安、躁動，還有絕望。

房門敞開著，就像是在恭候著貴客般敞開著。白中貽像是不願看到外面的陽光，因此他是側身對著門外的。

門口處光線忽暗，白中貽緩緩轉過身來。

是石敢當！

本就瘦得驚人的石敢當此時看上去更是蒼老枯瘦，讓人不由自主地會想到蕭蕭秋風中的枯枝。

石敢當靜靜地站著，陽光自身後投在他的身上，反而讓他的五官容顏變得不甚清晰。

白中貽一下子便感覺到了什麼，或者說他早已預感到了什麼，只是在這一刻得到了印證。

兩人對視了片刻，誰也沒有開口。

直到白中貽動作有些僵硬地站起身來，石敢當方道：「你在等人？」

「我知道你會來的。」像是答非所問。

石敢當道：「三百九十七位坐忘城戰士，還有黃書山，我不能不殺你！」

「我知道。」白中貽道。

「我有許多的疑惑：你爲什麼要與術宗的人相勾結？爲什麼要殺黃書山？爲什麼要對南尉府下毒手？我知道你是不會告訴我真相的，所有的真相都只能在你死後再慢慢查尋。我本以爲黃書山對藍傾城的不滿有失偏頗，本以爲我可以不再過問道宗的事，現在看來，我大錯特錯了！也許今日的道宗已千瘡百孔，面目全非！」石敢當道。

白中貽忽然古怪地笑了笑，道：「老宗主，你錯了，雖然我知道今日我已難脫一死，但我仍會把真相告訴你。」

石敢當十分驚訝地望著白中貽，這是真正的極度的吃驚！

白中貽緩聲道：「你的猜測沒有錯，道宗的確已千瘡百孔，面目全非！甚至，應該是已經名存實亡！與術宗相勾結並非我的本意，而是藍傾城的意思，而藍傾城其實早已是術宗的傀儡，術宗已控制了整個道宗，只是道宗普通弟子並不知情罷了。」

石敢當的身軀晃了晃，只覺得白中貽的聲音就像是來自遙遠的冥冥之境，很空洞，很不真實。

白中貽繼續道：「術宗控制了藍傾城後，再借藍傾城之手瓦解道宗的勢力，對於決不會屈服於術宗的人，藍傾城就逐步削弱此人在道宗的地位，而對於容易把持的人則加以重用。到如今，就算藍傾城公然宣布要聽命於術宗，只怕道宗也沒有幾人挺身而出反對了。」

「你就是在這種情況下被重用的？」石敢當緩緩邁進一步道。

「我是一步步走到今天這種境地的，最初我漸漸受重用時，並不知情。在藍傾城成為宗主之後，道宗內部一直存在著明爭暗鬥，尤其是一些從前為老宗主倚重的舊部對藍傾城常有不滿，而當時我一直認為他們是嫉妒藍傾城，所以每有衝突，都是旗幟鮮明地擁戴藍傾城。不知不覺中，我成了道宗的一名旗主，也就在這時，藍傾城向我透露了真相！

當時，我的吃驚程度決不亞於老宗主！但同時我也知道自己已沒有退路，除非我能捨生取義，藍傾城決不會讓我在知道真相後再脫離他的掌握，他必然早已做好了預備，一旦我不屈從他的意思，唯有一死！而我死後，藍傾城照樣可以在道宗物色其他人。最終，我聲稱無論如何永遠效忠於藍傾城，當時我想在道宗內部與我遭遇相似的一定還有其他人，他們也未必真的甘願隨藍傾城一起屈從於術宗，我唯有設法攏絡更多的人，才有擺脫藍傾城的可能！

但我萬萬沒有想到，隨後藍傾城就告訴我一件事：我的身上已中了一種名爲『纏綿』的毒，此毒是日積月累逐步加諸於我身上的，平時無礙，當他告訴我真相時，也就是我體內的毒將要發作之日！我的猜測果然沒錯，而藍傾城給我的解藥只能讓我保一個月的平安，以後也是如此，這種手段，我聽說武界中也偶爾會有人利用，但卻萬萬沒想到平時道貌岸然的藍傾城會對我使出這樣的手段！

我既無法做到不畏生死，揭穿藍傾城的真面目，唯有聽任他驅使，平時只能自我安慰：藍傾城身爲宗主，連他都可以不在乎道宗的前景，我又何必爲他擔憂？人心真的很奇怪，時間久了，我也慢慢地習慣了自己不光彩的角色，加上藍傾城一直只是暗中與術宗來往，從表象看，道宗與往日並無什麼區別，以至於我甚至淡忘了此事。即使偶爾想起，我也是暗自思忖，若就保持現狀，對道宗似乎也無極大損害，世人不知真相，亦不會鄙視道宗；若是與藍傾城對抗，一場內亂反而會使道宗元氣大傷。我也知道這種想法其實是苟且偷安，自欺欺人，但道宗所屬只怕與我想法相似的人爲數不少！」

他的表情告訴石敢當，剛才所說的這番話毫無虛假做作。但他又爲什麼要把這驚人的內幕一五一十地告訴石敢當？

白中貽眼中的絕望、煩躁、不安的神色此時反而漸漸消失，變得平靜了許多，他接著的敘說對石敢當而言，是字字驚心的往事：

「沒想到我這種自欺欺人的幻想有一天也被打破了，那正是坐忘城的人前往天機峰，告知藍傾城老宗主你在坐忘城的那一天。直到那時，我才真正明白藍傾城之所以只將他的真面目展現於如我這般被他牢牢控制的人面前，而未明目張膽地對術宗曲顏卑膝，是因爲他一直不能確知老宗主是否還在樂土，是遭了不測還是隱居某處。他深知老宗主在道宗的威望，如果他太早顯露無遺，那麼一旦老宗主得知此事重返天機峰，藍傾城未必能穩操勝券。只有利用老宗主還不知真相的機會，殺害老宗主，藍傾城才能真正地無所顧忌！」

「如此說來，你們來坐忘城的目的就是爲了殺我這一介老朽了？」石敢當無限悲憤地道，如果藍傾城僅僅是因爲擔心他重現武界而對自己在道宗的地位構成威脅，才圖謀加害於他，那他恐怕還不至於如此悲憤。

「藍傾城知道伯頌與老宗主交情非比尋常，當然不會選擇在坐忘城出手。藍傾城讓我等進入坐忘城最直接的目的，就是爲了攪亂坐忘城的局勢，以便可以讓卜城儘早攻入坐忘城。」白中貽道。

「他……爲什麼要這麼做？」石敢當既怒且驚。

他自認爲在隱鳳谷的近二十年歲月已讓他心如止水，再不會有什麼事能讓他輕易動容。而此刻，他的心中卻如有熊熊烈焰在燃燒，在狠狠地吞噬著他的心、他的靈魂！

白中貽面對石敢當的疑問，答道：「藍傾城自身與坐忘城並無怨仇，他這麼做也是奉術宗的旨意，而我早已懷疑在術宗的背後，還有一股更為強大可怕的力量在支持著他們。否則，道宗、術宗、內丹宗三宗勢力一向相差無幾，何以藍傾城會被術宗牢牢控制？而且術宗本身與坐忘城同樣沒有舊怨，或許術宗也是受他人指令而行！」

石敢當沉默了良久，方道：「你為什麼願意把這一切說出？」

「因為我自知必死無疑，休說老宗主一定不會放過我，就算我能回到天機峰，藍傾城也不會放過我。戚七是術宗排行第三的人物，他死在了坐忘城，而我卻活了下來，這是術宗所不能接受的，故藍傾城必須給術宗一個交代！而且，戚七一直認為他在坐忘城的行蹤是不可能會被人發現的，但結果他卻死了，術宗的人甚至可能會懷疑是我出賣了戚七。」

戚七能進入坐忘城並隱藏下來，直到昨夜才暴露行蹤，此事本就有些蹊蹺，僅憑客居南尉府的白中貽的策應，是很難做到的。可惜，石敢當心中思緒萬千，並沒有留意到這一可疑之處。

「雖然在進入坐忘城之前，我已知道此行的主要目的，但對具體事宜卻並不清楚，藍傾城告訴我，進入坐忘城後一切依戚七之令而行。黃書山被殺的那天，戚七讓我設法引開南尉府中人的注意力，我照辦了，沒想到他是要借機殺黃書山黃旗主！黃旗主自藍傾城繼宗主之位後，一直意志消沉，終日借酒消愁，恐怕其武道修為已是不進反退了，否則戚七不會那麼輕易得手！我曾意識到所謂的攪亂坐忘城的局面竟是要殺害道宗自己的兄弟，而且是曾為道宗立下汗馬功勞的旗主，難免有些寒心。沒想到，緊接著戚七又毒殺了南尉府的三百九十七條人命，當我見南尉府不斷有人倒下，以至於整個南尉府中皆是屍體，猶如人間地獄時，心頭的第一個念頭就是：戚七若不是瘋了，就是毫無人性的魔鬼！也是在那一刻，我才猛然意識到，自己所走的是一條不歸路！只是，我未曾料到死亡會如此快降臨於我的身上！」白中貽苦苦一笑，接道：「如此也好，因為貪生怕死，我活得屈辱而毫無尊嚴，為了得到解藥，如同一條狗般為藍傾城所驅使，有時半夜裏想到自己白天所做的勾當，常常是冷汗涔涔。今天，我將這一切和盤托出，並非『人之將死，其言也善』，而是因為我恨藍傾城，是他將我推到今日絕境的，我也要讓他功虧一簣！」

他的臉上顯現出自嘲的笑意：「我自知絕難從老宗主手下逃脫，而且此時坐忘城內欲殺我者不計其數，所以才作出如此選擇。否則，也許我仍會試圖逃脫性命！」

白中貽將話說得如此袒露，幾乎是把他自己的靈魂赤裸裸地呈現於他人面前，此舉讓石敢當暗自感慨不已，忖道：「此人的長處是善於審時度勢，但最大的弱點也是太善於審時度勢。他這一輩子中所做的最有勇氣的事，恐怕就是將真相告訴我吧？」

白中貽忽然道：「除藍傾城之外，還有一人也是使道宗釀成今日之禍的有過之人！」

「此人是誰？」石敢當知道此時白中貽所說的每一句話也許都是至關重要的，所以他立即追問了一句。

「是老宗主你！」白中貽望著石敢當，緩緩地道。

石敢當一怔，有些茫然不解。

「若非老宗主二十年前突然離開天機峰一去不返，道宗怎會走至今日這一地步？！老宗主走得輕鬆，卻在道宗留下了無窮隱患，事出突然，倉促之中自是很難有能真正服眾的新一代宗主，藍傾城繼任也是勉爲其難，因爲其他人更不能服眾。而藍傾城自己也明白這一點，所以對部屬一直懷有猜忌之心，上下相疑，道宗的衰亡只是時間的遲早問題！老宗主，恕我直言，我白中貽固然是道宗的罪人，但老宗主自己亦非無過。」

石敢當如聞驚雷，半晌說不出話來。

良久，他方吃力地道：「你說得不錯，道宗釀成今日之禍，實是我石敢當造成。」

「藍傾城不會再將『纏綿』之毒的解藥給我，如今我是進亦死、退亦死！我自知不手刃我難解老宗主心頭之恨，但我又豈敢讓自己的汙血髒了老宗主的手。」說到這裏，白中貽突然毫無徵兆地抓過放在身旁桌上的長劍，「鏘」的一聲，揚劍出鞘，迅即翻腕，直刺自己胸膛。

其動作一氣呵成，毫不猶豫，白中貽已存必死之心！

利劍穿透衣衫，劃開肌膚，並繼續向縱深處挺進，直至透後背而出，鮮血一下子噴濺在他身後雪白的牆上，印出一團觸目驚心的猩紅之花。

石敢當怔怔地望著眼前這一幕，心一陣陣地緊縮。

他的確是爲了誅殺白中貽這一道宗敗類而來，黃書山死後，石敢當就對白中貽有了疑心，而爻意當眾所說的「兇手應在南尉府，而且是一中年男子」的一番話，更讓石敢當加深了猜疑，他開始暗中留意白中貽的舉動。昨夜戚七與白中貽相見時，石敢當發覺了此事，只是當時他並不知戚七的身分，但無論如何，白中貽這不正常的舉動足以說明他包藏禍心。

而後戰傳說在乘風宮伏擊戚七的事傳至石敢當的耳中，他當即決定要除去白中貽。

而此刻，石敢當卻絲毫沒有如釋重負的感覺。恰恰相反，他比進入白中貽房中之前更為心情沉重，忖道：「白中貽之死固然是死有餘辜，卻也死得無奈，若是我不與道宗一別二十年，以白中貽的才智，也許會成為道宗一名可用之才。」

白中貽用盡全身殘存的力氣，斷斷續續地道：「道宗已……已如朽木，殺……殺藍傾城易，扶……扶道宗難，老宗主珍重……！」

話未了，熱血沿著氣管狂湧上來，白中貽低哼一聲，鮮血一下子由口鼻齊齊噴湧而出，他再也無力支撐，頹然倒下。

戰傳說、殞驚天、爻意、伯頌、貝總管、昆吾、慎獨，以及一干乘風宮侍衛立於與白中貽居處不遠的地方。

當石敢當步履沉重地走出來時，眾人驚訝地發現石敢當竟是老淚縱橫。

他的淚，為誰流？誰也無法猜透！

石敢當看見了殞驚天，深施一禮，「道宗不肖弟子使城主折損數百勇士，老朽誠惶誠恐，無顏面對坐忘城百姓蒼生。如今白中貽已死，望城主能允許老朽離城前去天機峰。」

戰傳說對石敢當這一決定很是有些意外，他知道石敢當因爲不願讓道宗產生矛盾，對返回天機峰的事一直持以低調態度，與黃書山、白中貽等人言談間也時時顧及這一點，不願讓人誤以爲他存有重掌道宗大權之心。與此相比，此刻石敢當的態度轉變不可謂不大，究竟是什麼原因讓他突改初衷？

戰傳說既猜之不透，也不便直面相問。

殞驚天不便挽留，畢竟此刻坐忘城正處於危難之中，於是他略作沉吟，便道：「石老宗主不必掛懷此事，道宗弟子眾多，難免良莠不齊，何況石老宗主已有近二十年未過問道宗事務，更怨不得石老宗主，不知石老宗主欲何時動身？」

他的話是爲了寬慰石敢當，殊不知這讓石敢當更爲對自己離開道宗二十載而導致道宗的蛻變感到悔恨交加！此時，他已是歸心似箭，恨不能頃刻間便到達天機峰，親手殺了藍傾城！

故他不假思索地道：「午後便起程，可在天黑前趕到天機峰。」

天機峰與坐忘城有一日行程，而石敢當卻要在半日內趕到，無意中再度流露出他的急切心情。

伯頌見此事已不可更改，便道：「石兄，今日一別，不知……不知何時方能重聚，臨別前，你我兄弟二人好好地把酒敘話，如何？」

坐忘城大敵當前，伯頌本待說「不知能否再有相見之日」，卻怕讓老友傷感，話到嘴邊，又改口了。

石敢當亦覺此去天機峰也是凶吉難卜，藍傾城早已心存惡念，又有術宗相助，這些年來他在道宗應當已是根深葉茂，此次交鋒，勝負難料，今日與伯頌一別，不知是否會成永別。

想到這兒，石敢當不無傷感地道：「好，就依兄弟所言！」

午後。

石敢當由東門出城，有殞驚天、伯頌、戰傳說、爻意、鐵風、貝總管、昆吾等人相送。戰傳說與落木四已有接觸，相信落木四是一個恩怨分明、磊落豪氣之人，所以對石敢當由東門而出，經卜城大營返回天機峰的決定，並不擔憂是否可行。

出了東門，再行百步，石敢當便讓眾人折返城中不必再送。

他與眾人一一作別後，最後對戰傳說道：「爻意姑娘自是需要你多加照應，除此之外，但願日後你能對尹歡、尹恬兒兄妹二人的音訊也多加留意，恬兒那丫頭是我看著長大的，我一直將她視作親孫女，只不知今日身在何方？」

眼中不無愛憐擔憂之色，頓了頓又接道：「尹歡往日所作所爲，雖有偏激之處，卻並無大惡，而且也是命運使然，有時人之善惡，只在一念之間，若非歌舒長空太過無情，尹歡也許就是一個年輕有爲的谷主了，我相信他一定還活著。」

石敢當之所以感慨頗深，既是因尹歡的遭遇而生，也是因白中貽的命運而生。他雖未具體言及讓戰傳說如何待尹歡、尹恬兒兄妹二人，但戰傳說卻已感到了他所託之重。

當下戰傳說鄭重地道：「前輩放心便是！」

石敢當點了點頭，向眾人齊施一禮，道了聲「珍重」，隨即轉身上了馬車。

與石敢當同行的還有隨白中貽、黃書山同赴坐忘城的道宗弟子，他們事先對白中貽的所作所爲一無所知，但饒是如此，他們心中仍是有種愧對坐忘城之感。

而道宗兩大旗主竟先後命赴黃泉，更是讓他們意興索然，真正是歡天喜地而來，滿腹愁雲而去。

黃書山、白中貽的屍首皆已收殮，兩具棺木各置於一輛馬車上，分別由四名道宗弟子看護。

鞭擊虛空，「啪啪」作響，車輪轆轆滾動，繞過地上的滾石檑木，向前方而去。

石敢當一行離去了很久，戰傳說等人仍未回城，直到見馬車抵達卜城大營前，並未出現任何異常，這才安心回城。

正如戰傳說所料，落木四得知道宗昔日宗主石敢當要借道而行時，立即下令部屬不得攔阻。

左知己正好在一旁，忍不住提醒道：「落城主，石敢當可是由坐忘城而來，而且他已失蹤了近二十載，卻在這節骨眼上出現，不能不防！」

落木四卻不以爲然地道：「休說石老宗主是自坐忘城而來，就是從千島盟而來，在我落木四的大營前也是暢通無阻！」

左知己看了看落木四，慢悠悠地道：「老兄心胸寬闊，小弟佩服得很。」

落木四十分瞭解左知己，當他與某人稱兄道弟時，其心頭必定滿懷怨意，只是落木四對此並不十分在意。

殞驚天等人送別石敢當之後，在回乘風宮的途中，忽聞前方一陣嘈雜的腳步聲由遠而近，隨後便見前方路口有一群人向這邊匆匆而來，人人身著黑色喪服，頭挽白帶。

殞驚天一眼認出走在人群最前面的是北尉府的祖年，乃重山河的心腹親信，心中頓時猜到了幾分。

緊隨祖年身後的全是北尉府所屬，神色間皆有悲憤之色，見了殞驚天一行人，便有人呼道：「城主在此，我們讓城主替北尉將報仇血恨！」

「對，北尉將不能白白地斷送性命！」

「卜城殺害了北尉將，再假意緩戰，分明是戲弄我坐忘城！」

昆吾搶上幾步，走至殞驚天身邊，低聲道：「城主，是否……」

殞驚天擺了擺手，示意他不必再往下說。

這時，北尉府的人已如洶湧浪潮般衝了過來，本是頗爲寬敞的大道全是黑壓壓的人。殞驚天佇立於街心中央，目光平靜而不失威嚴地正視著前方的滾滾人潮，氣度沉穩如嶽峙淵亭。

奔湧的人流在離殞驚天數丈遠的地方止住了，仿若有一股無形的力量讓北尉府的人停下了腳步。長街忽然靜得出奇，與方才的嘈雜形成了一個巨大的反差。

貝總管望著祖年，沉聲道：「祖年，你爲何在此攔城主之駕？」

祖年看了看殞驚天，又看了看身後不下三百名的北尉府屬眾，驀然半跪於地，低沉而有力地道：「城主，我等只求城主能允許我們與卜城痛痛快快地廝殺一場！」

祖年身後眾北尉府的人隨即齊刷刷地跪下，高聲道：「請城主讓我等與卜城痛痛快快地廝殺！」

其聲如悶雷，在街巷間滾滾而過，回蕩於坐忘城上空。

殞驚天默默無語，重山河乃老城主義子，他既不能漠視北尉府戰士爲重山河復仇的要求，又不能不以大局爲重，兩者之間，無論如何取捨都十分艱難，而欲做到兩全其美，更是難上加難。

貝總管見殞驚天不作聲，便向眾北尉府的人道：「對敵之策，城主自有定奪，爾等只需各守其職，方是分內之事！」

「如此說來，北尉將便白白斷送性命不成?!」祖年昂起頭來，不滿之情溢於言表。

「城主只是與卜城緩戰十日，並未與之言和。」貝總管道。

「我祖年是個粗人，只知有恩報恩，有仇報仇，北尉將待我等恩重如山，卜城殺害北尉將，就與我等有不共戴天之仇！嘿嘿，緩戰十日，又有何用？難道還能指望冥皇大發慈悲，把殺害北尉將的兇手交與坐忘城不成？恐怕十日之約只是卜城的陰謀，十日之後，圍城之敵將會更多！與其讓他們陰謀得逞，倒不如趁他們自以爲勝券在握之時，殺他們一個措手不及！」

祖年說得慷慨激昂，顯然可見這些已然在他心頭憋了很久，一吐方快。

他身後又有一人忽然大聲道：「別人若是不敢出戰，就請城主允許我北尉府的人出戰，北尉府決不會有一人貪生怕死！」

鐵風聽得此言，神色微變，冷冷地哼了一聲：「僅憑匹夫之勇，又有何用？」

鐵風是對北尉府以這種方式向城主殞驚天進言有些不滿，加上說話者似在影射除北尉府之外的人都是貪生怕死之輩，心頭不平，這才忍不住出言相譏。

祖年忽然「騰」地站起身來，怒視鐵風，眼中像是要噴出火來，冷聲道：「鐵尉是笑我北尉府在逞匹夫之勇?!」

快。

鐵風一怔。他自知根本無此意，但祖年僅是重山河的部下，卻出言頂撞，頓時心頭很是不快。

殞驚天不能再保持沉默了。他以目光制止了欲回敬祖年的鐵風後，轉而對眾北尉府的人道：「本城主若是不為北尉將報仇，將愧對老城主在天之靈；若是貿然行事，又有負坐忘城萬民重託，是以腸一日而九迴，寢食難安。」

說到這兒，像是有意要吸引更多人的注意力一般故意頓了頓，方接著道：「左右權衡之餘，本城主終有兩全之策，不出三日，定有可讓諸位滿意的結果！」

戰傳說、爻意等人皆大感意外，誰也猜不透殞驚天所說的「兩全之策」是指什麼？

殞驚天在坐忘城素受擁戴，北尉府的人之所以攔街請命，也是一時衝動，城主的肺腑之言早已打動了他們的心。想到城主殞驚天的為難之處，不少人對自己的舉動已有悔意，而殞驚天最後稱已有「兩全之策」，更是有立竿見影之效，坐忘城誰不知城主殞驚天一言九鼎。

祖年一下子把與鐵風的不愉快拋到九霄雲外，轉怒為喜，恭恭敬敬地向殞驚天賠罪道：「城主，攔街請命是我的主意，乞請城主降罪！只要城主願為北尉將報仇，縱是把我剮了，我也心甘情願！」

殞驚天淡淡一笑，「誰說本城主要怪罪你們？」

祖年感動地道：「多謝城主寬宏大量！只要城主一聲令下，北尉府所屬赴湯蹈火、肝腦塗地在所不辭！」

殞驚天微微頷首，不再言語。

祖年轉身面對眾北尉府的人大聲道：「走，回北尉府！養精蓄銳，聽候城主差遣！」

眾北尉府的人轟然應和，很快便退出了長街。

黃昏時分，天開始下雨了，並不大但綿綿而不絕。

乘風宮竹館。

竹館是乘風宮最爲幽靜的地方，獨擁一院，竹館四周處處竹影婆娑，平時除了一位老婦及一位十幾歲的小婢負責竹館的清掃外，不會有外人進入竹館。

竹館是殞驚天心中的禁地。此刻，殞驚天佇立於竹館南向的窗前，望著窗外的綿綿細雨，望著細雨中蔥翠的翠竹，怔怔出神。身處竹館中的殞驚天，已不再是叱吒風雲的坐忘城城主，而只是一個感懷的老者。

綠竹相偎相倚擁在竹館的四周，形成了一道天然的綠色屏風，將殘酷的現實阻隔於這片綠色之外，剩下的就是一分幽靜。只是秋風庭院蘚侵階，幽靜之餘，自有淒涼。

竹館四周遍種翠竹，連館內也處處可見「竹」的痕跡：竹簾、竹窗、竹椅。

腳步聲起，有人進入竹館。

「爹，你找我？」是小夭的聲音。

殞驚天轉過身來。

小夭身著蔥綠色的長裙，容顏清麗，因剛剛冒雨而至，鬢角沾上了如霧般細小的雨珠，恰如一棵蔥翠、亭立、生機盎然的修竹。

「爹想讓妳陪陪。來，坐。」殞驚天親自為小夭端來一張竹椅，一臉的慈愛。此時，他已是只將自己視作一個父親，而不再是坐忘城城主。

小夭依順地在椅中坐下。這竹館，就是小夭也很少能被父親允許入內，這是她母親生前居住之處。

「爹，你又想念娘了？」小夭道。

殞驚天笑了笑，笑容有些傷感：「這些日子城中發生了太多的事，已很久沒有空閒來陪陪妳娘了。」

小夭知道，雖然娘已去世多年，但在爹看來，娘卻依然在這竹館內。竹館內的每一件物品，都可以讓爹憶起當年關於娘的點點滴滴。娘愛靜，所以爹不願讓外人進入竹館中。

小夭對母親的模樣已記憶模糊，母親去世時，她太過年幼。她的心中只有一個隱約的印象，記得母親很美麗，很愛乾淨，不喜多言，但更多的細節，她已記不起了。

也許正因為如此，她總覺得自己對母親的懷念，遠不如父親對母親的懷念。

望著父親如霜白髮和憔悴的臉容，小夭忽然有了一分愧疚，暗忖道：「爹本就日夜操勞，而我又總讓他操心。」她很乖巧地道：「爹，以後你如果無暇來陪伴娘，就讓我來，好嗎？」

她是個喜歡熱鬧的女孩，並不習慣竹館的幽靜。

殞驚天慈愛地拍了拍她的頭，以和緩的聲音道：「是啊，以後是該由妳來竹館陪陪妳娘了。」

小夭感到父親的語氣有種說不出的傷感，心頭不由一緊。

「小夭，妳小時候練過的那首曲子，還記得嗎？」殞驚天問道。

小夭記得年少時父親特地爲她找來一名琴師，以琴藝相授，奈何小夭生性刁頑，毫無嫻靜可言，只覺琴弦之間毫無樂趣可言，於是仗著城主愛女的身分，處處與琴師爲難，又有一幫寵她的侍衛、侍女暗中相助，不及一年，那琴師便滿懷失落而去，從此殞驚天不再對小夭習琴抱有期望。

學琴大半載，除了指法外，殞驚天總是讓琴師向小夭傳授同一首名爲《天上人間》的曲子，反反覆覆，連琴師都漸漸地不厭其煩。如今殞驚天一問，小夭便知父親所指的就是這曲《天上人間》。

她不想掃父親的興，忙道：「大致記得。」

「好，今日妳爲爹奏此一曲，如何？」殞驚天問罷，也不等小夭回答，便入偏室抱來一架瑤琴，支好琴架，解去琴罩，用乾綢布仔細拭去琴身的塵埃，直到纖塵不染，泛起烏黑幽亮的光質，然後調試琴弦。

小夭深深地爲父親的耐心、細緻、嫻熟所驚訝。從殞驚天的舉動看得出，這些事他已是駕輕就熟，而並非偶爾爲之。小夭忽有所悟。

一切都準備妥當後，殞驚天退後兩步，滿意地望著那架價值不菲的瑤琴，眼中泛起了一線柔情，這才對小夭道：「妳來。」

小夭坐在琴前，輕聲撥弄了一下琴弦。

「錚……咚……」琴聲悄然撥動著小夭的心弦。

她忽然發現自己對琴弦的顫鳴並非如預想的那樣陌生而排斥，反而有一種與友重逢的喜悅之感。而這種喜悅之中，又摻雜了絲絲憂愁，那種感覺，已非言語所能描繪。

這種微妙的感觸使小夭忽然意識到歲月流轉，自己已是風華少女。若一個人有屬於自己的心曲，那麼她對樂曲的感觸將格外的敏銳，所謂曲由心生，便是指此。

玉指在琴弦間如靈巧的小鳥般飛揚，熟悉的琴聲又開始在竹館內蕩漾開來。

殞驚天靜靜地望著女兒小夭，似在聆聽，又像在怔怔出神。

琴聲停了很久，殞驚天才醒過神來。

小夭望著父親，眼中竟有一片潮潤，她低聲道：「爹，這是娘當年常常彈奏的曲子嗎？」

殞驚天從來沒有告訴小夭這件事，所以他很有些驚訝、意外，但還是點了點頭。

隨後他指了指窗外的翠竹，「這些翠竹是妳娘當年親自種下的，當時只有十幾棵，如今已占滿了整個園子了。妳娘最喜歡置琴於竹館窗外，對著窗外的翠竹焚香彈奏，而彈奏得最多的，就是這曲《天上人間》。」

「娘美不美？」小夭道。

殞驚天笑了笑，「在爹的眼中，她就是世間最美的女子了。」

小夭心道：「那在陳大哥的眼中，爻意姐姐就是世間最美的女子了，事實上，爻意姐姐本就是世間最美的。」

她不願再想此事，轉而道：「爹，女兒這一曲《天上人間》與娘相比如何？」

殞驚天道：「其實爹乃武道中人，並不懂樂理，不過這一曲《天上人間》聽得多了，多少有些瞭解。妳彈得很好，遠比爹想像的要好，但妳的這一曲《天上人間》與妳娘所奏的不同，她的《天上人間》顯得格外清麗脫俗，摒棄了一切世俗的雜音，縹緲如仙，不食人間煙火，她從不在不開心的時候彈奏此曲，而妳的琴聲似乎別有韻味，不是空靈，而是沉甸甸的。」

小夭嘟起嘴道：「說來說去，無非就是說我彈得不如娘好。」

殞驚天笑了笑。

直到小夭返回紅葉軒，殞驚天仍未離開竹館。

竹館的燈一直亮著至天明，似乎殞驚天在竹館中度過了整整一夜。

第二天清晨。

東尉將鐵風被一陣叩門聲從睡夢中驚醒。東門是受卜城威脅最大的城門，鐵風壓力之大可想而知，昨夜他直到二更方回東尉府就寢，府衛知道這一點，如果不是有特別緊要的事，是不會打擾鐵風的。

鐵風明白這一點，所以一聽到叩門聲，便立即翻身起床。他是和衣而臥，無須穿戴。

鐵風問了聲：「門外何人？」

「是我，祝梁。」

鐵風心頭「咯噔」一聲，猛然一沉：祝梁乃東尉府次將，並非普通府衛，昨夜當值戍守東門。鐵風心中頓時有了不祥之感，暗忖難道是卜城毀約背信開始攻城？但為何未聽到警號聲？

「進來吧。」鐵風道。

祝梁推門而入。

鐵風見祝梁衣冠齊整，便放下心來，應不會是卜城開始攻襲東門。這時鐵風也想到，如果是卜城戰士攻城，祝梁根本脫不開身來見他，心中不由自嘲道：「看來我是草木皆兵，過於緊張了。」

祝梁道：「尉將，城主獨自一人已由東門離開坐忘城，他……」

「什麼?!」祝梁的話還未說完，已被鐵風打斷，「什麼時候離開坐忘城的？又是前往何處？」

「半個時辰之前，城主未說他將去往何處。」

「混賬！」鐵風勃然大怒，再一次將祝梁的話打斷，「半個時辰過去了你才來稟報，我一刀劈開你！」

此時鐵風怒目圓睜，神情近乎猙獰，模樣甚是可怕，似要擇人而噬。祝梁一臉不安，卻無懼色，他知道「一刀劈開」是鐵風憤怒時的口頭禪，卻從未真的在一怒之下劈開某個部屬。鐵風比重山河穩重得多，儘管發怒時兩人一樣的可怕。

「是！屬下罪該萬死！但城主臨行前令我在一個時辰之內不得向任何人透露此事，臨行前，城主還交給我一封信，要我在一個時辰後轉交給尉將。」

「你倒振振有詞！」鐵風大吼一聲，事實上他也知道祝梁的爲難之處，城主交代他要拖延一個時辰，他在半個時辰內就將信送了過來，本就已冒著「抗令不遵」的風險。但鐵風又不能不發怒，想到重山河的慘死，鐵風便爲城主殞驚天捏了一把汗。何況重山河還有「清風三十六騎」追隨，而殞驚天是獨自一人！一旦殞驚天有什麼閃失，坐忘城之傾覆將在旦夕之間。

他一把接過祝梁遞過來的信箋，也未拆閱，便向外衝出。

但只走出幾步，又止住了步子。他想到此時已根本不可能追上殞驚天，倒不如先看看信上說了些什麼再作定奪。

鐵風飛快地將信箋拆開，只看了前面幾行字，便神色大變。

他向緊隨而至的祝梁急切地道：「城主是去卜城大營了，快！快去請貝總管、南尉將、東尉將！」

「遵令！」祝梁哪敢耽擱？轉身離去之時，鐵風在他身後補充道：「切勿讓更多的人知道此事！」

鐵風擔心坐忘城知曉此事後會人心大亂，所以末了又叮囑一句。

卜城大營。

一座戒備森嚴的帳篷內，殞驚天腳戴重鐐，盤膝坐於地上，四名侍衛手持兵器，分四個方位而立，虎視眈眈，高度警戒，反倒是殞驚天從容若定，如置身無人之境。

這時，外面響起一迭聲的「城主」呼聲，隨後便有一卜城侍衛自帳外掀開帳簾，將一人讓入帳內後，又有四名侍衛隨之而入，如眾星捧月般立於此人身後。

先進來的是落木四與單問。他們都未帶任何兵器，身著便服，不像是敵軍主帥相見，倒像是赴友之約。

事實上，他們身後的侍衛也的確帶來一些友人相聚時的必需之物：兩隻食盒，食盒內有一壺酒，幾個精緻小菜，以及杯盞碟盤。

落木四一見殞驚天戴著的腳鐐，臉上頓時有陰雲浮現，冷冷地掃了守在帳內的四名侍衛一眼，沉聲道：「爲殞城主戴上此物，是誰的主意？」

四侍衛面面相覷，一時沒有回話。

落木四怒意更甚！

這時，殞驚天道：「落城主息怒，是殞某讓這幾位朋友如此做的，既然殞某已是階下之囚，理當如此。」

落木四怔了怔，「殞城主何必如此？在我落木四眼中，你非但不是階下之囚，反而是頂天立地的大英雄！若說殞城主會存叛逆之心，那麼天下就沒有忠貞之士了！這次前去禪都，若是冥皇不能說清何以要加罪於殞城主，我落木四拚著性命也要與殞城主一道將禪都鬧個天翻地覆！」

轉而向侍衛道：「快將這勞什子去了！」

一名侍衛立刻上前替殞驚天除去腳鐐，另一名侍衛則在殞驚天身前舖下了一張墊子，再將食盒內的吃食擺好。

落木四這才對眾侍衛道：「你們都退下吧。」

但眾侍衛相視一眼，誰也沒有動。

落木四呵呵一笑，向眾侍衛道：「難道你們擔心我與殞城主會因分酒不勻而爭執不成？全都給我退下！若掃了我與殞城主的酒興，你們誰也吃罪不起！」

眾侍衛對落木四未攜兵器與殞驚天兩人在同一帳中共飲當然很不放心，有心還要堅持，但看了看落木四的神色，便知再堅持也是毫無意義，齊道了聲「城主多加小心」後，就相繼退了出去，守在帳外，全神貫注地留意著帳內的任何異常聲響。

落木四稟退眾侍衛之後，逕自在殞驚天的對面盤膝而坐，並招呼單問也坐下，「要我落木四小心，莫非還擔心我會被殞城主灌醉不成？」

侍衛擔慮什麼，落木四、單問、殞驚天皆心知肚明，而落木四所言自是為了緩和氣氛。只是他的聲音嘶啞而難聽，五官近乎可怖，本是頗為風趣的話由他口中說出也是毫無「趣」字可言。

落木四先為殞驚天斟滿一杯，再為自己和單問斟滿，「若說此前落某對殞城主是否懷有叛逆之心還將信將疑的話，那麼此刻我已確知殞城主的光明磊落，否則是決不敢前往禪都的。」

殞驚天淡然一笑，「其實落城主只知其一，不知其二。」

「哦？」

「就算落城主將我押入禪都，而且冥皇也願見我，也不可能真相大白，試問冥皇怎麼可能讓樂土萬民知道他錯了？既然錯了，冥皇會一錯到底，進了禪都，冥皇隻手遮天，是非黑白，還不是他一人說了算？何況，他根本不是無心之錯！」

「也許，冥皇是聽信了讒言也未爲可知。」落木四道。

殞驚天搖了搖頭，「若冥皇真的是爲了所謂『叛逆』之罪而討伐坐忘城，那麼的確存在聽信了讒言的可能，但事實上這只是一個幌子，冥皇真正的目的是要殺我滅口！」

「殺人滅口？」落木四似想起了什麼似的道：「莫非是與劫域有關？」

「暫時這還只是猜測，不過可能性十有八九，但要確定此事，卻決不容易。冥皇決不會承認，而甲察、尤無幾已死，可謂死無對證。」殞驚天道。

戰傳說由卜城大營返回坐忘城時，已將自己在卜城大營的經歷向殞驚天大致敘說了一遍，其中就包括說到與落木四、左知己、單問的一番長談，所以殞驚天對落木四知道關於劫域的說法並不意外。

「既然明知會出現那般結果，那……殞城主又爲何要甘心自縛前往禪都面見冥皇？」落木四詫異地道。

殞驚天道：「原因很簡單，既然冥皇討伐坐忘城是以我殞驚天叛逆爲理由，那麼，我進入禪都面見冥皇闡明一切後，若冥皇認爲我無罪，那他自是不會再伐坐忘城；若是認定我殞驚天有罪，自可讓我在禪都伏罪，坐忘城將不再是我殞驚天的坐忘城，冥皇也同樣沒有理由再伐坐忘城了。」

落木四已隱隱猜到殞驚天的打算，此時得到了證實，心頭不由既感慨，又感動，同時還有悲憤，他嘶聲道：「如此說來，殞城主早已將生死置之度外，只是不願坐忘城萬民受難？」

殞驚天淡淡地道：「我乃坐忘城城主，既然無力保坐忘城平安，只好出此下策了。」

「不！如果殞城主全力一戰，卜城未必能勝，無論在人數上還是地利上，卜城都處於不利之勢。」

「一軍主將在敵方主將面前陳述己方的不利，以證實己方未必能勝，恐怕也是前無古人，後無來者了。」單問暗自忖道。

殞驚天道：「但樂土之外，還有千島盟，而坐忘城戰士及卜城戰士都不應成爲外敵的無謂祭品。其實，落城主先是一路拖延，遲遲方至坐忘城前，而後又向陳公子應允緩戰十日，心頭的顧忌，又何嘗不是與殞某相似？」

落木四慢慢地體味著殞驚天的這番話，不無悲愴地大笑道：「如此說來，你我倒是同病相憐了，哈哈哈來！我等爲此乾一杯！」

殞驚天也不推讓，三人舉杯共飲。

單問再將三杯斟滿。

在落木四看來，殞驚天此舉顯然是已將他自身的安危置之度外，若說這樣的人會爲了一己私欲而不顧樂土安危背叛大冥王朝，落木四決不會相信！

此時，他對戰傳說的說法幾乎已確信無疑。

正是因爲欽佩殞驚天視死如歸的磊落氣度，當殞驚天隻身進入卜城大營，告訴落木四，只要落木四答應退兵，那麼他即甘心由卜城戰士押送禪都，至於如何定罪，由冥皇定奪時，落木四應允了。

單問心細，他插話向殞驚天問道：「殞城主所稱『陳公子』者是誰？」

殞驚天道：「自是曾在卜城大營療傷的陳公子。」

單問與落木四相視一眼，單問道：「但他自稱是戰傳說，而非姓陳。」

「戰傳說?!」殞驚天大吃一驚，脫口道：「戰傳說豈非早已被陳籍所殺？」

話剛出口，連殞驚天自己都感到頗爲拗口，若「陳籍」就是戰傳說，那豈非等於在說「戰傳說已被戰傳說所殺」？那可真是奇談怪論。

但很快，殞驚天想到在不二法門追殺戰傳說一事鬧得沸沸揚揚，連自己的女兒小夭也在街頭設一「露天賭局」，賭戰傳說是否會在不二法門定下的期限內被殺時，所有的人都認定戰傳說必死無疑，唯有「陳籍」卻與眾不同，認爲戰傳說不會死，並將劫域哀將的「苦悲劍」作爲賭資抵押給了小夭。

當初殞驚天只是覺得有些意外，再無其他想法，現在看來，莫非正因爲「陳籍」才是真正的戰傳說，所以他會認定戰傳說決不會在不二法門所定的期限之內被殺？

而且，「陳籍」在殺了那個自稱「戰傳說」，也被世人公認的「戰傳說」之後，曾對不二法門靈使說死者並非真正的戰傳說，並要上前揭下死者的面具，但最終卻沒能發現死者面具的存在。

殞驚天相信「陳籍」決不是冒失之人，何況面對的是地位尊崇無比的靈使，若非有足夠的把握，他決不會隨意開口。這一幕，小夭是親眼目睹的，也是小夭將此事告訴殞驚天的。小夭對戰傳說的事都是津津樂道，尤其喜歡將戰傳說的事告訴殞驚天。女兒的心思，殞驚天當然已有所察覺。

還有，後來坐忘城派出幾名前去追尋「陳籍」的戰士有三人在那片林中莫名被殺，從時間上推斷，不會是「陳籍」、爻意二人所為，由此可以看出那「戰傳說」雖然已死，但事情卻並未因此結束。

這本有些不可思議，但若「陳籍」才是真正的戰傳說，那發生這些離奇古怪的事卻又是在情理之中了。

那麼，「陳籍」究竟是不是戰傳說？

如果是，那麼被殺的「戰傳說」又是誰？為何連不二法門也判斷失誤？為何真正的戰傳說卻又無人識得？

殞驚天百思難解。

縱然有百般疑惑，但殞驚天對「陳籍」仍是懷有維護之心，他堅信無論如何，「陳籍」都不可能是欺名盜世之徒，這是直覺，也是由與「陳籍」共處後得出的結論。

於是，殞驚天在片刻怔神後，爽朗一笑，「戰傳說便是陳籍，陳籍就是戰傳說，至於被戰傳說所殺的人，當然不是真正的戰傳說。試想戰曲乃萬眾共仰的武道尊者，何以突然間其子成了人人共憤之宵小之輩？一切都是因爲有人要借戰曲之名欺名盜世罷了。」

落木四、單問也寧可相信被殺的不是真正的戰傳說。

單問道：「力拒千島盟大盟司這等壯舉，又豈是人人可爲的？虎父無犬子，戰曲戰大俠在龍靈關決戰千異，捍衛樂土尊嚴，父子二人前後相輝相映，已爲千古美談！」

他對戰傳說很有好感，當然願意自己所欣賞的年輕人有著「英雄之子」的身分。

殞驚天雖聽戰傳說提及過他與千島盟大盟司一戰之事，但戰傳說並未細說，而且更未說出是擊敗大盟司，反而著重指出他是被大盟司擊傷後，爲卜城所救起的。

殞驚天見單問言語間對戰傳說充滿了欽佩之情，便道：「不知當時戰傳說是如何將大盟司擊敗的？」

就在世人皆認爲戰傳說已死，而且是死有餘辜時，殞驚天、落木四、單問卻「擅作主張」，認定戰傳說未死，死的只是假冒戰傳說的人，真正的戰傳說是一個與其父戰曲的壯舉相比也不遑多讓的英雄！

這固然是與事實的一種巧合，同時也顯現了三人對戰傳說的偏愛之情。

單問便將戰傳說與千島盟大盟司一戰的情形敘說了一遍。

他的言辭精蘊，深入淺出，時而鋪敘，時而驚嘆，一波而三折，遠非落木四能比，落木四是親眼目睹那一戰的，但再聽單問說來，仍是聽得胸中盪氣迴腸，不時擊掌叫好。

至於殞驚天，還是第一次有人對他細敘這一戰，只覺非但比戰傳說所描述的更驚人動魄，而且結局也有所出入。戰傳說雖然受了重傷，但傷他的卻是自身體內所蘊藏的劍氣。

殞驚天明白戰傳說之所以一再強調是被大盟司擊傷後為卜城所救，是為了讓他減輕對卜城的仇視，同時也以「大盟司」這一共同的敵人讓他意識到，兩城一戰，所牽涉到的不僅僅是兩城！

思及此處，殞驚天不由感慨良多，他端起杯來，「來，為戰傳說力拒大盟司再乾一杯！」

三人再度一飲而盡。

落木四忽想起一事，「殞城主，難道你從不擔心我雖然已答應你，只要你甘願自縛隨我進入禪都，便放棄攻城，但一旦你為卜城控制後，便立即反臉，進而加害於你，繼續攻城？」

殞驚天道：「若落城主攻城之心如此迫切，又何必緩戰十日？何況我相信戰傳說的眼光！坐忘城、卜城相距數百里，折損成上千萬的人馬攻下坐忘城後，對卜城又有何益？要邀功請賞，有我殞驚天在手中，也已足夠了。」

落木四哈哈一笑，然後慢慢收斂了笑容，輕嘆一聲，「並非人人都有你我這般想法，有一件事，我落木四一直是如鯁在喉。」

「哦？」殞驚天眉頭微皺。

「重山河是襲我大營時被殺，但事實上，殺重山河的人極可能不是卜城的人，當時風雨交加，場面混亂，但不管場面再如何混亂，無論是誰，與重山河交手決不會感覺不出。當時重山河在交戰的雙方中，應都是技高一籌的，但重山河又非被圍殺而戰亡，由他的傷口應可以看出這一點。如此說來，可以大致推斷出在交戰時另有他人介入其中，並在殺了重山河之後便迅速退走。」

頓了一頓，落木四接道：「我提及此事，倒不是不願擔負殺重山河之責。兩軍交戰，不是你死便是我亡，就算當時真是我的人殺了重山河，我也不會覺得有何愧疚。正如雖然此時你我把酒共飲，但若是在陣前廝殺，我亦是會拚盡全力！」

殞驚天點了點頭，「我明白。」

落木四道：「正是因爲重山河死得蹊蹺，我才想到很可能有人極欲挑撥卜城與坐忘城之間的決戰！想到這一點，我反而不願貿然而行。畢竟大盟司的出現已是先兆，從這一點看，殞城主自縛之舉，非但庇護了卜城、坐忘城成千上萬的戰士，也保了樂土之安寧。」

殞驚天道：「我已看過重山河的傷口，可以看出是亡於一種奇門兵器之下，而且他全身上下只有一處傷口，由此推斷，對手的修爲必定高出他甚多，所以我對此也頗有疑慮。」

言下之意自是說卜城中應不會有人的修爲能比重山河高出許多。

殞驚天最終作出這一驚人的決定，與祖年等北尉府的人攔街請命一事不無關係，那時他真正地意識到他已被推至一個沒有退路的邊緣。

甚至，就算他作出了這樣的選擇，也不能斷定坐忘城的人能否理解、接受。

殞驚天的舉措對坐忘城的人來說，無異於晴天霹靂！

貝總管、伯頌、幸九安及鐵風相見後，看過殞驚天留下的信箋，略作商議，便決定要全力挽回此事。

當下四人各自分頭安排妥當後，伯頌、幸九安、鐵風各率南、西、東三尉府五百精銳，加上貝總管所領三百餘名乘風宮侍衛，由東門而出，直奔卜城大營。

這一切，都在瞞著小夭的情況下進行。

千餘人的鐵流如洶湧潮水，向卜城大營飛速席捲而去。

卜城的遊哨早早地就發現了這一幕，迅速將此事稟回大營。卜城能征善戰的特點這時顯露無遺，在短短的時間內便做好了一切準備，當坐忘城人馬衝至卜城大營前時，卜城戰士已嚴陣以待。

坐忘城千餘人在離卜城大營一箭之遙時，便主動停下了，按信中的情況來看，此時殞驚天應已落在卜城人的手中，若貿然攻擊，恐怕會讓卜城人惱羞成怒，加害城主。

伯頌、鐵風等人舉目向卜城大營望去，但見出現在眾人視野中的卜城戰士並不多，而且多是持盾戰士。但環視卜城大營，卻感到氣象森嚴，殺氣騰空，予人以無可撼動之勢！眾人皆不由暗自倒抽了一口冷氣！

鐵風面色凝重而鐵青，他向卜城大營望了一陣後，對身邊的伯頌道了一聲：「我去去便回！」

未等伯頌反應過來，鐵風已一夾身下坐騎，戰馬長嘶一聲，如箭射出。

在兩軍之間開闊的平原上，只見一騎如飛。所有的聲音都靜了下來，整個天地間只剩下一串風馳電掣般的馬蹄聲。

轉瞬間，鐵風已至卜城弓弩殺傷力最強的範圍內。

伯頌的心猛地緊縮！

卻並未有伯頌擔心的卜城大營弓箭齊發的場面出現。

這正是卜城人馬訓練有素的表現，對弓弩手而言，從抽出箭矢，到搭箭，再到張弓拉弦，直至瞄準射出需要一個過程，儘管這一個過程對熟悉的弓弩手來說極為短暫，在戰局瞬息萬變的時刻卻至關重要，一輪箭矢務必要使對方的一輪攻擊波滯緩。

若是僅僅因爲鐵風一人的干擾，便誘得眾弓弩手忘情射殺，那麼只要坐忘城戰士立即全線壓上，卜城的弓弩手將只能眼睜睜地看著坐忘城的人馬飛速趨近，當他們再度搭箭張弦時，已再難對坐忘城戰士的衝擊形成有效的阻擋。

鐵風衝至離卜城大營轅門只有十餘丈距離時才猛地勒住戰馬，戰馬一下子如人直立，雙蹄奮起。

這時，鐵風連卜城持矛手矛尖泛花的寒光都已看得清清楚楚。

他在馬上大喝一聲：「落木四何在?可敢到陣前答話?!」

喝聲內凝真力，滾滾而出，響徹整個卜城大營。

回答他的是沉悶而節奏漸漸加快的戰鼓聲，戰鼓聲來自卜城大營深處，隨著節奏的加快，鼓聲也由低沉變爲激越。

鐵風滿腔怨憤無從發洩，悄然自肋下抽出一把長僅半尺的短刀，一揚手，寒光怒射而出！

伯頌還以爲鐵風要射殺某名卜城戰士，孰料只見寒光卻是直奔卜城營外一杆大旗而去。

眼看那杆掛有卜城城旗的旗杆即將被短刀攔腰斬斷時，倏聞又有尖銳的破空聲響起，由卜城大營的方向射出另一道寒光，「噹」地一聲爆響，鐵風的短刀已被撞得飛出。

與此同時，卜城大營轅門大開，出現了一列人馬。

鐵風只看了一眼，便立時怔住了。

只見走在這列戰士當中有兩人格外顯眼，一個是殞驚天，另一人則是落木四，雖然在此之前，鐵風並未見過落木四，但對落木四那與眾不同的尊容卻早有耳聞，故能一眼就將之認出。

殞驚天既未被禁押，也未枷鐐加身已夠讓鐵風意外了，而落木四與殞驚天平和的神情更讓鐵風驚愕不已，看兩位城主的神態，既不像一對仇敵，也看不出殞驚天是敗軍之將或階下之囚。看樣子，他們只差沒有把臂而行，飲酒言歡了。

鐵風卻不知落木四、殞驚天雖未把臂而行，但飲酒言歡卻的的確確已做了。

鐵風的注意力卻被殞驚天吸引過去了，對落木四如戲言般的責問似若未聞，加上落木四的落木四首先開口道：「尊駕爲何無故欲毀我城旗？」

嗓音古怪，不留意細聽也聽之不清。

鐵風叫了一聲「城主！」便立時翻身下馬，不知是悲是喜是怨是哀。

殞驚天已把自己的用意在信中說得明明白白，鐵風也不是不瞭解殞驚天的良苦用心，但卻很難接受雙方尚未真正的決一高下，自己的城主就爲對方所擒這一事實。

殞驚天以其極爲平靜的聲音道：「你們都按我所說的去做，明日一早，卜城人馬便要撤回卜城，而落城主將與我一道同去禪都，是非曲直，日後自明。」

他的平靜恐怕會讓不知情的人以爲他前往禪都不是凶多吉少之行，而是逍遙一遊，以爲落木四並非押送他前去禪都，而只是與之結伴同行。

鐵風何嘗不知城主是想借此寬慰眾人？但由落木四對城主的態度來看，至少城主在前去禪都的途中不會受苦。

只見鐵風仍不死心，他道：「只要城主一聲令下，我等可立即拚死救出城主！」

落木四對鐵風的不理不睬並不介意，他道：「只要殞城主願回坐忘城，又何須尊駕相救？我可立即將殞城主送回城中。可氣的是，你等與殞城主朝夕共處，卻並不能瞭解殞城主的良苦用心。」

「你……」鐵風想要喝罵「你這醜怪之人憑什麼說我等不瞭解城主」，但不知為何，他感到落木四身上有一股無形的力量讓他話到嘴邊又咽了回去。轉而對殞驚天道：「城主，就算你到了禪都，冥皇也會加害於你，此計萬萬不可行！」

他下意識中搶前幾步。

殞驚天慨然道：「若是冥皇拿不出我殞驚天叛逆的罪證，而加害於我，那時也已是天下共知，冥皇定會有所顧忌！」

鐵風心知已無法勸回城主，這不比城主被擒，若是被擒，他鐵風還可以拚死殺入營中救出城主。只好道：「既然城主心意已決，我等就在坐忘城等候，若是冥皇顛倒黑白加害城主，坐忘城定會揮師禪都，向冥皇討還血債！」

雖然此時殞驚天尚在眼前，但鐵風卻知道自己的預言很有可能就會成為現實，今日在此一別，他日再聽到關於城主的消息時，恐怕就是由禪都傳來的噩耗了。

想到這裏，鐵風只覺悲從中來，錚錚鐵漢，竟在眾目睽睽之下號啕大哭！

坐忘城千餘人馬中亦傳出抽泣聲，誰都明白殞驚天是不願連累坐忘城萬民，才作出如此選擇。

伯頌更是老淚縱橫，哽咽道：「罷了，罷了，我等便在城中厲兵秣馬，只等殺入禪都便是。」

小夭終還是知道了父親去了卜城大營的事，向她透露此事的是乘風宮一名上勇士的年輕妻子。

乘風宮侍衛被抽調了三百人，貝總管不在乘風宮，鐵風不在東尉府，這一切都證明那名上勇士之妻所言是真。再聯想到昨天父親留連於竹館以及其言行，小夭頓時心頭浮起不祥之感。當時她對父親殞驚天所說的話都未加以深思，現在看來，卻多是別有深意。

小夭再不猶豫，直奔東門而去。

東尉府的人已得到鐵風的命令，事先做了準備，早早地在半途候著小夭，見小夭果然直奔東門而來，趕忙依鐵風的吩咐上前，準備軟纏硬磨將小夭留下。

誰曾料剛剛走近小夭，未等他們開口，小夭就像是早已料知他們的用意，冷不丁地抽出一把短劍，直指眾人，冷聲道：「誰敢攔我，我便殺了誰！」語氣強硬。

眾人相視一眼，已打定主意，口中道：「我等豈敢攔阻小姐？只是自北尉將遇害後，城主下了死令，若無城主之令，任何人不得出城，還請小姐莫要為難我們。」

小夭氣得柳眉倒豎，杏目圓睜：「為何已有千餘人出城你們卻不加攔阻，而偏偏要與本小姐作對？」

「小姐息怒，貝總管、東尉將他們的確出了城，但他們是奉城主之令而行的。」

這分明是信口雌黃，但他們已得鐵風的授意，才敢這麼說，何況眾人皆知小夭的性情，決不可能為難他們這些普通戰士的。

小夭怒斥道：「胡說！城主分明不在城中，怎能向貝總管他們下令？」

「是嗎？這等大事，非我們這些身輕言微的屬下所能知曉的，我等只知遵令而行。」

這些人是鐵風特意尋來的能言善辯之士，能說得天花亂墜，死雀也會點頭。小夭若與他們爭辯，反而正中其下懷，這樣他們就能拖延足夠久的時間。

正相持不下時，忽聞隱隱約約有密集的馬蹄聲從東邊傳來，小夭一愣，忖道：「難道是貝總管他們將爹爹接回城了？是了，爹並非意氣用事之人，不會輕易重蹈重叔叔的覆轍，出城之前定早已作好了周密部署，以確保能安然回城。」

想到這兒，小夭的心情平靜了些，暫時不再堅持出城。

馬蹄聲正是因貝總管等人所率千餘人馬返回城中而起的。貝總管、鐵風等人終是無法勸服城主殞驚天，雖然眾人皆看出落木四與城主殞驚天似惺惺相惜，但誰也無法斷定這是否出於落木四的真心。若是這僅是落木四的權宜之策，目的就是要波瀾不驚地將殞驚天押送禪都，這對卜城而言自是有百利而無一弊。

即使落木四不會爲難殞驚天，但殞驚天免不了最終落到冥皇手中的命運，那同樣是凶多吉少。故揮淚辭別城主殞驚天之後，貝總管等人在返回坐忘城的途中，心情都異常沉重，誰也不願開口說話。

直到先頭的人馬中有人折返，向貝總管等人稟報小夭就在前面，急著要見父親殞驚天，方使他們從各自的心事中清醒過來。

誰都知道此時面對小夭是一件棘手的事，欺瞞只能是權宜之策，這麼大的事要瞞過小夭一人，難比登天，況且殞驚天在信中所透露的意思也是要把真相如實告訴小夭。

伯頌看出其餘幾人皆有爲難之色，知道眾人都不忍心親口將真相告訴小夭，便道：「此事就由我告之小姐吧。」

伯頌是眾人之中最年長的，加上性情仁厚，甚有長者風範，由他把此事告訴小夭，應是最合適的。當下眾人都默默地點了點頭，鐵風還將殞驚天留下的那封信交給了伯頌，讓伯頌在必要時將它轉交小夭過目。

當小夭見前方從坐忘城戰士閃開處，向自己這邊走來的不是父親，而是伯頌時，頓知自己的美好願望已落空。

想到重山河的慘死，小夭只覺腦中「嗡」的一聲，幾乎站立不穩。

第四章 叛主求存

卜城大營。

落木四將殞驚天送至關押的地方後，這才返回自己的大帳。說是關押，其實更像是軟禁。

剛回到自己大帳不久，就有侍衛匆匆進來向他稟報，說是前幾天在攻打坐忘城東門中受傷的卜城戰士得知明天就要退回卜城，有所不滿，場面十分混亂，武備營的統領畢大曉幾乎無法控制局面。

落木四一驚，只沉吟了片刻，便決定親往武備營一趟。

原來在攻襲坐忘城東門一役中受傷的卜城戰士只在前營滯留一夜，第二天便轉移至後方的武備營中。武備營戰鬥力相對較弱，加上物資一應俱全，正好適宜受傷戰士休養療傷。

由於傷者親歷了與坐忘城的正面衝突，親眼目睹了同伴亡於坐忘城戰士的攻擊之下，加上自身也受了或重或輕之傷，故對坐忘城的仇視比其他人更甚。

落木四對這一點十分清楚，也知道最可能反對立即不戰而退的人就是這些人。本來此事落木四不需親自出面處理，無論是讓單問還是左知己前去，應該都能將此事妥善處理，但落木四想到左知己一向主張全力對付坐忘城，對撤回卜城的舉動恐怕也會有所不滿，讓他去處理此事，終有些不放心，而單問被千島盟大盟司擊傷後尚未完全恢復。還有一個原因，則是落木四料知對於自己的決定，在卜城中必有分歧，自己親去處理此事，多少可以減少一些分歧。

落木四領了四名侍衛一同前往武備營。

武備營與前方大營相距約莫四十里左右，在武備營與大營之間也並非完全隔斷，而是每隔一段約四五里的距離便設有哨營，每哨營約有二十餘人，他們的任務就是要保證：一旦敵方包抄大營後路或試圖切斷前後方的聯繫時可以及時發現。

因地形的原因，坐忘城很難對卜城形成這種威脅，但落木四對行軍駐營一向是一絲不苟，並不會因外在因素而有所鬆懈。

一路上，落木四發現沿途哨營仍在一絲不苟地履行其責，並未因明日就要撤兵返回卜城而有所改變，心頭不免有些欣慰與自得，近四十里的路程不知不覺中便已被拋在身後。

武備營顯得一派肅靜，並無落木四想像中的混亂，他很是詫異，同時也暗自鬆了一口氣，忖道：「畢大曉總算沒有太讓我失望。」

當下，落木四領著四名侍衛直奔武備營主營，武備營的守衛見是城主駕臨，當然無人攔阻。

走近主營，落木四忽聞主營方向竟有絲竹鼓瑟聲傳來，濃眉倏挑，臉色一下子沉了下來，本就有些醜怪的五官眉目此時更透出一股讓人望而生寒的怒意。

他一下子加快了腳步，大步流星地向主營而去。不等正營外的幾名守衛入帳通報，落木四一把將立於帳外的守衛推開，闊步掀簾而入。

甫一踏足營帳內，方才在外頭便聽到的鼓瑟聲立時一下子毫無阻隔地衝入落木四耳中。

落木四一眼就看到據北向西而坐的畢大曉，畢大曉高擎一隻酒杯，正滿臉笑容地望著在他面前載歌載舞、姿態撩人的一群樂女，兩側則是幾名樂師以鼓樂聲為樂女相和。眾樂女容貌娟秀，身形曼妙，舉手投足間無不予人以銷魂蕩魄之感。

落木四十指關節爆響，雙目直視畢大曉！

畢大曉正對著帳門，當然也是第一個發現落木四的人，他的從容一下子僵在臉上，舉著杯子的右手也僵在空中，動作十分可笑。

不知畢大曉從何處尋來了那群樂女。落木四遠征時，決不可能還帶著樂女，這群樂女根本識不得進入帳內的高大而模樣古怪的落木四，畢大曉未發話，她們依舊應著節奏而動。

落木四心頭怒焰萬丈！他最恨這種奢淫糜爛的行徑，此舉極為動搖軍心，並引起普通戰士的不滿，若說在卜城內落木四還能對此睜一隻眼、閉一隻眼的話，那麼一旦是在遠征交戰時，他就決不允許部屬犯此戒令！

沒想到在武備營卻還是發生了他最不願意見到的一幕。那一刻，落木四已忘記了自己來此的本意，反而覺得自己來此本就是為了懲戒畢大曉。

在落木四的記憶中，畢大曉雖不如狐川子、欒青那麼英勇善戰，不如單問那麼多智，但畢大曉也有自己的優點，那就是行事嚴謹細緻，幾乎一絲不苟，加上性格有些懦弱怕事，故對落木四的任何吩咐無不是悉數照辦，決不敢敷衍。

而這些優點，正是身為武備營統領所必須的。武備營事情繁瑣，非細心嚴謹之人不能勝任，同時，武備營基本上無須與敵方直接正面交戰，這一點對狐川子之類的人來說是難以接受的，而畢大曉卻是一個例外。

在落木四看來，以畢大曉為武備營統領，也算是人盡其才，再合適不過了，而畢大曉在成為武備營統領之後，也的確未讓落木四失望。

正因為如此，當落木四親眼目睹眼前這一幕時，他才如此吃驚。

畢大曉終於從不安掙脫出來，臉上僵硬的笑容消失了，反而自然了些，他惶然站起身來，卻身不由己地一個踉蹌，身子晃了晃，杯中的酒一下子蕩了出來。看樣子，他已喝得太多，連站立都有些困難了。

去。

落木四剛剛略有些平息的怒焰又「騰」地升騰得更高，冷笑一聲，大踏步向畢大曉那邊走

眾樂女眼見這個臉上傷疤縱橫、模樣兇神惡煞、一臉殺氣的人向她們這邊衝來，這才意識到不妙，頓時人人花容失色，尖叫著欲向帳外逃跑，但落木四正是由帳外而入，加上他身邊還有四名侍衛，恰好堵住了眾樂女的去路。

眾樂女亂成一團，剛剛繞過落木四的樂女被一臉冷漠的侍衛嚇得退回，而後面的卻依舊前奔，以至於有幾名樂女竟被擠得向落木四跌撞過來，並撞在了他身上，場面混亂之極。

落木四毫不憐香惜玉地一把抓住其中一名向自己跌撞過來的樂女的手腕，用力一帶，就要將之撥開。倏聞極為輕微的一聲機括啓動的撞擊聲響起，那名被落木四抓住手腕的樂女衣袖間有寒光驀然閃現，落木四只覺手腕一緊，已被一冰涼堅硬之物扣住。

與此同時，衣帛碎裂的「嘶嘶」聲中，幾名樂女的裙衫內同時有寒刃破衫而出，自不同的方向向落木四閃刺而至，寒芒與碎如彩蝶般的裙衫相映，情景既絢麗又詭異。

樂女行動如出一轍，而且俐落之極，顯而易見是精於刺殺的行家。

剎那間，落木四已意識到了什麼。

劍在左側，右手被制無法取劍，落木四掌如刀般暴削而出，向困住自己右腕的那樂女咽喉要害切去，同時右腿反向踢出。一名樂女應腿倒飛而出，胸口中了一腿，立時鮮血狂噴。

但與此同時，落木四胸腹、後背同時各中一劍。眾樂女與他之間的距離太近，幾乎是貼在了他的身上，加上攻襲的突然，留給落木四的時間實是少得可憐。

困住落木四右臂的那樂女嬌軀如一隻輕盈之蝶般飄然掠起，非但避過了落木四的攻擊，並且順勢將落木四的右臂扯向反關節的方向，招式毒辣。

只聽得「砰砰」兩聲，刺中了落木四的兩名樂女面門已遭落木四重拳暴擊，血光四濺，如花似玉的容顏頓時不復存在。

她們慘呼著倒跌出去時，落木四左手已飛速拔出插入自己體內的一柄劍，揮劍疾削！就在自己右臂即將被生生扭斷之前的那一刹，一劍斬下困住他右腕樂女的一隻手臂。

他的右手重獲自由！但卻觸目驚心地與一隻斷臂連繫在一起，斷臂與軀體未分離之前是圓潤豐腴，充滿了美感與誘惑力，但此時它帶給人的只有森然可怖！

隨落木四同來的四名侍衛在最初的震愕之後，已回過神來，紛紛取出兵器，試圖救下落木四。這時，除了被落木四重拳擊得暈死過去的兩名樂女外，其餘的樂女不約而同地倒掠而出。

落木四一劍削飛與自己右臂連在一起的斷臂，劍交右手，低吼一聲，徑直向畢大曉撲去。他斷定這些樂女是受畢大曉的指派，故不顧一切直取畢大曉。

身上兩處傷口血流不止，但落木四在極度憤怒中已忽視了這一點，他的身法在全力催運內家修爲的情況下，竟絲毫未受傷勢的影響。劍尖猶如一抹復仇的咒念，以一往無回之勢直取畢大曉。

畢大曉彷若已被落木四的氣勢所震駭，竟臉色發白，全身僵硬，無法作出任何有效反應。他的身軀劇烈地顫抖著，卻仍是舉擎著那只酒杯，只是杯中的酒已所剩無幾。

落木四心頭忽然閃過一絲異樣的感覺，他猛地意識到畢大曉也許對此事並不知情；或者畢大曉雖然知情，但並非幕後的主謀，否則，面對自己的反擊，他不應驚駭至此。

事實上以畢大曉的性情，若無他人指使，就算畢大曉對城主落木四有天大的不滿，也不敢做出這等事來，落木四早已在畢大曉的心中形成積威。

此念甫起，落木四心生警兆，看似仍是欲一舉擊殺畢大曉而後快，事實上卻是暗自留神著周遭的一切變化。

果不出落木四所料！眼看畢大曉即將亡命劍下時，倏聞「嘶啦」一聲，畢大曉身後的帳幕突然破開，一道人影閃身而入，雙手疾揚。

「嗖嗖嗖……」數道寒光向落木四當頭射至。

是七枚形狀各異的暗器！落木四一下子明白過來，如此高明而致命的暗器手法，無疑是來自於左知己！

劍暴旋如盾，同時落木四強自凌空側旋。

數聲「叮噹」脆響過後，落木四總算擋下了所有的暗器，手中兵器也被震得「嗡嗡」鳴響。

未等落木四立穩腳跟，冷風再起，兩串十字鏢一隻追著一隻，如電火般分射落木四要害部位，聲勢驚人，充滿了死亡的威脅力。尤其是十字鏢以獨特的勁力擲出，或正向飛旋，或反向飛旋，各不相同，由此速度快慢有異，形成持續的威脅。

落木四倏然沉哼，劍光閃掣，有若漫天飛雪，劍氣相蕩，形成一道強大的氣旋，在強大氣旋的席捲下，十字鏢改變了所有的速度與力道，其攻擊性亦因此而削弱近半。

隨即便響起幾乎難分先後的十數次撞擊聲，十字鏢悉數被截下震開。

這時，落木四感到力道虛浮，身子有被掏空一般的空洞感。真力一窒，他一時之間竟無力爲繼，無法在瓦解對手的攻襲後趁機反擊。

伸手在腹部一摸，一片黏濕，鮮血將手染得赤紅。

這時，已可看清及時救下畢大曉之人的面目。

果然是左知己！

而畢大曉在左知己出現的那一刻，再也堅持不住，像是被抽去了全身骨架般軟軟地癱坐於地，臉色更爲蒼白。

左知己冷冷地掃了畢大曉一眼，「真是廢物！他已中了兩劍，今日是必死無疑，你怕他作甚？」

畢大曉掙扎著站起身來，唯唯諾諾，目光始終不敢與落木四的目光正視，也不知是愧疚還是懼怕。

與畢大曉相比，那些樂女反而鎮定多了，再與先前她們見落木四衝向畢大曉時的驚慌失措相比較，足見這些女子演技之高明，讓落木四對她們沒有半點疑心！

至於畢大曉的慌亂，現在看來倒不是假裝的了，只不過畢大曉是擔心殺局爲落木四識破而惶然不安，而落木四卻誤以爲他是因擅違戒令被自己發現而惶然驚懼。

這種誤解使落木四沒有能夠及時地察覺出情況異常。

落木四怒視左知己，嘶聲道：「左知己，你竟敢加害於我！」

他的聲音本就嘶啞獨特，此時聽來更是讓人心悸，不忍多聽。

左知己卻神色平靜，他的臉上露出滿不在乎的微笑：「這只能怨你不該擅作主張要退回卜城，既然作出這種決定，就應該想得到會大禍臨頭，可你卻輕易地上了我的當，看來，你是命該絕於今日。」

落木四明白所謂的傷兵對退回卜城大爲不滿，以致造成混亂場面的說法，其實是左知己的一個圈套，目的就是要引自己離開前方大營來到這武備營，好借機下手。

左知己對落木四十分瞭解，既算準了落木四必會親至武備營，又料定他對部屬沉迷於聲樂而不能忍受。

落木四呵斥道：「狂妄小兒！你仗著爲冥皇寵信，竟以下犯上，背信棄義，必爲卜城、爲樂土所不齒！」

左知己嘆了一口氣，以悲天憫人的語氣道：「落木四，你太天真了，事到如今，竟還以爲這麼做是我左某人的主意。就算我與你素有間隙，但若無冥皇旨意，也決不會有此舉動，而畢大曉一向對你尊崇有加，若非是冥皇的旨意，他又豈敢與我聯手對付你？」

對於畢大曉，左知己顯然是不會放在心上的，當著畢大曉的面直呼其名。

畢大曉臉色更爲蒼白，他終於勉強正對著落木四，張了張口，像是要說點什麼，但最終卻仍是一個字也未吐出。

落木四根本不信左知己的話，不屑地冷笑道：「你若敢作敢爲，落某多少覺得你像個男人！」

左知己懶洋洋地笑了笑，「真是執迷不悟，可笑可憐！我就讓你看一物！」說著，他已取出一件東西，亮於落木四的眼前。

此物泛著金黃色的光澤，色澤幽亮，光華內蘊，約有半個巴掌大小，中央如滿月，「滿月」四向共有十隻如刃尖的稜角，除了呈「十」字形對稱分佈的四隻稜角顯得格外長一些外，其餘六隻稜角略短，每隻稜角上皆刻有細如游絲的花紋，紋案肉眼難辨。

落木四神情驀變！

那赫然是在大冥樂土具有無上權威的「十方聖令」！

驚愕之餘，落木四倏而嘶聲狂笑：「哈哈哈哈……哈哈哈哈……『十方聖令』乃大冥樂土權威象徵，輕易決不動用。如今卻相繼運用兩次，一次是爲殺殞驚天，一次是爲殺我落木四，兩次動用『十方聖令』竟都是要除去一城之主，大冥冥皇昏昧至此，看來王朝時日無多矣！」

悲愴之情，嘲諷之意，溢於言表。

落木四明白了真相之後，反而顯得冷靜了一些，他第一件事便是想到了殞驚天。

落木四已存必死之心，只求能與左知己同歸於盡，以免卜城權柄落於左知己這樣的宵小手中。但得知要暗害自己是冥皇之令後，落木四驚怒之餘，亦改變了主意。

他想到自己一亡，殞驚天亦必遭暗害。更重要的是，冥皇既然可以平白無故地要暗害於他，證明殞驚天所說的並不假。

殞驚天根本無叛逆之心，坐忘城的禍亂是冥皇一手釀造而成！若是卜城與坐忘城決一死戰，那麼成千上萬的死者的性命便會全因冥皇的昏昧而失去，失去得毫無意義。

這一刻，落木四真正體會到了殞驚天被人誣陷，強加叛逆罪名的痛苦。也正因爲真正地體會到這刻骨銘心之痛，落木四對殞驚天更爲欽佩！

殞驚天前往禪都，顯然是抱有必死之心，他之所以不惜自己的生命乃至冒著被誣陷而身敗名裂的危險，就是爲了不讓卜城、坐忘城萬民作無謂的犧牲。

落木四心頭升起一個無比強烈的願望——他要救出殞驚天！

只要能回到前方大營，那兒有單問等忠於落木四的人，救出殞驚天的希望就很大。

落木四再不猶豫，右手疾揚，手中之劍倏然脫手飛出，向左知己當胸電射而去！與此同時，他已反身倒掠，向帳外掠去，大喝道：「爲我斷後！」四名侍衛聞聲而動，迅速擋在了左知己與落木四之間。

落木四當然知道那一擲之劍傷不了左知己，他只是要借此擋住左知己片刻，爲自己爭取一線時間。

生死存亡繫於一線之際，落木四將自己的所有潛能都激發而出，面對幾名樂女從不同方位向自己截殺而來的利刃，落木四幾乎是不加理會。

「嘶嘶……」數聲，落木四的身上再添幾道傷口，但都只是被利刃在身上劃出長長的口子，而無法繼續深入給落木四造成致命的重傷。落木四的去速太快，而且是不惜以身添輕傷贏得時間，這一策略顯然出乎所有人的意料之外。

在眾樂女驚愕的目光中，落木四穿越了所有人的攔截。

落木四迅即拔出腰間之劍，方才擲出的只是由樂女那兒奪來的一劍，長劍與身子已成一道直線，厚垂的帳簾應劍而落。

眼看落木四即將衝出這座帳篷時，倏聞一聲冷笑，如同一隻可以錐破一切的錐子，一下子鑽入每個人的耳中和心間！

落木四只覺得一團赭紅色的影子迎面而至，一下子佔據了他的整個視野。

而在這片赭紅色中，又有一點寒芒暴現，並以不可言喻的速度向落木四迫近！

一點寒芒聲速幻變爲一道彎彎的光弧，如同一輪弦月。

包含無限殺機的弦月！

一生經歷無數次血腥之戰的落木四在這如潮殺機面前，生平第一次萌發了無可抵禦之感。這種感覺由內心深處自發萌生，根本無法由他的意識控制。

落木四傾盡自身最高修爲，揮劍向那如弦月般的光芒迎去。劍勢縱橫如織，卻無論如何也掩不住那一抹弦月般的光芒。

「轟……」一聲沉悶至不似金鐵交鳴的撞擊聲驟然響起。

強橫氣勁四向激濺，猶如無數利劍頃刻間將帳篷劃成千瘡百孔。

落木四只感胸前劇痛，整個身軀在強大無比的力道的撞擊下，如風中柳絮般無力地向後飄出。

他的視野中出現了一片淒迷的血霧！那是他自己的鮮血在強橫氣勁中化爲了血霧。

頹然墜地時，落木四這才發現自己胸前的傷口大得驚人，讓人感到他的身軀似已被當中生生切成了兩截，但傷口中央處湧出的鮮血最多，猶如泉湧。

落木四猛地記起了曾有人向他描述過重山河死後屍體上的致命傷口，雖然沒有親見，但落木四卻本能地感到重山河身亡的致命傷口就是自己身上的這種傷口。

他半跪於地，吃力地抬起頭來，向正前方望去。

他的視線已被流入眼眶內的血水所模糊，以至於當他看到身前一身著赭紅色衣袍的人時，先還以爲只是視覺的偏差造成的。

身著一襲赭紅色衣袍之人的真面目隱在一隻做工精緻的赭紅色面罩之後，唯有那雙冷酷至極的眼睛尚能爲人所見。

此人手中所持兵器極爲獨特，似若鏟與劍的混合體，奇兵的最前緣是一道凸出的弧形鏟刃，但弧形鋒刃的中央奇鋒突起，使整件兵器猶如振翼飛翔的鷹隼，其鋒刃起伏的曲線本身就是對力道的最好演繹與詮釋。

落木四只看了一眼，就可以斷定此人決不會是卜城的人，儘管此人的面目被赭紅色的面罩所掩蓋了。

落木四搖搖晃晃地站直了身子，吃力地道：「你……你是什麼人？」

「前來取你性命的人！」對方的回答冷而硬。

「你死了之後，我就是卜城的城主了。」左知己在落木四身後緩緩地道，他果然沒有被落木四擲出的劍所傷。

「這也是……冥皇的旨意？」落木四想到自己爲了守護卜城，不知經歷了多少次惡戰，往日那種腥風血雨、生生死死的場面在落木四的腦海中飛快地閃過，奇怪的是，每一場面都是那麼清晰，歷歷在目。

曾經的滿腔熱血，無限豪情，換下的卻是無情的殺戮，落木四心中一片悲涼。

四名侍衛將落木四圍在當中，看樣子是要與落木四共存亡。

落木四心頭多少有些欣慰，忽腦中閃出一念：「既然左知己的主要目標是自己，那麼何不借此吸引對方主要力量來助四名侍衛脫身？」

這四名侍衛皆追隨落木四多年，對落木四一向忠心耿耿。

正當落木四轉念之際，倏覺背後劇痛，並且劇痛之感迅速貫穿了他的身子。

落木四低頭一看，赫然發現有刀鋒透自己前胸而出，正在心臟部位。落木四一下子怔住了，難以置信地望著由胸前穿刺而出的刀鋒！

「司空南山……是……是你？」落木四的聲音顯得虛弱無比，如風中游絲，像是隨時都會被吹散。

由落木四胸前透出的刀尖雕有蛇形紋路，落木四一眼就能看出此刀是他的侍衛之一司空南山的兵器，因爲這把刀本就是落木四三年前爲嘉獎司空南山的忠勇而當眾贈與他的。

「沒想到，最終，我竟是亡於這把刀下！」落木四心頭滋味百般。

一刀刺殺落木四的正是司空南山！

司空南山突襲落木四後，立即走向左知己，跪於地上，「城主，司空南山願為城主效犬馬之勞，逆賊落木四我已替城主殺了，算是送給城主的一份見面禮！」

未等左知己開口，另外三名侍衛在極度驚愕中猛地清醒過來！

「畜生！」

三人的嘶叫聲因為極度的憤怒已變得十分怪異，同時如瘋了般不顧一切地向司空南山衝去，恨不能將司空南山千刀萬剮，碎屍萬段！

憤怒、悲痛、愧疚、驚愕、仇恨，種種心緒讓三人面目扭曲而猙獰，狂怒之中，他們的攻擊已毫無章法可言，更完全忘記了在攻擊司空南山時，還應自保。

此時，他們的心中只剩下一個念頭，那就殺了司空南山，其他的一切已毫不重要！

左知己臉上微微泛笑，眼見三件兵器就要同時落在司空南山的身上時，他的右手才驀然揚起。寒光倏閃，就像烏雲密佈的天空中一閃即沒的幾縷散亂的光線，耀眼卻不可捉摸。

三名侍衛的要害部位各中一枚暗器。暗器的體積都不大，甚至可以說是小巧玲瓏，卻足以致命。三名侍衛舉起的兵器再也無力揮下！

縱是予他們三人以致命一擊的是左知己，而非司空南山，三侍衛在最後時刻仍是怒視著司空南山，竟未看左知己一眼，直至帶著無限的遺恨倒下。

司空南山像是無比馴服地跪在左知己的身前，就算是在三侍衛的兵刃眼看就要加諸他的身上時，他也沒有抬頭。

「你，比他們識時務！」左知己居高臨下地望了望司空南山，緩緩地道。

「屬下不會逞一時之勇而抱憾終身，只要城主給我機會，我日後一定會以忠心回報城主！」司空南山幾乎是一字一字地道。

落木四已漸漸暗淡的眼神忽有光芒一閃而過！

他費力地轉過身去，像是要最後看一眼親手把刀插入他心臟部位的司空南山，但他只是略略側過少許，便覺全身的力道突然一下子消失得無影無蹤，落木四無聲地倒下了。

曾力保樂土一片平安，讓千島盟無法越雷池半步的卜城城主未戰死沙場，卻倒在了權勢傾軋以及冥皇的昏昧之中。

左知己像是心中巨石終於落下般長長地吁了一口氣。但同時他卻驚訝地發現落木四的遺容竟遠比自己想像的平靜。

難道，這是錯覺？落木四蒙受了奇冤，怎麼可能如此平靜？

落木四的五官因爲疤痕的相襯而醜陋古怪，加上又濺上了不少鮮血，最後的表情也很難看清。左知己暗加留意，又否認了自己先前的感覺。

手持奇兵者指著司空南山道：「此子貪生怕死，今日既可爲保全性命背叛落木四，他日就有可能爲了保全性命而背叛你，我勸你還是將他殺了。」

「不。」左知己搖頭道，「我不必殺他。他之所以會背叛落木四，除了貪生怕死之外，也因爲他看出落木四大勢已去。而我左知己卻不會有大勢將去的一天，這決定了他不敢輕易背叛我！」

頓了頓，他接著又道：「何況，要讓單問那些人相信我的話並不容易，有他在，就能使單問不再有疑心。誰都知道司空南山是落木四的親信侍衛，誰會想到司空南山會背叛落木四？」

那人見左知己的話不無道理，便點了點頭，「落木四已死，剩下的事就看你了。」

言罷，他便要轉身離去。

「請暫且留步。」左知己在他身後道：「左某還有一事相問。」

「說！」

對於對方的冷淡，左知己並不十分在意，他道：「坐忘城的重山河是否也是尊駕所殺？」

「是！」

那人根本不加否認，左知己雖早已猜出這一點，但見此人回答得如此乾脆，仍是難免有些意外，他接著又道：「冥皇身邊的人，左某幾乎沒有不認識的，以閣下的修爲，決不是無名之輩，恕我眼拙，竟識不得閣下是誰。」

「你不必知道我是誰，只要知道必須按我說的去做！」那人的語氣隱隱透出一絲不友好。

左知己暗暗咬牙，沉住氣道：「閣下似乎太不友善了，你我同爲冥皇效命，應當同舟共濟才是。」

對方一聲冷笑打斷了左知己的話語，他的聲音冷而且硬，仍沒回頭：「記住，你不配提與我同舟共濟，而應是依我之令而行！這是冥皇給你的旨令！若是自以爲憑著冥皇的寵信就可以對我指手劃腳，你會發現那將是你犯下的一個致命錯誤！」

言罷，也不理會左知己有何反應，揚長而去。

左知己望著那神秘人離去的方向，久久不語，神色陰晴不定。

良久，他才收回目光，轉而落在司空南山的身上，緩聲道：「司空南山，你要記住，落木四是被一來歷不明的刺客所殺，這三個侍衛是爲護衛落木四而亡。任何時候，對任何人都不得提及方才提議要殺了你的人！」

「屬下明白，不過，三侍衛身上的暗器……」司空南山提醒道。

左知己無聲地笑了，他滿意地道：「你沒有讓我失望，其實我早已想到了這一點，也決不會讓他人看出這三人是亡於我的暗器之下。」

「城主神算無遺，屬下多此一慮了。」司空南山道。

左知己道：「起來吧，跪著說話難道滋味很好？哈哈哈……哈哈哈……」

左知己的言語總是顯得懶洋洋的毫無生氣，連笑聲也是懶洋洋的，笑容來得快、去得也快，彷若在臉上停留的時間略久一些，也是一件很累人的事。

唯獨這一次，左知己卻是笑得這麼的暢快而不知疲倦。

單問想要就如何安全地將殞驚天送至禪都的事與落木四再加以商議，去見落木四時，才知落木四已前往武備營了。

單問也知道傷兵對退回卜城不滿之事非同小可，要強力壓制一百餘受了傷的卜城戰士當然不難，但這並不能真正地解決後患。以往，這種事多是由單問一手處置，他既是卜城的鐵腕人物，又足智多謀，能言善辯，比落木四更能勸服他人。

單問一面為落木四能否圓滿解決此事擔著心，一面等待著落木四的歸來。眼見天色漸漸地暗了下來，不由有些焦灼。

正當單問準備派幾名侍衛前去武備營時，忽聞大營東向一陣混亂之聲，心中不由「咯噔」了一聲，暗知定有事情發生了。

卜城人馬軍紀整肅，尋常小事，是決不會讓大營出現混亂的。

很快，一卜城戰士幾乎是連滾帶爬地跌跌撞撞飛奔而至，半跪於單問面前，顫聲道：「單尉，城主他……他……他已遇刺身亡！」

單問只覺眼前一黑，猛地一把揪起那名卜城戰士，呵斥道：「胡說！造謠生事，我饒你不得！」

那卜城戰士道：「城主遺體已由武備營畢統領送至，畢統領讓我來稟報此事……屬下就是有天大的膽子，也不敢捏造此事！」

其實單問又何嘗不明白這一點？「唉……」單問長嘆一聲，只覺手足冰涼，腦中一片空洞，怔怔地茫然佇立。良久，方對那卜城戰士輕聲道：「你領我去見城主吧。」

落木四的遺體靜靜地躺在擔架上，儘管已經過處理，卻仍可見斑斑血跡。

與落木四遺體一起用擔架抬來的還有三名侍衛的屍體。

司空南山立於落木四的遺體旁，他那稜角分明的臉上是無盡的悲痛，卻始終不發一言，連單問走近時也未開口。雙唇緊抿，目光投向了遠處不可知的地方，而不與任何人對視。

在他的眼神深處，彷彿有兩團火焰在燃燒，火焰燒乾了他的血液，燒乾了他的五臟六腑，他的靈魂在烈焰熾焚中痛苦不堪。

單問一眼便感覺到了司空南山內心的無比痛苦，這種痛苦決不會是假裝出來的，而且，這並非尖銳而明朗的痛苦，而是鈍痛，就如同以粗礪石緩緩而用力地搓磨著他的內心。

左知己並不在場，他當然不會在這時候出現。

畢大曉的身軀很高大，比單問高出了大半個頭，大手大腳，一臉虬鬚，看上去顯得剛硬無比。

而單問作爲瞭解畢大曉的人，當然知道畢大曉看似粗獷剛硬的背後，其實是無比的脆弱。所以對畢大曉閃爍不定的眼神，像是無處擺放的雙手，欲言又止的表情，單問並不感到意外。城主是在武備營被殺的，身爲武備營統領的畢大曉當然膽戰心驚，唯恐別人會將城主的死與他聯繫在一起。

但單問料定像畢大曉這樣的人，根本沒有膽量會加害城主落木四，而且畢大曉也沒有加害落木四的理由。以畢大曉的才幹，能成爲武備營的統領已是萬幸了，他應對城主感恩不盡才是。

單問對外強中乾的畢大曉忽然生出厭惡之情，忖道：「城主在武備營被害，你卻毫髮無損，定是貪生怕死，未能盡力護衛城主！」

心中存有此念，單問的語氣便顯得很是生硬：「畢統領，你可知罪？」

畢大曉「啊」的一聲，神色大變，那一瞬間，他幾乎以爲單問已察覺到他與左知己之間的勾當。在單問如劍般的目光逼視下，他幾乎魂飛魄散。

所幸單問接著道：「城主在武備營被害，你卻安然無恙，城主遇襲時，你可曾護駕？」語氣咄咄逼人。畢大曉反而放下心來。

他未開口，司空南山已道：「刺客來得突然，而且武功奇高，當畢統領聞訊趕到時，兇手已逃走了。畢統領未來得及護救城主，卻讓我司空南山得以苟全性命。」

頓了一頓，司空南山接著道：「城主被害，我卻苟活下來，本屬不該，但因爲我已是唯一目睹了兇手的人，所以不能不忍辱偷生，以便可以早日誅殺兇手。」

他的語氣中隱含有自責與無奈，單問也不忍追問其過。

單問道：「兇手是什麼人？你可曾看清？」

「兇手並非只有一人，不過其中一人武功奇高，城主就是被此人所殺！可惜他戴著面罩，無法看清其真面目，但只要讓我再見到他的眼神，就一定能認出他！還有，他的兵器極爲奇特！」

司空南山的話皆是按左知己授意說的。

單問心中一動，忙查看落木四的傷口，揭開白色幔布，只看了一眼，單問就立即聯想到重山河的被殺。

他幾乎已完全斷定重山河與城主是爲同一個人所殺！

看來，司空南山說得不假，兇手武道修爲奇高，幾乎輕而易舉便殺害了坐忘城、卜城的兩大高手。

同時，單問想到殞驚天、落木四曾推測擊殺重山河的人是爲了讓卜城與坐忘城結下不解之仇，換而言之，兇手所要針對的不僅是坐忘城，同時也針對卜城。

現在看來，這一推測也已被證實，兇手在得知卜城已決定退兵，讓卜城、坐忘城生死決戰的希望便落了空，所以才直接對城主落木四下手。

想到這裏，單問心頭忽然「突突」一陣狂跳，猛地記起了殞驚天，暗叫不好！

就在這時，大營西北角忽有笛聲大作，嘈雜的呼聲隱隱傳來，並夾雜著金鐵交鳴之聲。

西北角正是關押殞驚天的所在方位！

單問神色倏變，不及說什麼，已徑直向西北方向掠去。

出事的的確是押禁殞驚天的營帳。

不過，當單問趕到時，這邊已恢復了平靜。

營帳前，橫七豎八地躺著七名卜城戰士的屍體，一地的鮮血，觸目驚心。

左知己也在場，臉色鐵青，立於營帳前，直到單問匆匆趕到時，他的臉色仍未見緩和。

單問未及與左知己招呼，便上前查看被殺卜城戰士的屍體。所有屍體的致命傷口與落木四身上的傷口如出一轍。

單問既怒且驚！怒的是對方在短時間內兩次闖入卜城大營，行兇作惡，分明未將卜城的防範放在眼裏；驚的是對方的武學修爲之可怕，先殺城主落木四，再殺七名戰士，卻還能從容離去！

「對方是衝著殞驚天而來的，換而言之，我卜城為了護住殞驚天的性命，付出了七人的性命！」

左知己的話語中明顯包含著不滿。

對左知己的不滿之情，單問並不意外。左知己對坐忘城的態度一向很強硬，如今卜城卻為保護殞驚天付出代價，左知己當然氣憤不已。

單問轉身望向左知己，「左城主，在襲擊殞驚天之前，兇手已先襲擊並殺害了落城主！」

「什麼?!你是說……落城主已死?!」左知己一臉的吃驚，看他的表情，誰都會相信左知己在此之前，對此事毫不知情。

單問緩緩點頭，「殺害城主的與在這兒出現的應是同一個人，這些被殺害的戰士的傷口顯示了這一點。」

左知己很是驚愕地道：「我已與兇手打了一個照面，並交了手，此人武功奇高，絕對在我之上，而且其兵器十分獨特，據我推測，很可能就是此人殺了重山河！既然可能是殺重山河的人，他要對付殞驚天，就在情理之中了，但又為何要與我卜城作對?」

「或許他根本就是要與整個樂土為敵！」單問道。

左知己以他懶洋洋的目光罩著單問，沉默了片刻，「落城主遇害，殞驚天又成了我卜城吞不下、吐不出的累贅，眼下局勢不容樂觀，不知單尉有何高見?」

單問由左知己的話中聽出了不滿的語氣，他擔心左知己以今日發生的事爲理由，不再遵守落木四與殞驚天的約定，於是道：「此間既無戰事，我軍就不宜長期駐紮於野外，只要人馬退回卜城，殞驚天被送至禪都，那麼對方就算有天大的本事，也再難威脅卜城。至於追查兇手，待一切都安定下來再追查不遲。」

「將殞驚天送往禪都？哼，說得輕巧，在大營中嚴加看守，尙要爲殞驚天搭上我卜城戰士的性命，何況前去禪都路途遙遠，恐怕殞驚天未能押至禪都，反倒連累卜城戰士的性命！」

單問見左知己果然有了後悔之意，忙道：「城主放心，屬下已有萬全之策，只要將押送殞驚天的事交付屬下去辦，定能萬無一失！」

單問直呼左知己爲「城主」，省去往日必有的「左」字，等於承認了左知己在落木四被害後成爲卜城唯一的城主，左知己的權力地位水漲船高了。

單問之所以這麼做，是爲了穩住左知己，以免與坐忘城息戰之事再起波折。雖然單問對左知己一向頗有微詞，但爲了大局著想，單問不得不違心尊奉左知己。而且，單問還想到最終左知己能否成爲卜城唯一的城主，關鍵還在冥皇，若冥皇有意重用左知己，他人的反對抵制其實毫無意義。

單問的緩兵之計正中左知己下懷，左知己心中暗暗發笑，這樣一來，既支開了單問，排除了自己行事的最大阻礙，又讓單問這一卜城鐵腕人物擁護自己取代落木四昔日的地位，即使只是表面上擁立，對左知己也是百利而無一弊。

左知己知道即使有冥皇的旨意，若是單問極力作梗，那麼自己成了卜城唯一的城主後，仍會有不少的隱患，單問在卜城的影響決不在他這個二城主之下！

儘管心中志得躊躇，暗自得意，但左知己的臉上卻絲毫未顯現出來。他很勉強地道：「單尉既有萬全之策，我也無話可說，但願單尉能馬到成功，不知單尉準備何時起程？」

「今夜就起程。」單問的回答讓左知己心中暗喜。但他還是有意追問一句：「爲何急於動身？」

單問壓低聲音道：「因爲眾人皆知我等是明日退兵，押送殞驚天進禪都也是在明日，而我今夜起程，可謂出奇不意！」

「僅憑這一點就能保萬無一失？」單問道：「當然不能，除此之外，我還另有安排。」他看了看四周，接著又道：「只是此地非交談之地。」

左知己的架子已擺得十足，這時便順水推舟道：「你見機行事便是，我想去看看落城主，雖然我與落城主常有意見相悖之時，但彼此皆是爲樂土大業，總算也同舟共濟一場。如今落城主遭了不測，從此再無人與我共擔卜城重任，真乃唇亡而齒寒啊！」

這番話，左知己說得十分自然，彷彿這真的就是他的肺腑之言。

時間很快悄然滑至酉時末，夜色深沉。卜城大營哀樂淒婉，滿營掛喪，落木四的遺體入殮後裝上靈車，由兩千名卜城戰士送回卜城，隊伍緩緩穿過大營，向東而去。眾人送出很遠，仍不肯回頭，不少追隨落木四多年的人更是忍不住號啕大哭。

依卜城的風俗，一名老者在卜城大營東向一座隆起的土丘上設下祭壇，祭壇擺放了靈牌，四周遍插靈幡，慘白的燈籠高高掛起，要為城主落木四的亡靈照亮回歸故土的漫漫長路。守在祭壇周圍的卜城戰士著素衣，縛孝帶，神情悲蹙。

緩緩向東而去的隊伍中，居中的是載著落木四靈柩的靈車。而整個隊伍最後面一輛毫不起眼的馬車內，坐著兩個人。

一個是單問，另一人則是殞驚天。

兩人都沉默著。

秋夜的風緊一陣慢一陣地拍打著車廂後的簾子，響著尖銳的哨聲鑽入車內，寒意侵膚入肌。

月照曠野鴉半飛，霜淒萬木風入衣。

已漸漸離開大營，卻仍能依稀聽到遠處祭壇上老者嘶啞而蒼涼的頌歌：

「天上的風呵，永無平靜；世上的人喲，何人能得永生？人間有情埋起來……」

這是一首與卜城一樣古老的獻給死者的頌歌，單問已不知聽過多少回，唯有這一次，卻深深地感到它的沉重與深沉。

就在單問一行離開卜城大營半個多時辰後，又有一列人數只有兩三百的隊伍離開卜城大營，向北而去。

統領這隊人馬的人是欒青，他也是依單問的安排如此做的。這一列人馬行蹤隱秘，離開大營時幾乎是悄無聲息，幾輛馬車也是垂著黑色的帷幕，外人無法看清裏面的情形。

這是單問有意佈下的假象，要借此吸引加害殞驚天的人的注意力。

單問自信自己真假難辨的部署一定能收到奇效，殞驚天隨靈車而行，明日中午再神不知鬼不覺地與送靈柩的人馬分道而行，便可直抵禪都。

將殞驚天平安送至禪都是落木四生前與殞驚天的約定，單問由此猜測這也是落木四的遺願。他卻不知，落木四已完全識破了冥皇的昏愚與殘酷，如果可能，落木四寧可選擇與殞驚天聯手合力共與冥皇爲敵，誅殺昏君，還樂土以朗朗乾坤。

可惜，饒是單問足智多謀，仍是爲假象所迷惑，以至根本未能料知落木四最後時刻的心願。

單問也不會知道他如此煞費苦心，其實是親手將殞驚天送上絕路！

在落木四生前的大營內居中而坐的已不再是落木四，而是左知己。落木四一死，左知己唯一顧忌的只有單問了。

左知己這時向眾人展示他擁有的「十方聖令」，並稱冥皇已令他替代落木四生前的職權。沒有人能對「十方聖令」的無上權威起疑！雖然落木四屍骨未寒，冥皇便傳出此令，速度之快堪謂不可思議，但誰又會把此事與落木四被刺殺一事聯繫在一起呢？連單問都已未對左知己起疑，其餘的人就更不會深慮了。

他們卻不知若是單問見這「十方聖令」，定會看出蹊蹺，這也是左知己未讓單問知悉此事的原因。

左知己擁有「十方聖令」，又未遭單問反對，名正言順地成了卜城至高無上的主人！

他很滿意地環視了分列兩側的卜城各路統領一眼，以不容置疑的語氣道：「明日一早，班師回城！」

「謹遵城主號令！」整齊劃一的聲音讓左知己心中如飲瓊漿玉液，暢快無比。

他清晰地感覺到自己所嚮往已久的輝煌正指日可待！

坐忘城乘風宮紅葉軒。

戰傳說到紅葉軒見爻意時，意外地發現小夭不在軒中，不由有些擔心，想到聽說白日小夭曾數次欲出城面見父親殞驚天，是伯頌等人好不容易才將她勸下，更是忐忑不安，見面就向爻意問道：「小夭姑娘爲何不在紅葉軒？」

爻意道：「她在竹館，自從她答應不再出城後，就一直獨自待在竹館，貝總管已讓人暗中留意，應不會有事。」

戰傳說這才略略放心，因爲坐忘城的種種變故歸根結柢可謂是由他而起，所以對於小夭，戰傳說有一種負疚感，他感到是他導致了殞驚天與小夭父女二人生離死別，這次他來紅葉軒，也是爲了此事。

戰傳說先告訴爻意一件事：「西城外山腰上已掘出兩口新的水井，同時城內的井水也不再有毒。」

爻意道：「你想離開坐忘城？」

戰傳說很是吃驚地望著爻意，訝然道：「妳如何知曉？」

「因爲你感到坐忘城的種種危機都已解除，唯有殞城主的事讓你無法釋懷。在你看來，既然坐忘城已無恙，那麼當務之急，就不是留在坐忘城相助，而是出城設法救出殞城主，至少也要暗中保護他。」

爻意直言戰傳說的心中所思。

戰傳說大爲感慨道：「妳我真是心心相印，我的一點心思全被妳說中了。」

爻意面對眼前這個與自己心上人「威郎」幾無二致的年輕人，聽到他口中說出「心心相印」這等動人的字眼，雖知戰傳說並非指男女之情，卻仍是芳心微醉，一團紅暈在臉上蕩開，美眸更顯水靈，神情動人之極。

戰傳說大加感慨時，無意間見爻意心旌搖盪的醉人風韻，下面的話頓時忘到了九霄雲外，只覺喉頭有些發緊，忍不住輕輕地喚了一聲：「爻意……」

爻意嬌軀微震，秀眸迎著戰傳說的目光，似喜似嗔，似怨似嬌，恍惚間，她感到自己正與她的「威郎」脈脈相對。

爻意之美本已秀豔絕倫，更兼此時風情萬種，其絕代神韻已非言語所能形容，深深地鐫刻在戰傳說的心靈上。

他總算保持了一點清醒，暗自用力咬了一下舌尖，劇痛使他一下子回過神來。

他的笑容有些不自在：「爻意姑娘既然猜知我的心思，想必對此事有所見解吧？」

爻意有些悵然若失地望著眼前的戰傳說，一個與她心中的情郎酷似卻的確不是情郎的年輕人。

同時，她又覺得戰傳說不自在的神情有些憨厚可愛，這樣的神情，在「威郎」的身上是決不會出現的。她的情郎想做什麼就做什麼，從來無所顧忌，正是那份捨我其誰的霸氣打動了她的心。

爻意道：「由落木四押送殞城主前往禪都，是殞城主與落木四的約定，他們兩人都可謂是一諾千金之人，所以殞城主才會拒絕貝總管等人相救。既然如此，殞城主顯然亦並不希望在將他送至禪都之前被人從落木四手中救出，如此一來，要救出殞城主，唯有選擇在他進入禪都，被交送冥皇之後。」

這一點，戰傳說也已想到，不無擔憂地道：「但要在禪都救人，談何容易？」

爻意對戰傳說的束手無策有些意外，暗忖：既然戰傳說已擁有涅槃神珠的靈力，憑火鳳宗開宗四老的生命力與無上智慧，應當可使無數疑慮迎刃而解。

事實上，戰傳說雖然頗富智謀，但與擁有涅槃神珠的靈力所能達到的境界還有一段距離。

莫非涅槃神珠在戰傳說體內尚未發揮其最高力量？抑或是戰傳說自身的某種原因導致了涅槃神珠的靈力受壓抑？

這種疑惑，爻意當然不會顯露出來，她道：「要救殞城主，並非只有將他從冥皇重囚中解脫出來這條路。我們可設法讓冥皇不敢對殞城主輕易下手，只要我們搶在殞城主、落木四抵達禪都之前到達禪都，然後放出風聲，讓禪都內所有的人，甚至整個樂土都知道殞城主已被押往禪都，而冥皇決定對殞驚天進行『天審』，以定其罪。如此一來，冥皇就不能暗中殺害殞城主了，否則將讓世人起疑，授人話柄。」

戰傳說大喜，欣然道：「此計可行，殞城主本無罪，冥皇要加害殞城主，就務必需要捏造僞證以定殞城主之罪，但假的終是假的，其中必有破綻可尋，冥皇的破綻，就是我們的機會！」

他望著爻意道：「沒想到妳對大冥王朝已十分瞭解，連『天審』都知道。」

「自得知殞城主將赴禪都，我便開始思忖如何才能救他出來。所謂知己知彼，方能百戰不殆，無論鬥智鬥勇，莫不如此。我對樂土，對大冥王朝若是一無所知，當然就無計可施了。故我早已向他人打聽有關大冥王朝的種種習俗律法，知道了有『天審』一說，儘管所謂『天審』，不過只是冥皇爲了顯示自身清明有爲、公正明辨，從而籠絡天下人心的一種手段，但畢竟多少可對冥皇起一點約束之效。相較之下，武界神祇的主人天照神的旨意則是不可逆違，也無須商量，天照神認定誰是神祇的罪人，誰便是神祇的罪人，無須理由，也不可辯解。」

戰傳說對有關「武界神祇」的知曉程度當然僅止於「傳說」而已，對來自神祇時代的爻意所說的每一句關於神祇的話，他都是覺得大爲新奇，不由訝然插話道：「若是……天照神錯定一個人有罪，而世人皆知這一點，卻偏偏不可能有申辯的機會，那豈非有失公允？」

爻意立即道：「怎會如此？天照神明察秋毫，洞悉入微，怎會錯定他人之罪？」

戰傳說心道：天照神就是再如何的不凡，也不是真正的神，如何能永不出錯？但看爻意神情很是肅然，竟像是對這一點深信不疑，便不再多說什麼，只是想，如果爻意真的來自於傳說中的神祇時代，如果神祇時代的主人真是天照神，那麼武界神祇的人對天照神未免過於愚忠。盲目「愚忠」看似是持權者之幸，其實卻是最大的隱患。

所謂「天審」，即對王朝內位高權重的戴罪之人，由冥皇、天惑大相、法應大相、天司殺、地司殺五人一起審定此人罪行。

爲數不多的幾次「天審」無不是牽動朝野，在這種情況下，正如爻意所言，冥皇不能不有所顧忌。

既然看到了希望，戰傳說頓時信心倍增，他道：「既然要搶在殞城主之前抵達禪都，那麼我在今夜便出發吧。」

爻意一笑，「大可不必，看樣子落木四並不願殞城主被殺，所以在前往禪都的途中，落木四必然會儘量拖延時間，要抄在他們之前趕到禪都，是一件輕而易舉之事。何況，卜城人馬畢竟要到明天才退去，你若今夜出城，就算卜城戰士不加以攔阻，恐怕也會引起他們的誤會。」

戰傳說見爻意說得有理，便道：「也好，今夜我向貝總管他們辭行，明日只等卜城人馬一退，就立即上路。」說到這兒，頓了一頓，又像想起了一些什麼似的接道：「妳就留在坐忘城吧，也可陪陪小夭。」

不料爻意卻堅決地搖頭道：「我不會獨自一人留在坐忘城的。」

戰傳說只好明說：「此去禪都，必然頗爲凶險，我不想讓妳與我一起冒這麼大的風險。」

爻意道：「這些日子來，我的玄級異能已逐漸恢復，正是憑著恢復了的玄級異能，我在助殞城主揭露出在井中投毒的兇手時才能成功，當時我假稱熟諳智禪珠的推演，其實是要借此使兇手有所懼怕擔憂，這樣，只要兇手與我距離相近，我便能憑藉玄級異能察覺到，恰好白中貽當時也在大殿內，我感覺到他的驚慌，於是乘勝追擊。後來又依據他的情況，假稱由智禪珠推演出兇手應住在南尉府，而且是一中年男子，白中貽如何知道我這是疑兵之計？因此心頭更爲不安，如此一來，我便有九成的把握了。擁有玄級異能，我與你一同前去禪都，應不會拖累你，面對一般的高手足以自保，你不用擔心。」

戰傳說有些尷尬地笑了笑，「爻意姑娘足智多謀，怎會拖累我？」

爻意幽幽一嘆，「對我來說，整個樂土其實都是異地他鄉，既然身不在故土，那麼無論在何處，也就無甚區別了，而他人恐怕是很難知曉我這樣的人的心思的。當一個人突然發現周圍的一切都已更迭變化，一切都已陌生，而熟悉的卻又永遠也無法重現，他的心裏只怕唯有萬念俱灰。環視天地間，唯一不讓我感到陌生的，只有你一人，有時我多麼企盼你就是威郎，甚至有時已將你視作威郎，但更多的時間，我卻清楚地知道，你不是他，否則只要有你一人，其餘的一切縱然再如何更迭變幻，又有何妨？」

戰傳說怔怔地聽著，竟有些癡了，默默地體會著爻意的無依與孤寂，同情憐愛之心油然而升，暗忖蒼天無眼，何以要讓這等天仙般的女子經歷此等磨難？同時又想到那被爻意稱做「威郎」的人真是有幸。

爻意接著道：「縱知你不是威郎，我也願伴你左右，與你共處，你不是答應要帶我去那座神秘的古廟嗎？」

戰傳說此時怎忍心再拂美人之意？忙道：「我豈敢忘記？日後我定會與妳一道前往那座古廟。」

爻意的心思似被什麼觸動了，幽幽地道：「其實爻意也知道即使去了古廟也無多大用處，只是心頭有一線希望總是好的，至少它會成爲我繼續活下去的理由。」

戰傳說嚇了一跳，脫口道：「以後切莫再提生生死死這樣的字眼！」

爻意道：「人終難免要死的。」

戰傳說不假思索地道：「但妳卻不同。」猛地想起這句話恐怕會讓爻意誤會，不由有些後悔，偷窺爻意一眼，果見她的臉色有些慘白了，忙語無倫次地解釋道：「我並非說……我所指是無論誰見了姑娘，都會覺得姑娘就是天上的仙子，而仙子當然是不會死的。」

他的解釋夠得上「笨拙」二字，若用來哄女孩芳心，當然遠遠不夠級數，但他說得那麼誠懇，亦沒有絲毫褻瀆的意味，倒讓爻意有些感動了，展顏一笑，「人若總是活著，豈非也是無趣得很？」

戰傳說這才鬆了一口氣，暗自奇怪：「爲何她一旦不開心，我就會六神無主，心神不安？而只要她展顏一笑，我頓時全然釋懷了？」

第五章　聖地門徒

天亮之後，落木四昨夜被殺的消息終於在坐忘城傳開了。突如其來的變故不能不讓戰傳說重新思慮自己的計畫。

事情有變，卜城是否會按原定的計畫撤離？這一點沒有人知道，至少坐忘城的人目前並不知道，而對於其餘的事就更是難有定數。

得知此事時，戰傳說在南尉府。昨夜回到南尉府時，他就把要進禪都的打算告訴了伯頌，所以今晨一大早伯頌得知落木四被殺的事件後，立即告知了戰傳說。

戰傳說大吃一驚！想到落木四豪爽磊落的性情，應允緩戰十日的舉動，而今卻已被殺身亡，戰傳說心頭感傷，久久不語。

他隱隱覺得落木四被殺，很可能就是因爲落木四未能依照冥皇的旨意，而自作主張退兵所招來的禍端。

但自己對落木四的感懷卻不宜在坐忘城內流露過多，因爲坐忘城的人未必能如他一般瞭解落木四，當然也就無法理解戰傳說對落木四被殺的感傷情懷了。

戰傳說強抑心中的感傷，沉默良久，方道：「此事已確證了嗎？」

伯頌點了點頭，想了想，又補充道：「落木四的靈柩昨夜便動身運往卜城了，同時城主也已起程前去禪都。」

他終是不願說出「押送」二字。

「昨夜就已動身了？」戰傳說擔心地道，「這是否有些反常？爲何不等到今日？」

戰傳說之所以有此擔心，是因爲他知道卜城落木四與左知己兩位城主向來不和，落木四死後，做主的當然是左知己，而左知己未必如落木四那樣願給殞驚天洗脫罪名的機會！

伯頌當然不知這一層，「他們這麼做倒是事出有因，因爲昨夜在落木四被殺之後不久，兇手又襲擊了城主，只是沒有得手，卜城擔心再出意外，所以早早起程了。」

戰傳說很驚奇地道：「前輩何以知悉得這麼清楚？」

這麼問，多少有些唐突。

不過，由於爻意設計使戚七、白中貽兩人自行暴露，使南尉府血海深仇得報，伯頌對爻意感激萬分。而在他看來，爻意與戰傳說自是一對情侶，所以愛屋及烏，對戰傳說也是更爲敬重有加，根本不會在乎這一點，反而細加解釋：

「兩軍對壘，不能對對方一無所知，這就少不了偵探敵情，坐忘城也不例外。況且此事卜城根本沒有打算對我坐忘城隱瞞，這樣日後萬一城主有什麼三長兩短，坐忘城就不會不問青紅皂白把仇記在卜城的身上，而會先查明真相。」

戰傳說心道：「卜城有意透露的消息未必可信，不過既然坐忘城負責密偵的人帶回來的消息也是如此，那麼多半就不會有假了。」

那麼，究竟是什麼人要同時對落木四、殞驚天施以毒手呢？

落木四一死，卜城大權落在了左知己手中，左知己會不會改變主意，不再退兵？如果卜城不退兵，而是繼續圍城，那麼自己在助坐忘城守城與前往禪都救殞驚天這兩者之間就很難作出選擇了。

偏偏伯頌所帶來的消息又說明殞驚天的處境更為危險：落木四一死，卜城方面少了一個全力保護殞驚天在到達禪都前無恙的人，這樣一來，誰也不知道在前往禪都的途中，殞驚天會不會遇險！

戰傳說大感頭痛。

伯頌大概是猜出了戰傳說的心思，他道：「落木四被殺，卜城一時間多少會有些混亂，也就無心圍城，就算沒有先前的約定，他們也不得不退兵。卜城人馬一退，坐忘城即可一心準備營救城主的事。」

戰傳說可沒有伯頌這麼樂觀，但爲了安慰伯頌，也就沒有再多說什麼。

就在戰傳說得知落木四被殺後不久，卜城大軍全線後撤！

戰傳說得悉卜城大軍撤回的消息確鑿可信時，這才大大地鬆了一口氣。

戰傳說、爻意要離開坐忘城了，臨行前，他們接受了貝總管的建議，改乘馬車。貝總管的理由是他們兩人太過於顯眼，若不隱身於車廂內，定早早就被人留意上了，對他們十分不利。

貝總管爲他們準備了一輛寬大、舒適、豪華的馬車，車上更備足了乾糧錢物，大至被衾，小至木梳都備齊全了。

這輛馬車本是殞驚天用的，不過平時殞驚天更樂意騎馬，所以無論是此馬車，還是馬車的車夫，都是常被閒置。由這輛馬車的一塵不染，可看出車夫是個勤快之人。

決定成行是在上午，但真正起程卻是在午後。一來戰傳說需等卜城的人馬依次全部退卻，二來此事關係重大，不能一走了之，而需先與貝總管、伯頌、幸九安、鐵風商議妥當，計畫周全。

貝總管等人還告訴戰傳說，在禪都有幾個人可以在必要時會對他們有所幫助，這幾個人或是殞驚天的朋友，或是與坐忘城有某種牽涉。坐忘城乃樂土六大要塞之一，在禪都難免會有支持坐忘城的力量，此乃情理中事。同時，伯頌等三尉將及貝總管也商定早作準備，以便日後策應戰傳說、爻意二人。

鐵風本打算與戰傳說、爻意一同赴禪都，但唯恐自己一走，坐忘城的防範力量更為削弱，若卜城捲土重來，或冥皇再策動其他力量攻襲坐忘城，恐怕坐忘城難以抵擋，便作罷了。另擇一折中的路子：就是由昆吾領五十名乘風宮侍衛由另一條道路進入禪都，到達禪都後再與戰傳說會合。

之所以要分道而行，是因為由密偵人馬探知的結果來看，昨夜在兩千名卜城戰士送落木四靈柩回卜城之後不久，又有一列人馬悄然離開卜城大營趕赴禪都，兩支隊伍都未能見到殞驚天的身影，這就等於說兩支隊伍中都有可能隱藏著殞驚天。

而後卜城也有意透露出他們為了可讓殞驚天順利抵達禪都，設下了疑兵之計。兩者一對照，貝總管、伯頌等人不敢隨便忽視其中的任何一支人馬，決定由戰傳說、爻意循東向的路線而去，而昆吾則追隨卜城徑直向北而去的那支人馬，這樣就不會有遺漏。

一番周折，已是午膳時分，戰傳說、爻意正要起程時，車夫牛二忽然大叫內急，匆忙下了車，如一溜煙般跑入了道旁的小巷內。一干人只好靜候牛二。

不多時，牛二一路小跑回來了，大概是知道如今十分火急，片刻都耽誤不得，他已跑得氣喘吁吁，偏偏是逆著風，風一吹，將他那頂既可擋風雨又可遮烈日的斗笠刮得飛起，牛二眼疾手快，反手一把抓住，用手按在頭上，繼續向這邊跑來，縱身上了車駕。

貝總管本微有惱色，但見牛二總算識趣，回來得及時，又念他平時十分勤快，爲殞驚天駕車多年，便不再多說什麼，轉而與戰傳說、爻意互道珍重。

「啪……」的一聲脆響，馬車在眾人的目送下穩穩地駛出了坐忘城。

估計馬車已至卜城人馬曾紮營的地帶時，戰傳說忍不住掀開車簾向外張望。

曾經是營帳相連、旌旗招展的情形不復存在了，百合草原一片空闊，只有一些木樁以及卜城人丟棄的物什零零落落地散於百合草原上，在幾處背風的地方，還有幾束煙柱冉冉升起，那曾是卜城人馬埋灶生火的地方。

正當戰傳說掃視這片曾是卜城營盤的大地時，忽然他的視野中出現了一個人的身影，就在與馬車相距不到百步的地方，並且隨著馬車在繼續前進，這距離還在逐漸拉近。

戰傳說不由皺了皺眉，在這時候有人出現在這種地方，未免有些突兀。

只見那人手搭涼篷，向四下裏張望，似在尋找什麼。戰傳說忍不住敲了敲車體，「牛兄弟，暫且停片刻。」

馬車的車速漸漸緩下，當它停止時，戰傳說對爻意說了句：「我下車看看，外面有一人，恐有蹊蹺。」

爻意叮囑道：「多加小心。」

她也覺得在這種場合出現一人有些異常。

戰傳說答應一聲，已下了馬車。

此時，他與那人已頗近了，只見那人左手提著一個大大的布袋，右手握著一根木棍，正用木棍在地上撥弄著什麼。

此人本是背向著戰傳說的，大概是被戰傳說的腳步聲所驚動了，回轉過身，看了戰傳說一眼，忽然笑了，露出一口白得耀眼的牙齒。

戰傳說一呆，細看眼前這皮膚格外白皙的人，腦中忽然閃過一道亮光，脫口驚呼：「你是物語？」

那人笑意更甚，似乎戰傳說能想起他的名字讓他格外開心，他以略顯誇張的興奮語氣響亮地道：「沒想到又遇見你這位貴人了，真是三生有幸。」

聲音柔柔綿綿，顯得十分軟和，這聲音若是出自女人的口中，當然悅耳，但出自一個中年男子的口中，卻讓人有些不適了。

此人正是戰傳說在由坐忘城通往卜城的馳道上曾遇見過的劍帛人物語，雖然只是一面之交，但劍帛人格外白皙的膚色讓戰傳說很容易記起他。

在這兒遇到物語，戰傳說甚感意外，他看了看物語手中的大布袋，詫異地道：「那些由你領著避難的一百多號人何在？你可是收了他們的錢物的。」

物語笑道：「我物語做事一向童叟無欺，決不敢發昧良心的財，隨我避難的人個個平安無事，至於他們現在何處，當然是各自返回家了。如今卜城人已退走，沒了兵禍，還避什麼難？」

戰傳說好奇地道：「這些日子你們都藏在何處？」

物語有些爲難，似乎不願說，但最終卻還是道：「其實我早已猜知不會有大的戰亂，所以才敢領那麼多人避難。這些日子來，無非就是在坐忘城以西的地方搭了幾個大棚聊以度日，我料定卜城的人是不會由城西攻城的。」

戰傳說聽他這麼說，不由得刮目相看，「想不到你竟料事如神！」

物語連聲道：「朋友取笑了，這等雕蟲小技，只是聊以糊口罷了。」

戰傳說指了指物語手中的大布袋，「你這是……？」

物語又笑了，他幾乎是開口便笑：「卜城人撤走，多少會有些東西遺留下來，我將之挑撥起來，日後在此處建立茶寮即可派上用場。」

戰傳說大吃一驚：「茶寮？在這兒?!」

他幾乎全然忘了自己駐足下車的原意，而爲物語出人意表的設想所驚愕，所吸引。

「朋友覺得有何不妥？」物語客客氣氣地問道，在客氣中透出一股自信。

戰傳說無言以對，但這並非等於他讚賞物語的構想，只是一時間找不到反對的理由罷了，何況物語自己樂意在這兒建一茶寮，又與他何干？

物語見他不說話，便胸有成竹地道：「在下雖然愚鈍，卻敢斷言在此建一茶寮，日後必然生意興隆，茶寮能翻新成茶樓也大有可能。」他用手中的棍子指了指不遠處的一個大土丘，接道：「在下已定好茶寮的位置。」

戰傳說對物語的生意經本是既不懂也不感興趣，但這時他還是忍不住道：「那土丘並不在路旁，恐怕不妥吧？」

物語一笑，露出了格外潔白的牙齒：「不錯，那土丘並不在路旁，但在那兒卻可以看到坐忘城的全貌！」

戰傳說不由自主地扭頭向坐忘城方向望了一眼，發覺自己所立之處只能看到坐忘城一半，前面的幾座土丘阻礙了他的視線。

他疑惑地道：「能看到坐忘城全貌又如何？」

物語很恭敬地道：「當你日後光臨在下的茶寮時，就知道其中玄奧了。」

戰傳說只聽得一頭霧水，但也知道物語是不願再透露什麼了。想到這裏，連他自己都覺有些好笑，不明白何以不知不覺竟被這些事所吸引了。

當下他向物語拱手道：「在下需得趕路，不能多陪物先生了，就此別過。」

物語聽得「物先生」二字，有些發怔，「啊啊」了兩聲，方笑容滿面地道：「朋友請便，日後途經此地，請一定光臨在下的茶寮！」

因爲總是笑容滿面，雖然顯得謙卑恭敬，卻總讓人有不真實之感，但這一次他的笑容卻顯得格外真誠。

戰傳說淡淡一笑，點了點頭。

等戰傳說上了馬車，由車窗望出去，可見物語仍在向這邊張望。

重新起程後，戰傳說將自己與物語的一番交談告訴了爻意，爻意也大覺此人有趣。她對物語的來歷本存有疑心，但聽戰傳說在前往稷下山莊時就已遇見過此人，便打消了疑慮，打趣道：「你與他也算是有緣之人了。」

戰傳說卻沒有笑，他由稷下山莊想起了晏聰，至今一直沒有晏聰的消息，再想到自己在「無言渡」的遭遇，不由很是擔心晏聰的安危。這些日子來，坐忘城屢遭不幸，戰傳說倒真的淡忘了這件事，現在再想起，很是爲自己的淡漠愧疚。

爻意見他默默不語，便知他有心事，也不再打擾。

如此過了一個多時辰，連曾是卜城武備營駐營地都已被拋在身後。戰傳說想起與千島盟大盟司的一戰，想到自己與落木四的相識，想到落木四的死，心中感慨萬千。

爻意取出一幅繪於羊皮上的地圖，這是貝總管爲他們備下的。她將地圖在膝上攤開，觀察了一陣，指了指圖上某處，「如果殞城主是隨落木四的靈柩一同起程的話，那麼他應當在這個地方與運送靈柩的人馬分道而行，直赴禪都。」

戰傳說被她的話吸引過來，將身子湊近，看著爻意所指的地方。

由這張地圖可以看出，百合平原的輪廓真的像一朵百合花的形狀，若將整個百合平原比作百合花，那麼南側弧狀分佈的映月山脈就是凸起的花瓣，而爻意所指的地方則正好是花蕊，百合平原的中央地帶。

這是一個名為苦木集的地方。

不知為何，地勢相對算是很平緩的百合平原上，並沒有多少城池集鎮，顯得空闊蒼茫。也許是樂土經歷了太多的爭戰，人們已習慣了依險而居，所以不願在無險可憑的百合平原上結廬定局，更不用說形成大規模的城池了。於是苦木集就格外的顯眼，縱是在地圖上也是如此。

從苦木集出發，北可至禪都，東可至卜城，西與坐忘城相接，向南又有一條道路直抵著名的紅岩山口。映月山脈由坐忘城一直向卜城方向延伸，至紅岩山口突然斷開，大有怒濤倏止之感，足讓每一個到紅岩山口的人為造物神的鬼斧神工而驚嘆、驚悸。

若無紅岩山口，那麼要穿越映月山脈唯一的辦法就是直接攀越了，這對於負重而行的人來說無疑是十分艱難的，紅岩山口則恰好為人們提供了一條捷徑。

苦木集通達四方，卻不知苦木集的人有沒有因為此次卜城大軍的進發而流離四散。

不過無論如何，殞驚天在苦木集折向北行是最有可能的選擇。兩人商議了一陣，決定儘快趕至苦木集，向苦木集上的人打聽卜城人的動靜，就算不能打聽到殞驚天的消息，戰傳說二人也要在苦木集折向北行。

戰傳說正待催促牛二，忽覺馬車竟漸漸減緩速度，直至完全停下。戰傳說與爻意相視一眼，彼此都有驚訝之色。

戰傳說下車欲看個究竟，卻見四下依舊空闊無人，路面平整，並無異常之處，不由大感奇怪，大聲道：「牛兄弟，爲何無故停下？」

牛二也不看他，「一連奔走了一個多時辰，我已累了。」

他的聲音果然既疲憊又沙啞。

戰傳說見他這麼說，便不忍心再強行催促，卻又要急著上路，一時很是爲難。

「不如你替我一陣吧。」牛二道。

「也好」二字幾乎就要從戰傳說嘴中脫口而出，他忽然想起了什麼，「若由我駕車，那麼你……怎麼辦？」

牛二古怪地笑了笑，「我自是在車廂內歇息。」

戰傳說大是爲難，遲疑道：「這……」

他倒不是覺得自己駕車有何不妥或有失身分，而是覺得讓牛二與爻意兩人待在車廂內總覺得有些不合適，至於爲何不合適，卻也難以措辭。

正爲難間，牛二又道：「小的只是說笑而已，陳公子莫見怪，像我這樣的下人，哪配與爻意小姐共處？」

戰傳說對牛二的話絲毫沒有懷疑，但爻意卻覺得有些異常。她貴爲神祇時代火帝栗怒的女兒，對尊卑之別的體會遠比戰傳說深刻。在此之前，她還從未見過有下人敢如此肆無忌憚說話的。故爻意心中有了戰傳說所沒有的警惕之心。

戰傳說正爲難之際，卻聽得爻意的聲音道：「你讓他在車內歇息一陣吧，此去禪都非一時半刻能到，這一路上還要多仰仗他。」

戰傳說聽爻意如此說，便依了她。

牛二稱了謝，便進了車廂。此車本就寬大豪華，兩人共處仍顯十分寬敞。牛二連頭上的斗笠也不摘下，揀了一個與爻意相對的角落，蜷曲著身子坐下，大斗笠低垂，遮住了他的臉龐，雙手抱於胸前，也不與爻意搭話，也許是在閉目養神。

爻意心中暗暗好笑，忖道：「此人演戲的水準實在算不得高明。」

她之所以讓牛二來到車內，是想憑藉自己的玄級異能探明牛二是否真的藏有禍心。與戰傳說不同，她幾乎沒有任何仇家，牛二若有何手段，所針對的目標多半是戰傳說而不是她。既然如此，爻意暫時是不會有何危險的。

戰傳說還是頭一次駕車，多少有些手足無措，好在這輛馬車是專爲殞驚天備下的，所選的馬也是識途良駒，百合平原上的路又極少有危險地段，戰傳說很快就能應付自如了。

只是他與爻意離開坐忘城時都換上了一襲華貴衣衫，這也是貝總管的主意，為的是與這輛出眾馬車的主人的身分相匹配。

當戰傳說一襲錦衣玉帶地在車轅上揮鞭驅車時，其情景實是有些不倫不類。所幸一路都未遇見他人，倒也免了尷尬。

車內，爻意則在試探著牛二。

「既然你太過勞累，等到了苦木集後，我們另雇一車夫，你則自行返回坐忘城如何？」

牛二的聲音因為斗篷的阻隔而「嗡嗡」作響：「小的休息一陣便無妨，再說，小的若未將二位送至禪都就返回坐忘城，貝總管怪罪下來，小的可擔當不起。」

爻意道：「這是我們的意思，貝總管不會怪罪你的。」

「小的不是信不過妳與陳公子，而是小的生性膽小，這等偷懶取巧的事是萬萬不敢做的。」

爻意暗道：「你膽子可不小，竟敢讓戰傳說代你駕車，這分明是托詞！」

想到這兒，她心生一計，「你出城之前曾說腹痛難耐，是也不是？」

這當然是不可否認的事實，牛二應了一聲：「正是。」

爻意故作恍然狀道：「看來正是因為你的身體不適，才如此容易疲憊。」邊說著，她已在車內找出一隻瓷瓶，再取出一壺酒，對牛二道：「這兒有貝總管備下的藥，可治腹痛頭熱，以酒送服，藥到病除，你不妨服些藥。」

言罷，便將藥與酒一同遞向牛二。

貝總管的確在車上備了藥，也備了酒，而且是上等佳釀，爻意所取出的藥也的確有治腹痛頭熱之效，但此藥要以酒送服卻是爻意編造的，她的目的就是要讓牛二不得不取下那頂斗笠。

牛二將自己蜷曲在角落裏的身體支撐起少許，去接爻意手中的藥與酒。剛將酒捧在手中，忽然手一滑，酒壺「砰」地一聲摔下，酒全潑散開來，酒香四溢。

牛二連聲嘆息：「可惜可惜，如此好酒只怕我一生也再難能喝上了，看來真是富貴有命。」說著，他已將瓷瓶中的藥丸倒出兩粒，扔入口中，顯得很費力地咽下了。

那頂大斗笠，他始終未曾摘下。爻意也不再試探，她已斷定這牛二一定有問題。

當他伸手接過藥、酒時，爻意留意到牛二的雙手決不是一個車夫所應有的粗糙，相反，甚至比常人還要光潔白皙。但爻意反而什麼也不說了。

馬車車輪轆轆，奔馳在空闊無人的百合平原上。

日漸西斜。

牛二一直默不作聲地半蹲半坐著，也不知是否睡著了，但在馬車接近苦木集時，他卻及時地「醒」了過來，並提出要換回戰傳說。爻意並未反對。

戰傳說回到車內不久，馬車便駛至苦木集了。透過車簾看到苦木集星星點點的燈火，聽著車外嘈雜的人聲，戰傳說與爻意都有些吃驚。

爻意已把自己對牛二的猜疑告訴了戰傳說。兩人對牛二正好在即將進入苦木集時提出換回駕車的舉動，感到非比尋常，暗忖這恐怕不是巧合。

雖然心懷疑慮，但兩人既不能確定自己的猜疑，也看不出牛二的來歷，只有暗中多加留意。

戰傳說比爻意坦然些，他相信既然牛二是坐忘城的人，即使不是一名普普通通的車夫，也不會對他們包藏禍心，也許是貝總管他們派來暗中保護他們的好手也未爲可知。

依出發前貝總管的意思，在途中打探卜城人馬動向等事宜都應儘量交與牛二去辦，戰傳說、爻意兩人越少拋頭露面越好，但爻意對牛二已不信任，自是不放心由牛二去打探卜城人馬的動向。

既已至苦木集，當務之急自是查清有無卜城的人馬在苦木集與大隊人馬分道，轉向北行。

戰傳說吩咐牛二將馬車在路邊停下，與爻意一起下了車。奔波了半日，一路顛簸，站在堅實的地面上，竟感到地面在搖搖晃晃。

戰傳說向四周看了看，發現苦木集比自己想像中更大，大概此時他們正處於苦木集的主街上，街道甚是寬敞，東西走向，但街上走動的人卻並不多，這與戰傳說、爻意在車內感受到的人聲嘈雜的氣氛並不相符。

戰傳說對此很是意外，沉吟片刻，似有些明白了：之所以會感到車外嘈雜熱鬧，是因爲奔波半日，所見到的除了平展的平原，就是像永遠也不會有盡頭的路，途中除意外遇到劍帛人物語外，竟再未見到其他人，相比之下，才會覺得苦木集顯得格外熱鬧。

戰傳說只對牛二說了聲「你就在此處等候一陣子吧」，便與爻意循街向前走去。

所幸是在夜間，縱然長街兩側的房舍內有燈光透出，也是頗爲黯淡，否則以爻意、戰傳說二人的不世風采，並肩走在長街上，定會引得人人駐足觀望。

戰傳說二人看似很平靜，其實舉止出人意表的牛二已成了他們的一塊心病，此刻他們倒希望牛二真的暗中跟蹤他們，那樣正好可以借機一舉揭開牛二的真實意圖。

但兩人的希望落空了，以戰傳說如今的修爲，若有人暗中追蹤，是很難不被他發現的。

他們走出了百步之距，戰傳說仍未感到周遭有任何異常。

戰傳說對爻意低聲道：「時間緊迫，不允許我們拖延，還是儘快確定殞城主是否經苦木集前往禪都。」

爻意頷首贊同。

戰傳說領著爻意拐入一條偏僻小巷，爲謹慎起見，他寧可選擇在不顯眼的地方打聽卜城人的動向。

走入小巷不久，就聽得前邊不遠處「吱呀……」一聲木門開啓的聲音，一個瘦瘦的身影從一扇被煙熏得失去了本色的厚厚木門中閃出，門口處一盞顯得格外昏黃的燈籠發出之光，將此人的影子拉得很長，而且模糊不定。

此人手中像是捧著什麼東西，從其蹣跚的腳步來看，應是一老嫗，正向巷子的另一端走去。

戰傳說緊走幾步，趕上了老嫗，施了一禮後道：「阿婆，晚輩可否向你打聽一件事？」

老嫗像是被身後突如其來的聲音嚇了一跳，手一顫，捧著的一隻瓦罐「啪」地一聲墜落在地，摔了個粉碎。一股濃烈的藥味一下子在巷子裏瀰漫開來，原來老嫗手中所捧的是一罐煎好的藥。

戰傳說心頭頓時升起一團疑雲：「這老嫗爲何竟驚愕至此？」

他上下打量著老嫗，發現老嫗瘦得驚人，讓人不由會擔憂她會不會被一陣疾風吹走，臉色也極不正常，泛現青色。

戰傳說斷定老嫗一定是久病之身，難怪她手中會捧著藥罐。久病之人，氣虛力弱，濁陰走五臟，易生怒、戀、憂、恐，想到這一點，戰傳說心頭疑慮打消了不少，暗忖自己未免太過小心了。

老嫗像是很惋惜那罐藥，吃力地蹲下身子，摸索一陣，見委實無法拾掇了，只好支起身來，緩緩地道：「我一個老婆子，能知道什麼？」

她的聲音像是風乾了，枯澀異常。

爻意走至戰傳說身邊，柔聲道：「阿婆，白天是否有許多人自此經過？」

老嫗點了點頭，神情茫然。

「這些人離開苦木集後，是全向卜城方向，還是有一部分人轉向禪都而去了？」

戰傳說有些擔心這老嫗又老又病，若糊塗至連卜城、禪都都分辨不清，就麻煩了。

萬幸，老嫗只是遲疑了一下，便道：「老婆子我去抓藥時，就看到幾百號人向禪都方向而去，馬車足足有二十多輛，不過這已是今日午時的事了。那些人在苦木集連半刻也沒有停，就直奔禪都，卻把一些送喪的人留下了，苦木集的人都大嘆晦氣。」

這又瘦又病的老嫗開了口就沒完沒了，戰傳說一聽，知道殞驚天極可能在白天午時就經苦木集直奔禪都而去了，不由大為著急，看來昨夜出發的卜城人馬動身後就再也沒有耽擱。按這樣推算，殞驚天離開苦木集恐怕已過去半日了。

戰傳說再也沒有心思去聽老嫗嘮叨，他掏出一錠銀子，遞給老嫗，道：「多謝了，這個妳拿著用以抓藥。」

也不等老嫗再說什麼，就拉著爻意出了巷子，直奔大街，殞驚天離開苦木集已達半日，他們不能再耽擱。

在他們的身後，那消瘦的老媼默默地望著他們的背影，直至戰傳說二人消失於巷口。對於手中的銀錠，她似乎毫不在意，連看也未多看一眼。靜立了良久，她才輕輕地嘆了一口氣，轉身向屋內走去。

穿過那扇厚而笨重的門，進入屋內，屋內的光線並不比外面亮多少，一盞火焰如豆大的油燈在一張方桌上搖曳不定，像是隨時都會熄滅。

當老媼反手將木門關上時，屋內一個角落裏有一個聲音響起：「方才外面有人向妳打聽有關卜城人的事？」

「正是。向我打聽此事的人，恐怕你絕對不會想到他是誰。」老媼道。

「哦，是什麼人？」

「戰傳說。」

「是他?!」聲音一下子提高了不少，足見其極度之驚愕，「他怎麼會在苦木集出現？」

「看樣子他是爲殞驚天的事而來的，若是這樣，他們應該很快就要離開苦木集了。」

「可……我很想與他相見。」

「我早已料到你會有這種想法，所以在戰傳說給我一錠銀子的同時，我已借機將一種藥粉彈在他的衣袖上，他決不會發現的。如此一來，無論他走到天涯海角，你我都能找到他。」

「一錠銀子？」很吃驚的語氣。

「不錯。」老嫗聲音乾澀地笑了笑，「他說給我用來抓藥的。」

「我本奇怪卜城既然已全線撤退，為何還要在苦木集暗伏人馬，現在看來，會不會是針對他的？」

苦木集中的確隱伏了不少卜城人馬，數目約有一百之多，在卜城大軍返回卜城時，這一百餘人卻留了下來，分散於苦木集各個角落。

但這一百餘人的戰鬥力並不強大，其中大部分是武備營畢大曉的人，這既是因為左知己對畢大曉十分信任，也因為讓武備營的人留下不會引人注目，武備營的行蹤一向是脫離主力的，無論是進攻還是退卻皆是如此。

另一小部分人則是左知己的親信侍衛。左知己將這戰鬥力並不如人意的一百多號人留下，其主要作用並非在於截殺，而是監視坐忘城的反應。

這一百多號人的戰鬥力固然不夠強大，但對左知己卻是絕對忠誠。對左知己來說，在還未能在卜城確立絕對穩固的權力時，這一點相當重要。

單問所領的兩千人馬昨夜連夜出發，到達苦木集後，立即分作兩撥，一撥由單問領四百人「押送」殞驚天入禪都，另一撥一千餘人則繼續向卜城前進，靈柩也由這一撥人護送。

這一方案，本就是經得左知己同意確定的。而單問對隨後到達苦木集的左知己的舉動卻是一無所知，他只顧盡心盡職地「押送」殞驚天赴禪都。

戰傳說、爻意的馬車自進入苦木集的那一刻起，其一舉一動都已落在左知己的監視中。

當戰傳說、爻意重新回到大街上，向馬車走去時，左知己正在長街東端一座酒樓的二樓密切注視著他們。

自發現坐忘城派出來沿這條路徑追蹤的人是戰傳說時，左知己便知道苦木集即將上演一場驚世之戰。不過，出手的不是他自己。

左知己有自知之明，他知道自己勝不了戰傳說，而且他與戰傳說之間並無直接的怨仇。

左知己知道在苦木集中，此時同樣密切關注著戰傳說的，還有一個可怕的人，那便是先殺重山河，再殺落木四的人！他之所以留在苦木集，就是爲了配合此人。

當戰傳說、爻意在苦木集出現時，左知己就已讓心腹依事先約好的方式，將這個情況告知那神秘人。左知己深知一點：若沒有那個來歷神秘的高手相助，自己決無機會坐上城主的位置。

他很難猜透神秘人的來歷，原本以爲此人應是冥皇身邊的重臣，但他自身就受冥皇寵信，對冥皇身邊的人瞭解甚多，但對神秘人卻毫無印象，更重要的是，神秘人目空一切，明知左知己是冥皇所賞識器重的，卻對他仍是不屑一顧。

難道，真如戰傳說所言，冥皇之所以興師動眾對付坐忘城，是因爲劫域的緣故？而這心狠手辣連殺重山河、落木四兩人的神秘人物，是來自劫域？

左知己仔細地回憶著與神秘人相處時的每一個細節，越來越覺得自己的推測不無道理。

戰傳說、爻意循原路回到馬車停駐的地方時，見牛二正在打著盹，看來他的確是累壞了。車前堆了一堆草料，可見這牛二雖然性情古怪，倒也手勤腳快。

但殞驚天早已離開苦木集，他們三人也就必須立即上路。

戰傳說硬起心腸，將牛二推醒，「牛兄弟，上路吧。」

牛二打了個長長的哈欠，沒說什麼，自顧整理著韁繩馬鞭。

戰傳說、爻意上了車後，馬車剛剛跑出幾步，便聽得有人高聲道：「駕車的朋友，請暫且留步！」

聲音顯得很年輕。

能對一個車夫以「朋友」相稱，也算是有禮了，但牛二似乎對此毫不領情，不耐煩地罵道：「閃開，老子要趕路！」

馬車果然沒有減速。

戰傳說眉頭微皺。

那年輕的聲音又道：「在下乃九靈皇真門弟子花犯，請朋友暫且止步。」

話說得仍是客客氣氣，但在客氣之後已隱然透露出一股自信。

如果換了別人，對「九靈皇真門」，對「花犯」這樣的稱謂都不會陌生。九靈皇真門乃樂土武道四大聖地之一，與「大羅飛焚門」、「元始宗壇」、「一心一葉齋」相提並論，至於花犯，則是這一兩年來名聲鵲起的年輕一輩頂尖好手，與「一心一葉齋」的風淺舞被世人並稱爲「金童玉女」。

花犯報出師門來歷，自是爲了讓牛二能依言停下馬車，而且在通常情況下，憑「九靈皇真門」的來頭，就足以讓人刮目相看。

九靈皇真門傳人乙弗弘禮號令樂土武道共剿九極神教的事，與今日相距的時間並不算太久，因爲乙弗弘禮的緣故，九靈皇真門深受樂土武道尊崇。更何況就是花犯本人，如今在樂土武道中也被視作後起之秀，名聲日盛。

可惜這一次花犯所面對的卻是戰傳說、爻意這樣兩個對樂土武道之事都不是甚爲瞭解的人，戰傳說好歹知道四大聖地之一的九靈皇真門，只是未聽說過「花犯」之名而已，而爻意則是連四大聖地都不知，更勿論其他了。

不過既然攔道之人是九靈皇真門的人，戰傳說提起的心即刻放下。

「莽撞小子，若再不讓開，老子就讓你喪命蹄下！」牛二在對方自報師門後，竟仍不買賬！

他既然追隨殞驚天多年，豈會不知九靈皇真門在樂土武道舉足輕重的影響？可他爲何仍毫不理會？

長街上的路人已忍不住驚呼出聲，他們眼睜睜地看著這輛豪華的馬車徑直向佇立街心的一年輕人撞去。

年輕人背負一劍，劍身以素布包裹，顯得樸實無華，同時身後還有一隻包裹，不知其中所裝何物。此年輕人刀眉星目，神采超凡，雙目炯炯有神，黝黑健康的膚色配以樸素而合體的衣衫，在威武中又顯出一份樸實。

面對正面馳來的馬車，他只是皺了皺眉，卻未避讓，仿若他寧可讓馬車自他的身上輾過，也不會退讓。

戰傳說由外面傳來的驚呼聲意識到自己若再不有所舉措，恐怕這倔強的牛二真的會驅馬撞向自稱「花犯」的年輕人。

戰傳說知道花犯既來自於九靈皇真門，當然不會是平庸之輩，未必會被馬車撞傷，但花犯是好言懇請，若由此發生衝突，理虧的不會是花犯。

就在戰傳說心頭閃念之際，車身猛然一震，健馬長嘶，車身發出刺耳的「咯吱」聲，戰傳說、爻意身子不由自主地向前一傾，復又止住。

兩人頓知牛二在最後時刻總算改變了主意，皆暗自鬆了一口氣。

只聽得牛二怒氣沖沖地尖聲叫道：「莫以為是九靈皇真門的人就可以目空一切，花犯，哼，你就是那個什麼金童娃娃？若非看在九靈皇真門畢竟做了幾件有益於樂土的事的份上，老子今日倒要看看是你這金童娃娃的骨頭硬，還是馬蹄硬！」

戰傳說心道：這牛二未免太橫蠻了，正待呵斥，卻聽花犯道：「朋友息怒，花犯之所以冒昧攔阻，只是因爲感到朋友的車內必隱有很不尋常之物。」

這句話讓戰傳說一下子將到了嘴邊的話咽了下去，心頭飛速閃念：「難道這自稱花犯的人是衝著我與爻意姑娘而來的？他說的也不無道理，我與爻意身負不同尋常的使命。」

牛二大概也爲花犯的話所驚，立即道：「車內何嘗有什麼不尋常之物？是了，車內有珍玩寶器，錢財上可通天，下可達地，無所不能，自是非比尋常之物。只是我聽說九靈皇真門算是名門正派，想必你身爲九靈皇真門的傳人，不至於打這些珍玩寶器的主意吧？」

聽得出牛二也不願讓戰傳說、爻意行跡暴露，對方若是尋常人倒也罷了，既然是武道中人，就不能不小心提防。只是牛二要用這種手段讓花犯知難而退，並不高明。

花犯正色道：「珍玩寶器皆乃身外之物，在花犯眼中，與一石一木並無甚不同，豈可算非比尋常之物？」

他一臉正氣，加上衣著樸實無華，成了這番言語的最好辯證，絲毫不會讓人覺得他言辭浮華虛僞。

牛二冷笑一聲，「我倒想聽你這金童娃娃看出車內有什麼異常之物！」

他口中聲稱對方爲「金童娃娃」，分明有戲嘲之意。

而花犯的涵養也著實讓人佩服，他不惱不怒地道：「花犯借『混沌妙鑒』察知你的車內有極強的邪兵之氣！花犯奉師門教誨匡邪扶正，誓要以滅盡天下邪道爲己任，故請朋友能將車內邪兵交與花犯。」

戰傳說、爻意皆大吃一驚。只因他們知道車內的確藏有一柄邪兵，即劫域哀將所用的兵器——苦悲劍。

「苦悲劍」與「十方聖令」是僅有的兩件有可能證實冥皇對付坐忘城真正動機的東西，所以戰傳說將苦悲劍藏在車中，帶往禪都，而「十方聖令」則由昆吾帶往禪都，兩物分開，可以減少風險，免得一下子全落入他人手中。

顯然，苦悲劍不宜在此時出現。

但若是花犯一味堅持又該如何？難道要以武力強行攔阻？

這自是戰傳說所不願的，爲了順利救出殞驚天，他必須盡可能地掩藏自己的行蹤。

牛二只是一介車夫，當然不會知道這樣的秘密。也不知是倚仗身後有戰傳說這樣的絕頂高手還是什麼原因，面對當今樂土武道名聲最隆的年輕高手花犯，竟也毫不示弱，冷笑道：「一派胡言！車內絕無所謂的邪兵——我看你倒是一臉邪氣！」

花犯並未就此甘休，他毫不氣餒地道：「滅邪扶正，關係重大，若朋友不肯交出，那花犯只好自己動手了。」

看他一臉的嚴肅神情，顯然是會說到做到。

戰傳說暗暗叫苦，心道：「你匡正滅邪固然不錯，但選擇的時機與對象未免有些不妥。都說四大聖地的人雖然正直，卻多少又有些迂腐，果然不假。」

心頭轉念間，倏然心生警兆，突然感到有無比強大的殺機正如一張無比巨大的羅網般迅速當天罩下。戰傳說大駭，心念電閃：難道花犯竟突然出手？

來不及對爻意說任何話，戰傳說一把攔腰抱住爻意，右掌一借力，已在第一時間橫向掠出！同時，苦悲劍也被他以肉眼難辨的速度抓在手中，在極爲狹小的空間及間不容髮的時間內，戰傳說已借力旋過身子，保證是自己的身軀先撞向車廂一側的擋板。

「喀嚓！」暴響聲中，擋板立時破出一個大大的窟窿，戰傳說、爻意兩人如炮彈般飛出！

身在空中，戰傳說赫然發現街旁一處高樓上正有一道人影高速撲向馬車後車廂，一道如弦月般的弧形刃芒掠過長空，徑直襲向戰傳說、爻意兩人剛才置身之處。

凜然萬物的氣勢在這一擊之中已顯露無遺。

幾乎就在戰傳說雙足踏於實地的同一瞬間，那道如弦月般的光弧已及於車身。

「轟……」爆響聲如迅雷滾過長街，一擊之下，那輛豪華的馬車車廂頓時碎成無數碎片，向四面八方疾射而出。

其強橫氣勁的破壞並不止於此，而是迅速擴散開去，長街街面所鋪的青石出現了橫貫長街的驚人裂痕，街道兩旁的幾盞燈籠如被狂風掃捲，立時滅了，長街更是顯得幽暗陰森。

戰傳說眼見此景，脫口驚呼：「牛二！」

一個身影如彈丸般拋起，在空中劃出一道低平的弧線後，又向下急墜。

正是牛二！

在這極具破壞力的一擊之下，牛二難免被殃及。

眼見牛二就要身不由己地撞向街旁的一堵青石牆非死即傷之際，一道人影自斜刺裏如怒矢般射出，及時趕上牛二，一把將牛二緊緊抱住，並順勢飄然掠出二三丈之距，穩穩落地。

及時救下牛二的赫然是花犯！其救人之舉從容不迫，一氣呵成，足見他這兩年來在樂土聲名鵲起，決非浪得虛名。

戰傳說這才鬆了一口氣，暗忖道：「不愧是九靈皇真門的傳人，縱是與牛二似若水火不融，但在牛二性命攸關之時，卻仍能毫不猶豫地出手救人。」

此念未了，倏見牛二掙脫了花犯的懷抱後，冷不防地揚手扇了花犯一巴掌。

「啪……」聲音脆而響，同時伴隨著又氣又急的斥聲：「你敢非禮我?!」

非禮?!縱是在這樣奇變突生、悍敵當前時，戰傳說也幾乎忍不住笑出聲來，看那花犯，風采不凡，怎會對一個男車夫有非禮之舉？

但他的笑容卻迅即僵住了，因爲他突然意識到，方才的那一聲呵斥赫然是一個女子的聲音——而且是一個他很熟悉的女子的聲音。

戰傳說像是明白了什麼，但這種感覺卻仍有些縹緲，捉摸不定，他有些發怔了。

同樣發怔的還有花犯。他怔怔地捂著自己有些發痛的火辣辣的臉頰。茫然地望著眼前的牛二，過度的意外使他在被人恩將仇報之後卻忘記了憤怒。

這樣的怔神只持續了極短的時間。「牛二」頭上的斗笠在飛跌而出時就已不知跌往何方了，「他」的真面目終於顯山露水，不過因是背向戰傳說這邊的，所以一時還只有花犯目睹其容貌。

雖然此時長街上的光線黯淡，雖然「牛二」的臉上有兩道污痕——也不知是否是一路策馬疾行後帶來的汗漬——但花犯在片刻的怔神後，已明白眼前的車夫「牛二」其實是一個女子。

非但是女子，而且是一個年輕的女子。

甚至應說是一個年輕而美麗的女子，臉上的兩道污痕並不能掩蓋她的美貌，而她那嬌嗔的模樣更是頗爲動人。只是那一身車夫的裝扮使她顯得有些可笑，同時也增添了一分俏皮。

花犯吃驚地指著「牛二」，有些結結巴巴地道：「妳……妳……我……我……」

「牛二」解開髮箍，任憑如瀑布般的青絲瀉於肩上，她哼了一聲，道：「本車夫就是一位姑娘，如何？誰定下的規矩女子不可以駕車？」

爻意低聲對戰傳說道：「是小夭！」

戰傳說以同樣低的聲音道：「果真是她！」方才他也聽出來是小夭的聲音了。

雖然對牛二突然搖身變成了小夭萬分驚訝，但此時顯然不是追問此事的時候。

戰傳說的注意力轉移到如一尊魔神般傲然立於破碎不堪的馬車旁的襲擊者身上。此人一襲赭紅衣袍，頭戴掩口面罩，五官只有雙眼露在面罩之外。他的雙眼似乎竟是微微閉起，卻充滿了冷酷的氣息。

他的手中持有一件奇形兵器，這件兵器猶如隨時會振翼而飛的鷹隼，其鋒刃的最中央部位如一柄線條極為流暢的劍的前半截，並完美地向兩側展開，其曲線本身就是對力道最好的詮釋與演繹。

戰傳說只覺得腦中「嗡」的一聲，熱血頓時沸騰。

他由對方所持的兵器立即推測此人十有八九就是殺了落木四、重山河的神秘人！唯有這樣的奇兵，才會造成那樣獨特的傷口！

這時，長街兩端又各有十人自街旁屋頂隱藏處落下，封住了長街兩端。這二十人皆身材高大雄壯，著黑色緊身勁袍，頭罩皮盔，手持的兵器是將刀與鉤的優勢完美結合在一起的獨門兵刃。

這種兵刃戰傳說曾經見過，那是在隱鳳谷與劫域哀將一戰時，隨哀將一同進入隱鳳谷的三十名劫士所用的就是這種兵器。

這一發現讓戰傳說對來者的身分已心知肚明：對方必然是與哀將一樣來自劫域！

思及此處，戰傳說心知一場血戰已在所難免。對方自是衝著他而來的，而他自身又何嘗不時刻想著要向劫域的人討還血債？殞孤天被殺，地司殺與坐忘城反目成仇，重山河被殺，落木四之死，乃至坐忘城、卜城折損的數百名戰士，這一切，追根溯源，何嘗不是皆因劫域而起？

若說先前戰傳說對劫域與冥皇之間有難見天日的聯繫這件事感到困惑的話，那麼此刻在苦木集遇到劫域的人的伏擊，則進一步證明了他先前推斷的正確性。

想到僅僅爲了哀將一人，就連累了那麼多無辜的性命，而哀將本身也是罪有應得，戰傳說只覺一股悲憤之情升騰而起。有那麼一刻，他甚至慶幸被劫域的人在此伏擊，這樣他才有機會除去這些十惡不赦的惡魔！

戰傳說由哀將手中奪得苦悲劍時，只得劍身，未得劍鞘，爲了掩藏這把劍，殞驚天讓人另行鍛造了劍鞘。

但戰傳說深知對方既然是劫域的人，那麼對苦悲劍自是再熟悉不過，縱是隱於劍鞘中，對方也能察辨，更何況方才花犯與「牛二」的對話早已透露了不少秘密。

戰傳說拔出苦悲劍，高擎手中，以悲憤而富有挑釁的語氣大聲道：「爲何你們劫域的人總是不敢以真面目示人，藏頭縮尾猶如鼠輩？我手中的苦悲劍你們應當識得，它的主人哀將已被我所殺，你們若要為他報仇，為何不敢光明正大地找我戰傳說，卻要借助卑鄙手段加害無辜者的性命？」

戰傳說義正嚴詞，慷慨激昂，渾然沒有身陷重圍的緊張不安，反而顯現出了一往無回、決不妥協的膽識與勇氣，爻意看在眼中，心中不由為戰傳說的無畏氣概而蕩起陣陣漣漪。

她心中喟嘆道：「這個人真是奇怪，有時顯得過於單純乃至靦腆，與威郎的強者霸氣截然不同，有時卻自有一股讓人心折的氣勢，比之威郎也不遑多讓，究竟哪一個他，才是真正的他？」

而這時，「牛二」暫時拋開了與花犯的爭執不清，側轉過身來。

果然是小夭——爻意一眼就認出來了。無怪乎這個「車夫」會讓戰傳說代其駕車，而且始終不肯摘下斗笠，她是城主的女兒，雖然也算習過武的人，但何嘗吃過連續駕車一兩個時辰的苦頭？更重要的是她不是真正的牛二，自然也不會覺得讓戰傳說駕車有何不妥。

小夭與爻意對視片刻，她只是有些俏皮，又有些歉意地笑了笑，便把注意力轉向戰傳說。

與爻意一樣，小夭也為戰傳說的氣勢所心折。而與爻意不同的是，她沒有將戰傳說與任何人比較，也不會覺得他平時的行事風格有何不妥。恰恰相反，在她看來，戰傳說的一舉一動都是完美無缺的。

花犯聽了戰傳說這番話，吃驚非小，愕然低聲驚呼：「劫域?!戰傳說?!」

這兩件事中的任何一件都非比尋常，沒想到此刻卻同時讓他遭遇了。

小夭對「戰傳說」這一稱謂也是大惑不解，在她心目中，戰傳說不是「陳大哥」，反而「戰傳說」正是被「陳大哥」所殺的。

但當花犯失聲驚呼時，小夭卻不滿地瞪了他一眼，道：「莫以爲只有金童娃娃才名聲顯赫，我陳……戰大哥的名字可比你響亮得多！」

若說知名度，恐怕花犯還真的不能與「戰傳說」這一名諱相提並論。

花犯吃驚地道：「他怎會是戰傳說？戰傳說豈非已死了？」他似乎已忘了小夭扇了他一記耳光的事。

小夭心道：「你奇怪，我比你更奇怪！你最多只是道聽塗說，而我可是親眼目睹戰傳說——不，假冒戰大哥的人被戰大哥所殺的情景。」心中這麼想著，卻只是不屑地冷哼一聲，像是嘲笑花犯孤陋寡聞，見識淺薄。

那手持奇形兵器的人望著戰傳說手中的苦悲劍，眼中暴現懾人心魄的寒光！

他寒聲道：「小子，你果然是膽大包天，殺了哀將還敢承認！」

戰傳說早已抱定決一死戰之心，哪會在意對方這種帶有威脅性的話？他冷笑一聲道：「哀將非樂土之人，卻擅闖隱鳳谷，濫殺無辜，視人命如草芥，除去此等惡人，有何不敢承認？」

「殺得好！匡邪扶正，本當如此！」

有人大聲叫好，正是花犯。

這次，小夭倒沒有「哼」他，只是淡淡地道：「對方是劫域的人，你還是早早退走爲妙。」

花犯尚未開口，那手持奇形兵器者冷酷的目光已掃向他這邊，以其冷而硬的聲音道：「匡邪扶正？」

花犯正氣凜然道：「不錯！」心中卻暗自忖道：「這人的目光好不森寒！」

「好，那我就一併將你也殺了。」那人說完這句話，就不再看花犯，而是將目光重新轉向了戰傳說，仿若只要他說完這句話，花犯就已是必死無疑，猶如刀下魚肉。

花犯反而失聲笑了。

「有什麼可笑的？」小夭沒好氣地道。

花犯道：「我道爲何由『混沌妙鑒』顯出苦木集邪氣極盛，原來除了有一柄邪兵之外，還有一群邪兵邪將，看來我是不虛此行，得其所哉！」

小夭「撲哧」一聲笑了，這是她第一次以笑臉對花犯。

花犯出自九靈皇真門，四大聖地門規嚴謹，就是年輕弟子也一律是克己復禮，老成持重，心境清明，花犯也不例外。但在小夭面前，他的性情卻有莫名的改變，本來這等揶揄的話是不會自花犯口中道出的，否則何來「金童」這一名號？但這一次卻那麼順理成章地脫口而出了，以至於說出口後，他自己也吃驚非小。

在小夭看來，這自是不值一提的。

被稱爲「邪」，手持奇形兵器的人並不在意，他的目光依舊是落在戰傳說身上，「你會爲殺了哀將而後悔的！劫域向來無所畏懼，並非本將不想早早手刃你，而是因爲你一直龜縮於坐忘城中，現在總算借殞驚天將你引出坐忘城了。你非但救不了殞驚天，而且連你自己的性命也將斷送於此！」

說到這兒，他一把扯去面罩，「如此遮遮掩掩，本非我劫域勇者的習慣，我就讓你在死亡之前看清是亡於什麼人的手下吧！」

摘去面罩，顯出黝黑的肌膚，線條剛硬的唇線。

他正是在劫域大劫主面前全力主張要爲哀將討還血債的恨將！

花犯目睹了恨將的真面目，暗忖道：「果真是劫域的人，先前我只知隱鳳谷在一場血戰之後不復存在，成爲一空谷，但對那一戰所牽涉的各方力量卻不知情，世人所知也與我相去無幾，沒想到連劫域也牽涉其中！」

隱鳳谷一役中，各方力量間，隱鳳谷自身已僅存尹歡、歌舒長空以及下落不明的尹恬兒，此三人自是未向世人透露真相；驚怖流與千島盟這一方力量更不會主動透露在隱鳳谷的形跡，而只會試圖盡可能地掩藏自己的行徑。

至於劫域，雖然與冥皇似乎有千絲萬縷神秘的聯繫，但顯然對樂土武道仍有忌憚。如此一來，世人對隱鳳谷一役的內幕就知之甚少了。

但今日自負的恨將卻因爲無法忍受戰傳說稱其藏頭縮尾而自暴身分，他對掩藏自己真實身分的做法早已難以忍受，只是爲了使坐忘城陷於撲朔迷離的境地無法分辨真相，從而成功地將戰傳說引出，他才勉強忍受了。此刻既已與戰傳說直面相對，原先的顧忌便不再重要。

恨將與戰傳說對峙長街的情形，自然無所遺漏地落入了左知己的眼中。

他一直是靜靜地臨窗而立，看上去像是對長街上的風雲變幻漠不關心。事實上，當他得知一連殺死重山河、落木四兩人的神秘人物竟是來自劫域時，心頭之驚愕非同小可，腦中閃過的第一個念頭，就是戰傳說在卜城大營與落木四、單問及他自己三人交談時所說的十有八九是真的。

在此之前，左知己的確對戰傳說所說的那番話感到難以置信，在他看來，冥皇怎麼可能依從劫域的意願行事？他與恨將聯手設計殺害落木四時，並不知恨將的真正身分，而且也是接到冥皇的秘密旨意才與恨將聯手。自他進入卜城的那一天起，冥皇就一直未中斷與他的秘密聯繫。

對身受冥皇的器重這一點，左知己甚是自得，他相信自己遲早會取代落木四的位置，不過他寧可這一過程是在冥皇的授意下進行，所以儘管在卜城的幾年時間內，他與落木四之間多有隔閡，但他並未有陰謀毒害落木四的舉措，而且對拒守千島盟的事，他也是盡心盡職。

三天前他得到冥皇密旨，要他配合他人殺害落木四時，他以爲是冥皇在他與落木四之間終於作出了有利於他的抉擇，這是他企盼已久，並且也認定必會實現的事，所以他毫不猶豫地依令而行。

現在，他才突然明白，如果沒有劫域的緣故，冥皇也許根本不會讓他對落木四下手。察知這一點，所有的興奮與自得的心情頓時大打折扣！

而且，對冥皇與劫域之間有著不明不白的牽連，左知己亦很不以爲然，奴以主爲貴，他自視是冥皇的親信，若是冥皇因某種原因而屈從了劫域的意志，那豈非使他在劫域人面前更低一等？

「大冥王朝擁有廣闊樂土，物產豐饒，勢力鼎盛，何必要看置身一片不毛之地的劫域的臉色行事？」左知己既失落又不平，想到劫域人對自己近乎不屑一顧的漠然態度，略顯縱欲過度的臉上隱隱浮現出一絲寒意。

第六章　黑盔劫士

戰傳說對恨將毫不掩飾身分的做法既意外又憤怒。

他想到對方既然如此肆無忌憚，就必有所恃，而劫域的人在樂土飛揚跋扈，所恃的不是冥皇又是什麼？

戰傳說道：「若我所猜沒錯的話，重山河、落城主都是爲你所殺害的吧？」

恨將並不加否認：「本恨將所作所爲，從不怕被他人知曉，縱使知道以本恨將手中的『空城』殺人，留下的傷口與眾不同，本恨將也並不在意，因爲我自信，我的『空城』足以擋下任何人的復仇！落木四、重山河的確是本將所殺，不過本將之所以殺他們，可全都是爲了你的緣故！若他們不死，我就難以一步步地把你逼出坐忘城！」

戰傳說見對方毫無顧忌地承認殺了重山河、落木四一事，心頭殺機頓起。

他有意將自身內力透入手中的苦悲劍內，使劍身發出嗚咽般的顫鳴聲，沉聲道：「哀將已爲我所殺，今日再多殺一名恨將也無妨！最好是劫域的苦將、悲將全一古腦兒來我劍下送死，省得麻煩！」

花犯提醒道：「劫域只有哀將、恨將、樂將。」

戰傳說對劫域知之甚少，但卻對其恨之入骨，聽花犯這麼說，便道：「是嗎，那也無妨，沒有四人，那將就著殺三人。」

「狂妄小子，受死吧！」恨將豈能忍受戰傳說的冷嘲熱諷？一聲暴喝，整個身子如同在水面上滑行般狂飆突進，其速快得驚人。

戰傳說自知來者不善，這一點由哀將的修爲可以推知。隱鳳谷一役，連功力暴進後的歌舒長空也無法勝過哀將，當時若非機緣巧合，正好是涅槃神珠靈力爆發時，而戰傳說又擁有了涅槃神珠的力量，恐怕那一役的結局就要完全改變！恨將與哀將在劫域地位相當，其修爲也應相差不遠。

故戰傳說雖然口中視恨將爲無物，但心中卻絲毫不敢大意，低聲道了句「爻意多加小心」的同時，身形已如怒矢般掠身而起，向恨將當頭迎上。

「無咎劍道」之「剛柔相摩少過道」全力擊出，及時封擋恨將。

不求有功，但求無過——這正是「剛柔相摩少過道」的精蘊，其實也是處於防守一方所應遵循的最有效的準則。

「少過道」的嚴密防守使奇形兵器「空城」不可避免地與苦悲劍正面撞擊。苦悲劍幻現漫天黑氣，嘯聲更是如鬼哭神嚎，剎那間長街更爲空寂黯淡。

唯有恨將手中的「空城」那如弦月般的刃芒光華未滅，並更顯奪目，以無可逆轉之勢長驅直入，破入重重黑氣之中。

苦悲劍與「空城」悍然接實！沉悶卻驚心動魄的撞擊聲中，雙方齊齊倒飛而出，落地之時，雙方皆未受傷，顯然兩人都未出全力，剛才只爲試探。

戰傳說對恨將自然不敢掉以輕心，但恨將因爲戰傳說曾在一招之間斃殺哀將，之後又曾阻退千島盟大盟司，故其言語雖然狂傲自負，其實決不敢輕視戰傳說。

戰傳說以邪兵苦悲劍對敵，本有些擔心難以駕馭此劍，一招拚殺之後，見並無異狀，這才放下心來。

冷眼一掃，驀然發現眾劫域劫士已在自己與恨將交鋒的同時，由東西兩側向小夭、爻意包抄過來，其目的顯而易見，是要借此讓戰傳說分心，從而使之與恨將一戰處於不利境地。

戰傳說暗自叫苦之際，卻見花犯振聲道：「九靈皇真門弟子花犯在此，邪魔之道休想得逞！二位姑娘無須驚慌！」

小夭立即接口道：「爻意姐姐神功蓋世，我們何必驚慌？我看你才是虛張聲勢……不好，小心！」

她本待再挖苦花犯兩句，但眾黑盔劫士來勢迅猛，頃刻間已攻至，花犯有心守護小夭、爻意二人，首當其衝成了他們的攻擊目標。小夭陡見兩件似鉤似刀的奇特兵器自兩個不同方位向花犯迅猛勁劈而至，再也無心挖苦花犯，趕緊出言提醒。

「多謝提醒！」花犯稱謝的同時，反手拔劍，身形未變，振臂斜向揮出，裹於劍身上的素色綢布倏然脫離劍身，如同一團烏雲般罩向距他最近的一名黑盔劫士。

一聲暴吼，那黑盔劫士一刀縱向劈出，「刺啦」一聲，素色綢布應聲裂開。

但綢布甫一裂開，一道黑影已以肉眼難辨的速度由裂開處電射而出，根本不予那黑盔劫士有任何思索反應的餘地。

是一道劍影！

劍影直奔那黑盔劫士的胸膛！

一切都已無可挽回，死亡即將降臨，那黑盔劫士的瞳孔倏然擴散，眼中是極度的絕望。

劍影毫無懸念地正中他的胸口！

「喀嚓」一聲，胸前肋骨已被撞斷——但卻非利劍穿心的感覺。

「哇……」那黑盔劫士狂噴一口熱血，飛身倒跌，只覺胸口劇痛無比。

但這種痛感讓他反而有意外之喜，因爲能感受到疼痛，至少證明他還活著。連他自己都對自己能夠倖免於難感到不可思議！

而身軀跌飛的同時，他看到與他一起對花犯出手的同伴竟比他更早地撲倒於地，痛苦地蜷曲著身子。

花犯舉手投足間挫敗兩名黑盔劫士，嘆了一聲：「可惜了一塊好綢布。」言罷，這才對小夭道：「大敵當前，兩位姑娘可願與我並肩而戰？」

他吸取了上回的教訓，不再說是要護衛小夭、爻意二人，而改口稱與她們並肩作戰。

這一方式收到了效果，小夭道：「也好！你好歹也算是有些名氣的人，這等力拒劫域群魔、揚名立萬的機會便讓給你，我與爻意姐姐為你壓陣助威！」

花犯笑了笑，並未與小夭針鋒相對，而是轉身面對蜂擁而至的眾黑盔劫士，手中的劍在身前虛劃一個圈，沉聲道：「誰也休想踏進一丈之內！」

語氣不容置疑！

小夭這時已至爻意的身邊，第一件事就是問爻意：「陳大哥說他是戰傳說……是真是假？」

爻意望著與恨將遙遙對峙的戰傳說，點頭道：「是真的。」

小夭低低地「啊」了一聲，似乎想要說些什麼，卻又不知該如何開口。

戰傳說已領教過劫域劫士的戰鬥力，知道任何一名劫士無不是一等一的好手，二十名劫士的戰鬥力絕對不容小覷，故對爻意、小夭兩人的安危甚是擔憂，但見花犯從容應對的情形，戰傳說心中的擔憂大減，斷定一時半刻眾劫士還難以對花犯構成多大的威脅。

這一點，由眾劫士目睹兩名同伴重傷倒地後，再也不敢獨自貿然接近花犯，而是等待糾結成夥才會出手就可以看出。

沒有了後顧之憂，戰傳說終於可以放心一搏！

今日的戰傳說，已非昔日可比，先後與靈使、千島盟大盟司血戰的他，對自身更添了極大的信心。他將苦悲劍緩緩平遞而出，劍尖直指恨將，屹立如山，鋒芒懾人，大有吞天滅地、橫掃千軍之勢！

他的眼神深處似也蘊藏了堅毅無比的力量，沉穩如千年磐石。無形劍氣透劍而出，絲絲縷縷，如無孔不入的水霧般，在悄無聲息中向恨將那邊延伸過去。

這既是一種挑釁，也是一種試探。只要恨將因他劍氣的逼近而有所反應，他便可依照對方的反應，迅速將這種試探轉化爲致命的攻擊。

長街上的行人早已逃得無影無蹤。

花犯雖面對人數眾多的黑盔劫士的圍攻，但他的修爲顯然高出眾劫士甚多，這使他在封擋之中顯得從容不迫，遊刃有餘。

而花犯似乎從未動過殺機，縱是以寡敵眾，他最多也只是重創對手，而不會取其性命。如此一來，看似凶險無比的搏殺卻因花犯的寬容而未顯現出應有的殘酷血腥。

由花犯那邊傳來的密集的金鐵交鳴之聲在戰傳說聽來，已恍若來自另一個世界，以他今日的修爲，僅憑對聲音的判斷，也能大致推斷出花犯不會有危險。

戰傳說舉重若輕的神情被恨將看在眼裏，同時，他還察覺到眼前這未滿二十歲的年輕人竟顯示出了驚人的對敵經驗，這樣的經驗，若非經歷了一次又一次的驚世駭俗之戰，是決不可能得到的。

那一瞬間，恨將忽然有所醒悟：爲何當大劫主要求冥皇追殺戰傳說時，冥皇會那麼痛快地應允下來，並且在遭受挫敗之後，不惜讓卜城勞師動眾。冥皇極可能是對戰傳說有所忌憚！

當時，冥皇尚不可能知道戰傳說的真正來歷，對樂土境內突然出現的能擊殺哀將的年輕高手，冥皇不可能不忌憚。因此，冥皇之所以答應了大劫主的要求，其中也不乏爲自己謀算的因素。

而冥皇不願由劫域的人直接殺入坐忘城對付戰傳說，恐怕也是爲了自己駕馭萬民的權力。因爲一旦世人知道遠在極北之地的劫域的人馬竟殺入坐忘城而冥皇卻毫無準備，必然會滋生對冥皇的不滿情緒。

同樣是基於這一點，冥皇在得知落木四有意撤退時，並不打算左知己在取代落木四之後更改這一決定，而要設法引戰傳說離開坐忘城。

如此看來，冥皇看似對劫域百依百順，其實他看得最重的仍是他的大冥王朝。

想到這一點，恨將心中頓生被愚弄的不平之感。

戰傳說在第一時間捕捉到了恨將的這種情緒變化！沒有任何的猶豫，「無咎劍道」的「滅世道」全力攻出！

「萬象無法，法本寂滅，寂定於心，不昏不昧，萬變隨緣，天地可滅」！苦悲劍以不可捉摸的軌跡在虛空中閃掣穿掠，劍勢的每一次改變看似雜亂無章，難以捉摸，其實無不是與戰傳說的內息、心境的微妙變化息息相關。

「滅世道」的精蘊便在於隨緣而動，隨心而變，但在萬變莫測之中卻有一點是亙古不變的，那便是無論如何千變萬化，其最終的目的都是直指同一目標，所有的莫測更易將在最後那一剎那融彙成終結一擊！

空前強大的劍氣在有限的空間、時間內極度膨脹壯大，驚人的劍勢竟使其籠罩的範圍內的虛空發生了非常人所能理解想像的扭曲，戰傳說的身軀也因爲這種空間的扭曲而變得若有若無。

恨將心頭之震愕非同小可！他狠狠地忖道：「那小子只說這小子內力驚人無比，可沒提到他的劍法也高明至此！」

左知己曾向他透露了他所要殺的「陳籍」其實是戰曲之子戰傳說，當時左知己告訴他這一點時，尚不知他是劫域的人，而恨將對左知己的話也不甚在意，同時也有些將信將疑。

但此刻當他再度想起左知己的話時，倒願意相信眼前的年輕人就是戰曲之子。

戰曲力挫千異的那一戰，就連劫域也已有所耳聞，其劍道修爲早已被世人傳得神乎其神。有其父必有其子，戰傳說身爲戰曲之子，有如此匪夷所思的劍法也就不足爲奇了。

劍氣破空，「滋滋」有聲，僅聞其聲，已足以懾人心魄！

但恨將也決非平庸之輩，一聲長嘯，已在邪劍及身前的那一刹那沖天掠起。

戰傳說連人帶劍，如影隨形般隨之掠起，其間竟沒有任何的頓滯，而是水到渠成，仿若他早已料到恨將會有如此反應。

事實當然不是如此，而是因爲隨緣而動本就是「滅世道」的精蘊所在。

恨將高擎「空城」，「空城」如弦月般的光弧與夜空中的一彎弦月交輝相映。在恨將驚世內力的催運下，無形氣機透「空城」而發，「空城」豪光暴現，其光輝完全蓋過了天空中的弦月。

由「空城」弧形鋒刃幻現的「弦月」自上而下以不可逆違之勢長瀉而落，其氣勢讓人頓生蒼穹更迭、天地再生的錯覺，彷彿那凌空劈斬而下的並非一道環形鋒刃，而是銀月劃過萬里長空而至！

「空城」第一次真正地發揮出了其驚世駭俗的威力！正是恨將的四大戰技之一「明月當空照」！

戰傳說面臨「空城」一式「明月當空照」的悍然一擊，心頭不由爲之一凜！他終是未能達到「無咎劍道」的最高境界，也未能做到真正的劍勢隨緣而發，當面臨似可改天易地的「明月當空照」時，仍是不由自主地心神悸動。

雖只是不易察覺的瞬息間，但對恨將而言卻已足夠。「空城」的弧形鋒刃斬破虛空，穿透重重劍氣，在電光石火的剎那間逼近戰傳說無可回避的範圍內。

戰傳說心中倏地一沉！

所有的變化與舉措皆已超越了思維的反應速度，更大程度上是出於一種本能——這種本能既源自於人的天賦，也與人的意志息息相關，當然亦免除不了平日經驗、經歷等種種影響——只是連戰傳說也無法完全分辨出自己在本能的驅動下作出了怎樣的具體反應。

只聽得一聲爆響，戰傳說連人帶劍急速下墜！

爻意心中一沉！

小夭更是驚呼出聲！

強拚之下，恨將似乎占了上風。戰傳說急墜下落時，「空城」如揮之不去的幽靈般當頭壓下，並借居高臨下之勢對戰傳說保持了強大的壓力。

戰傳說一旦著地，豈非即刻受傷？但這一結局卻又似乎是不可避免的。

戰傳說雙足已踏在了堅實的長街上，恨將自也知道成敗便在這最關鍵的剎那之間，他毫不猶豫地將自己的修爲迅即催運至最高極限，恨不能一擊之下將戰傳說連人帶劍打進十八層地獄！

戰傳說的姿勢沒有任何改變，整個身軀卻以雙足為支點，向後仰跌。

恨將冷笑一聲：「這樣你會死得更快！」

他本以爲戰傳說會全力抗衡，但沒想到對方卻作出了一個看似很不明智的選擇．戰傳說竟選擇了退避！

一旦退避，「滅世道」的鋒銳自是不復存在，而雙方在近乎是貼身肉搏的時刻，由攻更易爲退避，幾乎就等於自取滅亡。

戰傳說的身軀被壓得幾乎與地面相平了！

眼看「空城」就要將戰傳說連人帶劍壓入地下時，戰傳說忽然如一片毫無分量的輕羽般飄出，而身軀依然保持著幾乎與地面相平的角度。

「臭小子，竟然借我下壓之力化爲己用！」恨將一下子明白過來了。

「喀嚓」一聲暴響，「空城」狠狠地戳擊於青石街面上，頓時碎石紛飛。而這時戰傳說手中的苦悲劍倏然點地，身軀彎曲如弓，並迅速彈起。

「空城」一擊不中，已變換角度，橫向揮出，似斬似掃，直擊戰傳說腰部！

「噹……」一聲暴響，戰傳說本是無遮無擋、空門大露的腰部突然不可思議地有苦悲劍及時閃現！

及時擋下恨將一擊之後，苦悲劍順勢一絞，平空借力，戰傳說借這股力道，頭下腳上地旋飛掠升。

恨將正為自己功虧一簣而懊惱不已時，倏覺劍氣逼人，本是處於下風的戰傳說竟自上而下全力攻至！

恨將無論如何也想不明白，明明是自己占盡上風的局勢何以突然逆轉，反而連居高臨下的優勢也失去了。

他卻不知戰傳說方才所施展的正是「無咎劍道」中的「乾坤無定大易道」，這一次戰傳說只是將「大易道」牛刀小試，若將其真正的威力完全發揮，就決非易改攻守之勢那麼簡單了。

若論招式之精妙，恨將的四大戰技實是無法與「無咎劍道」相提並論。

恨將自不甘優勢的失去，他已發覺戰傳說的功力與自己相比，並不佔優勢。對於這一點，接連幾次拚殺後，恨將已能確信無疑。但讓他感到不可思議的是，為何當初自隱鳳谷敗退回劫域的劫士，卻認定戰傳說是在一招之間擊敗哀將，而且並未顯示出任何高深玄奧的武學招式，而是純粹比拚內力的結果。

那些劫士決不敢在大劫主面前說謊，而恨將對此時自己的判斷又很是自信，如此一來，難免有矛盾困惑著他。他卻不知戰傳說在隱鳳谷中擊殺哀將，其實只是將涅槃神珠爆發靈力時產生的力量轉移至哀將身上，使哀將不堪承受而爆體身亡。

這時，在花犯那邊，因花犯風雨不透嚴密之至的防守，眾劫士非但未能越雷池半步，反而又有兩人重傷倒地，失去了戰鬥力。

看樣子花犯並不急於克敵制勝，只是固守著一丈範圍的空間，面對自各不同的方位攻來的黑盔劫士，他竟嚴守一個宗旨，以簡對繁！每一次出擊，都必然予對方以有效的打擊，劍式看似平淡無奇，卻隱隱透著別樣的風采，大家風範昭然若現。

方圓一丈的空間，對花犯來說，似乎已不亞於廣闊天地，憑藉大巧若拙、精蘊內斂的劍法，他足以進退馳騁。

恨將對此憤恨不已，本以爲就算自己一時難以取勝，至少手下的二十劫士可以擒獲與戰傳說同行的女子，那樣戰傳說必受牽制，孰料竟莫名冒出一個口口聲聲要「匡邪扶正」的小子，壞了他的如意算盤，這如何不讓他既怒且恨？

面對戰傳說的無儔攻擊，恨將忖道：「既然你的內力沒有劫士所說的那麼渾厚，那我就與你以內力相拚！」

恨將是向大劫主主動請纓進入樂土以對付戰傳說的，在精心部署下，他的計謀一步步走向成功，戰傳說被他成功地引出了坐忘城，身邊只剩下一年輕女子相伴，如今只剩最後一件事，那就是擊殺戰傳說！

在這種情形下，恨將怎能接受功虧一簣的結果？

他要豁力一拚！諸多念頭在極短的時間內一閃而過，恨將雙足在地上奮力一踏，竟不顧身處不利角度，奮力沖天掠起。

「噹……」苦悲劍重重地擊在「空城」的弧形鋒刃上，但戰傳說竟毫無全力相接之感。苦悲劍斬於「空城」獨具一格的弧形鋒刃後，竟立即沿著鋒刃的弧度滑開，力道削減大半的同時，攻擊的方向也已失去。

恨將則連同兵器一道如驚電般借機欺身而進，雖然「空城」後端如翼狀般的鋒刃被苦悲劍死死架住，但絲毫不妨礙「空城」劍狀前沿長驅而入，直刺戰傳說胸前要害。

戰傳說劍被滑開，一時撤招不及，加上又身在虛空，難以抽身而退，情形大爲不妙。

情急之下，戰傳說不依常勢，在本該採用守勢的時候，祭起擅於困敵的「悟心無際天羅道」，苦悲劍順勢一抹，在「空城」趁虛而入卻尚未能穿刺至他軀體的最小時間間隙內縱刺橫掃，劍勢交織如天羅地網，牢牢地鎖住了奇形兵刃「空城」。

「空城」劍形前沿的氣勁甚至已劃開了戰傳說的胸前衣襟，卻在最後的一刻再也無法前進半寸，如被枷鎖牢牢鎖住。

恨將難以突破，戰傳說不敢鬆懈，雙方借著餘勢，竟保持著這一狀態飄飛數丈之距終至街旁一堵牆前。

戰傳說背向牆體狠狠撞入，「轟」的一聲，牆坍磚飛。借碎磚紛飛、亂人視線之際，戰傳說及時再一次施展「乾坤無定大易道」！

恨將倏覺困鎖「空城」的枷鎖憑空消失，自是毫不猶豫地趁勢狂飆突進，只求將戰傳說擊斃於「空城」之下！

狂猛迅捷的一擊卻撲了個空，人已進入屋內。

恨將心頭一沉！冷風驀然由身側席捲而至！

戰傳說憑藉父親所授神鬼莫測的步法，在擺脫與恨將絞殺作一團的局面後，立即在第一時間由另一角度發動攻擊。

依舊是極具攻擊力的「止觀隨緣滅世道」！

恨將連側身的時間都無法擁有，只能憑藉對氣機、殺氣席捲而至的感覺全力封堵！倉促應對，難免不利。在戰傳說凌厲無匹的攻勢下，恨將竟被震得斜斜跌出幾步。

雖然立即竭力穩住身形，但戰傳說得勢不饒人，「止觀隨緣滅世道」如滔滔江水般一發不可收拾，綿綿不絕地捲向恨將。

雖然始終只有一式「滅世道」，但在任何一個無限短促的時間內，它的攻擊力度、角度、方式都因爲外界的變化而發生相應的改變，力求始終保持對對手最有效的攻擊！甚至連恨將的防守也是促使「滅世道」變幻無窮的原動力之一。

戰傳說深知恨將這樣的對手的可怕程度，所以他要抓住任何可能把握的機會。

灑。

「滅世道」劍意一瀉千里，戰傳說任憑驚人的劍意在心中不斷壯大，並由苦悲劍全力揮

在這絕無間隙的狂烈攻擊下，恨將節節敗退！只覺戰傳說的攻勢永無止境。

間不容髮的時間內密不可分的攻守進退，兩大絕頂高手的全力拚殺所透發的強橫氣勁，在有限空間內迅速積累，並很快達到無以復加的地步。

轟然爆響聲中，屋子再也無法承受強大氣勁的擠壓切割，在達到極限承受力之後，驀然倒坍，所有的一切都被破壞無遺。場面一時混亂不堪！

戰傳說猛然在戰鬥的激情中有所清醒，心頭飛速閃過一念：如此一來，豈非會誤傷苦木集的百姓？不由為之一驚。先前瞬息萬變、刻不容緩的戰局使戰傳說一度忽視了這一點！

戰意一緩，恨將窺得良機，迅速抽身後退，穿越漫天飛舞的殘磚斷瓦，重新回到街頭。戰傳說緊隨其後。回望方才激鬥處，已成平地。

一陣陣濃鬱的酒香由廢墟中飄散開來，戰傳說心頭一寬：原來這是一家酒坊，酒坊酒氣過重，一向是很少有人居住其中的。

恨將僥倖贏得喘息的機會，總算緩過一口氣來。

驚悸之餘，恨將反而更為平靜，更有信心。

在未與戰傳說正面交鋒之前，他其實承受著極大的心理壓力。這種壓力，自是來自於關於

戰傳說的種種說法。但此時恨將卻認定戰傳說絕對沒有傳說中的那麼強大！至於為何會出現如此大的偏差，恨將此時並不在意。

他在意的是劫域已有很久沒有在樂土公然拋頭露面了，所以他決不能在此次交鋒中落敗！

爻意、小夭見戰傳說安然無恙，不由長長地舒了一口氣。

而此時花犯已讓眾黑盔劫士信心大減，倒在他劍下的黑盔劫士已增至六人，不過皆傷而未亡。

剩下的十四黑盔劫士改變了戰術，擺開陣形，試圖引得花犯主動出擊，這樣他們就可以借機繞過花犯對付小夭、爻意。

可這等計謀一眼就被花犯識破了，根本不主動出擊，反而忙裏偷閒地望了望戰傳說那邊的戰局。眾黑盔劫士攻之不進，誘之不成，進退兩難，處境尷尬。

小夭見狀，大為興奮，就只差沒有雀躍歡呼了。

驀地，恨將突然撮嘴長嘯，嘯聲尖銳高亢，如無形利器直破雲霄。眾劫域劫士乍聞嘯聲，神色皆是為之一凜，立即同時以尖嘯聲與恨將相應和。

尖嘯頓時更為驚人，憑藉極強內力送出，不知能傳出幾里之外。

小夭雙手捂耳，尖叫道：「可惡！群魔亂舞，裝神弄鬼。」

花犯不愧爲名門之後，經驗比戰傳說、爻意、小夭都要豐富，他神色一變，大呼道：「他們是以嘯聲招引同伴求援！」

戰傳說經花犯一提醒，恍然大悟！暗忖：一個恨將已是難以對付，若是再添一個與他相當的高手，那可就大大不妙了。

當下不敢怠慢，立即揉身而上，大喝道：「我便在他同伴增援前將之擊敗！」劍勢如排山倒海般壓向恨將！

這一次，戰傳說真的是豁力一搏了。這也是他唯一能作的選擇，他必須速戰速決，否則對方增援的同伴趕至，要想取勝就萬分困難了。

「大言不慚！」恨將霹靂暴喝，「再領受我的『冷月空照萬骨枯』！」暴喝聲中，恨將全力正面迎向戰傳說。雙方猶如天馬行空，以快不可言的速度迅速接近。

「空城」劃過虛空，空前強大的氣機籠罩了大得驚人的範圍，一時陰風肅殺，天昏地暗，大有改天易地、吞滅萬物的氣勢。

就在苦悲劍即將與「空城」接實前的那一刹那，「空城」再起變化，一沉一揚之間，在虛空中已然劃過一道神鬼莫測的弧線，由攻易守！

驚天暴響聲中，「空城」在苦悲劍的重擊之下，突然發生了驚人的變化，只聽得「錚」的一聲，「空城」兩側如鷹隼雙翼般的弧形鋒刃突然反向彈起，由後掠變爲前抱，正好扣住了苦悲劍。

事出意外，戰傳說雖然先是一驚，卻毫無懼意，沉聲道：「雕蟲小技，豈能困住我？」雙臂運勁，奮力後奪！

孰料又是一聲錚鳴，「空城」中部的劍形前沿突然向前延伸，彈出一尺鋒刃。猝不及防之下，戰傳說赫然中招！

鋒刃當胸刺至，一下子劃開了戰傳說的肌膚並繼續深入，鮮血迸射。

被刺中的部位冰冷而疼痛！戰傳說幾乎未經任何思索，竟以左手徑直扣住鋒刃，鮮血立時由他的左掌湧出！但這樣一來，卻也使「空城」的鋒刃一時間暫時無法再繼續深入。

與此同時，他右手單手擎劍，奮力後奪！

也許是生死關頭，生命的潛能極易激發，苦悲劍一下子掙脫出來！

沒有絲毫的停滯，苦悲劍劃出一道黑而亮的弧線，如一抹咒念般切向恨將的咽喉。

此時恨將若是全力進攻，必可取戰傳說性命，但同時，他也將亡於苦悲劍之下。

已占了上風的恨將怎會甘願與戰傳說同歸於盡？立即撤回「空城」橫向封掃。苦悲劍立即被震開！

戰傳說未及喘息，眼前驀然暴現無數弧形刃芒，以鋪天蓋地之勢當頭壓至，似若由刃芒組成的驚濤駭浪，浪濤之中暗隱奪命殺機。

耳邊響起恨將冷酷而生硬的喝聲：「小子，這才是真正的『冷月空照萬骨枯』！受死吧！」

「我決不會讓你得償所願！」戰傳說嘶吼一聲，高擎苦悲劍，迎著重重鋒刃結成的光網，以「滅世道」全力攻出，大有一瀉千里之勢。

但受了傷的戰傳說力道已減，而他的內力本就不在恨將之上。強拚之下，「空城」成功突破劍勢，長驅直入，在間不容髮的刹那間連續自不同的方位、角度重擊戰傳說手中的苦悲劍。

「哇……」戰傳說終於支撐不住，狂噴一口熱血，倒跌而出。

恨將趁勝追擊，「空城」這時顯示出了它的絕世威力，如一抹咒念般緊緊尾隨戰傳說，兩側互抱的鋒刃與中央前凸的鋒刃互爲犄角，形成了極爲全面的殺傷力，殺機籠罩的範圍大得驚人。

千鈞一髮之際，戰傳說再祭「剛柔相摩少過道」這一長於守勢的「無咎劍道」，試圖暫緩此動。但恨將殺得性起，幾乎銳不可當，「少過道」劍勢竟被他生生擊潰。

「空城」的弧形鋒刃以無可言喻之速無情地直取戰傳說要害。戰傳說連遭挫折，內息紊亂，真力不繼，一時間竟無可挽回頹勢。一道人影及時自戰傳說與恨將之間一閃而過！

驚人的金鐵交鳴聲中，此人已替戰傳說擋下「空城」必殺一擊。

戰傳說借機倒掠出數丈開外，總算穩住了身形。

及時相助戰傳說的是花犯！

花犯顯得有些吃驚地道：「好強的內家真力，無怪乎膽敢深入樂土爲非作歹！」說著，顯得極爲愛惜地看了看手中的劍，見無損傷，方鬆了一口氣，接道：「萬幸，劍完好無損。」

這時，所有人都已看清了他手中的劍，讓眾人驚訝不已的是，他的劍雖具有劍的大致輪廓，但通體皆未開鋒，連劍尖處也是呈平滑的弧狀，而且看上去色澤黯淡，也不知花犯爲何對自己的劍那麼珍惜。

恨將被花犯壞了好事，自是憤怒至極！這時，他才真正地意識到如果不借助冥皇，劫域要想在樂土辦成任何一事，將有多麼大的困難。

由於劫域與樂土往日的仇怨以及劫域的種種行徑，樂土武道對劫域的態度顯然是同仇敵愾，劫域所屬在樂土境內任何時候、任何地點，都有可能面臨層出不窮的對手。

恨將本是隱在長街一側，並未打算立即動手狙殺戰傳說，因爲傳言中稱戰傳說輕易戰勝了哀將，這使恨將不得不小心行事，爲求萬無一失，他要在對付戰傳說的一戰中動用他所能動用的所有力量。

這其中就包括在前方接應——也就是方才他以嘯聲求援的同伴。

本來他要等到會合所有的力量後才對戰傳說出手，沒想到突然冒出了一個花犯，不但將戰傳說攔下，而且還要小夭交出邪兵，一聽「邪兵」，恨將立即想到是被戰傳說奪去的苦悲劍。

由苦悲劍想到哀將的死，恨將心頭恨意大熾，立時改變了主意，欲趁戰傳說心神為花犯所牽時發動突襲，一擊得手。

但他的計畫落空了，戰傳說及時警覺地避過了一劫。

讓恨將萬萬沒有想到的是，就在不久前還與小夭越說越僵的花犯，會毫不猶豫地與戰傳說攜手對敵！

戰傳說不知「空城」暗藏變化才受了傷，但因為體內有涅槃神珠的力量，在他的生命力有所損耗時，涅槃神珠的靈力立即發揮了作用。花犯及時出手，使戰傳說有了緩氣的機會，並迅速以外人難以想像的速度恢復，漸漸充盈如初的感覺使戰傳說重拾信心。

這時，有兩名劫士借花犯營救戰傳說的機會，迅速攻向小夭、爻意。他們心知雖然爻意、小夭皆未投入戰鬥，對他們不會構成直接的威脅，但若能控制她們，對戰局自是有決定性的影響。

兩劫士直撲爻意、小夭，暗忖：若能制住這兩個美豔不可方物的女子，既是奇功一件，又可一親芳澤，實是兩全其美。

他們本就是要借爻意、小夭要脅戰傳說，因此出手時全都棄兵刃不用，而是徑直向爻意、小夭胸前要穴點至，手段卑劣褻瀆。

花犯猛地察覺，大驚失色，脫口呼道：「不好！」卻見爻意毫無驚慌之色，右掌輕揚，五指如風中百合，輕舞翻飛，向其中一名劫士的攻擊迎去。

其姿勢之優美讓那劫士神魂顛倒，熱血沸騰，恍惚間幾乎忘了自己的本來用意。忘乎所以之際，倏覺右臂如被冰封，動彈不得，並且這種感覺以極快的速度由其右臂迅速向他的整個身子蔓延！

刹那間，他的雙目因極度地吃驚而睜得極大，充滿了驚愕與不信。

與此同時，和他一起出手的同伴不知何故，突然「撲通」一聲栽倒在地，頓時口鼻噴血！

只聽得爻意輕笑道：「小夭，教訓教訓他們，讓他們吃點苦頭。」

「好！」小夭當仁不讓，揮起粉拳，向那名全身如被冰封、動彈不得的劫士面門全力出擊。

只聽得「喀嚓」一聲，那人毫無反抗地被重拳擊中，鼻梁立時斷裂，鮮血迸濺。

他這時才如夢初醒，眼前這兩個女子並非泛泛之輩，休說爻意的神乎其技，就是這衣著古怪的女子，這一拳也顯示出了她不俗的修爲。

那劫士被小夭重擊一拳，頓時只覺眼前一黑，金星狂飛，仰身就向後倒去。

孰料小夭竟一把抓住了他的衣襟，使之無法倒下，同時照準他早已受傷的面門再狠擊數拳，拳拳擊中同一部位！

可憐此劫士根本無法動彈，雙眼早已腫得無法視物，耳邊只聽得拳風霍霍，與之相應的是自己的頭顱慘遭重擊時發出沉悶響聲。

狠擊六拳，這劫士腦中只覺腦中「嗡」的一聲，立時暈死過去。

花犯瞠目結舌！本待救爻意、小夭的他，現在只剩下怔怔望著小夭的份了。

小夭擊倒一人之後，另外那名無故撲倒的劫士剛剛彈身而起，倏見爻意玉掌翻飛，一圈一送之間，那人一個踉蹌，重心頓失，再一次重重摔倒在地。

如此一而再、再而三，那劫士每次都頑強地站起，但很快又重重栽倒。爻意的玄級異能已恢復如常，似虛似實的玄級異能隔空出擊，其玄奧實非一眾劫士所能知悉，難免大吃苦頭。

也不知摔了多少次，那劫士的意志終於被摧垮了，躺倒地上，痛呼不已，卻再也不肯起身。

其餘劫士早已被眼前的一幕驚得目瞪口呆，只覺爻意的修為深不可測，哪敢輕舉妄動？先是在花犯面前寸步難進，接著又莫名地敗在眼前美如天仙般女子的手下，使這些飛揚跋扈、野心勃勃的劫域劫士鬥志大減。

他們卻不知道今日所遭遇的幾個年輕人在整個樂土都是出類拔萃的人中俊傑，花犯自不必說，他是樂土武道公認的這兩年來最出色的年輕高手，而爻意更是來自於他們無法想像的神祇時代，非常人可比。

眼見一向驍勇無畏的部下忽然變得委靡退縮，恨將甚是懊惱。看來，只有戰勝戰傳說，才能挽回頹局了。但這半路殺出的花犯卻又成了很大的牽制力量，讓恨將不能不有所顧忌。

恨將的左右爲難，正是戰傳說最樂於看到的有利時機。他看了花犯一眼，「勞駕你爲我照顧兩位姑娘！」

他是唯一對爻意、小夭有較多瞭解的人，對爻意的玄級異能是否始終能克敵制勝沒有絲毫的把握，所以才向花犯提出這樣的請求。

花犯不知內情，以爲憑爻意的修爲何須他人相助？戰傳說的話只是暗示自己不要爲他擔心，他仍有與恨將決戰的實力，於是道：「你的傷勢如何？」

「不礙事。」戰傳說言簡意骸，反而更顯把握十足。

他已決定要再次以挫敗千島盟大盟司的方式與恨將一戰，力求速戰速決！恨將既然可以借嘯聲向同伴求援，說明其援手與此相距絕對不太遠。

戰傳說再不言語，默默地感受催發心中與「無咎劍道」截然不同的另一種劍意。

由這種劍意所誘發顯現的炁兵，落木四、單問已見識了其真面目，知道是炁化「長相思」，但對戰傳說爲何能達到擁有炁兵境界，卻不得而知。

這一點，連戰傳說自己也不例外。

但這並不重要，重要的是戰傳說知道借此能產生比施展「無咎劍道」更強大的殺傷力！

但戰傳說力戰大盟司後，雖挫敗大盟司，但他自己卻也暈死過去。其中原因，是失去了對手後，由他體內萌生的無比強大的劍氣失去了宣洩對象，而他的內力修爲又不足以與如此強大的劍氣相抗衡，以至於反傷其身。

落木四看出了這一點，但由於戰傳說在清醒過來之後不久就離開了卜城大營，自始至終，落木四都沒有機會告訴戰傳說這一點，故此時戰傳說並不知道催發炁兵所潛在的危險。

「長相思」離奇地在涅槃神珠靈力作用下化爲戰傳說的炁兵，炁兵的力量可想而知，在戰傳說有意催發下，「長相思」的劍意可以恣意張揚，很快就攀升至極高的境界。

在空前強大的劍意的刺激下，涅槃神珠的靈力亦有了相應變化，戰傳說戰意大熾！一股所向披靡、唯我獨尊的絕世霸氣充盈了戰傳說的心間！

戰傳說最大限度地敞開心扉，任憑心中的戰意、劍意汪洋恣意。他體內的強大氣息儼然已似可以觸摸的實體，氣息的起落清晰可辨。

恨將感覺到了戰傳說的變化！同時，亦記起左知己告訴他的一件事：戰傳說極可能已擁有炁兵！

——左知己對恨將仍有所保留，沒有告訴恨將是由哪一柄絕世之鋒炁化而成的炁兵。而且，左知己知道戰傳說擁有「炁兵」境界，已是事實，並非如他對恨將所說的那樣只是「可能」。

恨將清晰地感受到戰傳說渾身上下隱隱透發的劍意，與方才施展出的已有所不同。驀聞戰傳說周身一陣如龍吟虎嘯般的暴響，渾身銀芒乍現，就像在頃刻間爲戰傳說披上了一件銀光皚皚的戰甲，威武壯觀！

爻意、小夭莫不是第一次親眼目睹戰傳說這一變化，不由爲其神武不屈的霸者形象而心神搖曳。

花犯亦愕立當場，眼睜睜地看著銀芒甫一出現後，立即向戰傳說的右臂湧去，宛如銀潮急退。

花犯心頭忽然莫名一震，隱覺不妥，但一時間卻又無法分辨清楚自己的觸動緣何而生。

「嗡……」猶如鳳鳴般悅耳的顫鳴聲中，戰傳說手中所揮的苦悲劍的形象驀然驚變，出現在眾人面前的已不再是那通體幽亮，仿若來自幽冥地獄的苦悲劍，而成了一柄似可透視而過、通體泛著奇異光彩的「長相思」！

小夭興奮得大聲喝彩！

花犯卻在此時感到自己身後的包裹在強力震顫！他猛然間意識到什麼，大驚失色！

「混沌玄鏡如此震動，一定是由戰傳說手中的苦悲劍所引發！苦悲劍乃至邪之劍，但戰傳說全身瀰漫的劍氣與苦悲劍並不相同，看樣子戰傳說的劍意太盛，苦悲劍被迫屈從，但這等邪兵決非那麼輕易駕馭的，一旦戰傳說有所疏忽，苦悲劍邪氣反侵……」

未等他繼續思索這一讓他心驚不已的問題，戰傳說已動了！

花犯的思緒戛然而止，呼吸停滯，心神爲戰傳說揮出的包含天地至理同時也隱藏無盡殺機的劍勢所深深吸引。

戰傳說如大馬行空般直取恨將！

恨將瞳孔驟然收縮，目光如可以刺破一切的利劍！那一刹那，他才真正意識到因爲花犯的阻截，他沒能一舉擊殺戰傳說是一個多麼大的遺憾。

面對戰傳說的驚世一擊，恨將已別無選擇，唯有豁盡自身的最高修爲全力迎戰！

「空城」的威力被發揮至極限，其肅殺氣機籠罩了方圓數丈的範圍。炁化「長相思」與「空城」全力相接，頓時產生了空前絕後的破壞力。

驚天動地的爆響聲中，以雙方全力相接點爲中心，迸射出奪目豪光，驚人氣旋由此而生，席捲吸扯。小夭只覺雙目難睜，立足不穩。

「空城」赫然仍有後招！

在一往無回的激烈拚擊中，「空城」兩側如月弧形的鋒刃突然與「空城」的整體脫離，從兩個不同的角度向戰傳說飛旋射去，絕對毫無徵兆！同時恨將被震得倒飛而出。

雙方的距離如此接近，戰傳說絕難在及時閃避的同時予恨將以致命一擊。這正是恨將所希望達到的目的！

那一記硬拚，使他只覺雙臂又痛又麻，五內逆亂，一口熱血直湧上來，幾乎將他的鬥志一舉擊垮，此時他只求暫避鋒芒！

但，就在兩道弧形鋒刃向戰傳說飛旋而去的同一瞬間，恨將右胸驀然劇痛，鮮血如箭標射！他的身軀立時狂跌而出。

炁化「長相思」的可怕已超越了恨將的想像，它已完全突破了尋常兵器的範疇，「空城」的封擋只能擋住它的形體，卻擋不了它所向披靡的殺機與劍意！

恨將飛跌出數丈開外，重重摔落地上時，正好目睹了戰傳說及時撤劍回封，擋開兩道如弦月般的弧形鋒刃。

恨將甫一倒地，便立即彈身掠起。但堪堪站起，立覺全身無比乏力，極度虛脫，仿若這個身軀已不再屬於他，隨即他手捂胸部創口，頹然半跪於地。

鮮血如噴泉一般自傷口處不斷地湧出——他，徹底地敗了！

奔騰洶湧的戰意，以及空前強大的「長相思」的無敵劍意卻注定了戰傳說的戰鬥不會就此中止！

揮劍擊飛自兩邊撲面而至的弧形刃芒後，炁化「長相思」化橫為縱，戰傳說連人帶劍如天馬行空般長驅直入，似乎只是跨出一小步，卻已在頃刻間越過了數丈距離，目標直指恨將！

幾件如鉤如刀的兵器同時自幾個方向瘋狂攻至，是試圖解救恨將的黑盔劫士！

炁化「長相思」變幻角度，自上而下斜掃！「叮噹」亂響，劫士手中的兵器不分先後地被斬作兩截。同時被斬下的還有兩隻胳膊與一顆人頭！

傷亡劫士的鮮血還沒有來得及噴湧出來，炁化「長相思」已突破所有的封阻，如永遠無法回避的魔咒般電速迫進恨將！

「噓……」奇異的破空聲突然闖入戰傳說的聽覺之中。

一道紅得妖異的紅影劃空閃過，仿若有一點火紅的火焰在戰傳說的視野中突然閃爍了一下，使他雙目如有被熾痛之感。

恨將的身軀突然憑空高高拋起，「轟」地一聲巨響，戰傳說傾力一擊未中目標，而是在長街上留下了一道驚人的劍氣肆虐過的痕跡！長達十數丈，劍氣過處，火星四濺，向長街的另一端飛速延伸，極似飛竄的一條火龍。

戰傳說很快看清恨將並非憑空拋飛，他的身軀是被一根長得驚人的紅色絲帶捲飛的。紅絲帶的另一端握在另一個人手中。

那人遠在長街一側的屋脊上，夜色朦朧，燈火稀疏，無法看清其面目。

在紅色絲帶的牽扯下，恨將如同一隻被放飛的紙鳶，向那屋脊飄飛而去！

未等戰傳說銜尾追去，幸未傷亡的劫域劫士陡然像是憑空增添了不少鬥志，不顧死活地向戰傳說圍殺過來。

已難有什麼力量能阻擋戰傳說誓殺恨將的決心！

所有的攔阻者都要付出代價！

戰傳說一聲長嘯，炁化「長相思」光芒暴漲，劍氣縱橫飛掣，充斥了場中每一寸空間，劍勢強大得無以復加。

在間不容髮的時間內，炁兵已完成了無法描述的無數次進退拒守，並最終無情地把死亡與絕望的感覺加諸每一個試圖阻擋戰傳說前進的劫士的心中！

最後一記金鐵交鳴聲響過。

炁化「長相思」劃出一道驚人的弧線，掠過了最後一名試圖封擋的劫士的咽喉。

一抹鮮血被劃過的炁化「長相思」挾帶著飛入虛空，並拋灑開來。

失去了生命的軀體奇怪地踉蹌了一步，隨即打著旋轟然倒下。

二十名劫士中，九人重傷十一人死亡，再也沒有人能阻止戰傳說追殺恨將！

而這時那救走恨將之人已一閃而沒，戰傳說沒有作絲毫猶豫，立即向救走恨將之人消失的方向追去！

體內空前強大的戰意與劍意使戰傳說有充盈至將要爆體的感覺，此刻他不能沒有對手！

眼見戰傳說似怒矢般射出，花犯方如夢初醒，大呼道：「快棄用邪兵苦悲，否則危險！」

可惜，也許是戰傳說未留意花犯的呼喚，也許此時戰傳說到了一種臨界點，既無比強大，又無比空洞，在炁兵驚世駭俗的靈力的衝擊下，他的理智漸漸與軀體分離，對花犯的呼喊已置若罔聞。

戰傳說的身影也迅速自爻意、小夭、花犯眼前消失。

長街昏暗，一派肅殺蕭瑟。

血戰之後，空餘破敗瘡痍，以及濃得化不開的血腥之氣。

突然沒有了喧囂，長街靜寂得讓人無法忍受。

此季已是深秋了，深秋之夜，寒意蝕骨，只是在生死懸於一線的時候，沒有人會去留意這一點。

重傷了的九名劫士眼中流露出絕望與恐懼——而這其中絕望比恐懼更甚！

此時，他們只能用盡所有的方式，以自己殘存的力量，從各個地方吃力地彙集到一處，或爬或滾，其情形無不是既狼狽又慘烈。

他們的身子挪過的地方，因爲浸著了死去的同伴的屍體，所以在青石街面上劃出了一道道粗大而混亂的血痕。

似乎盡可能地聚在一處，就可以讓他們減少一份絕望與恐懼，可以讓死亡遲一步降臨於他們的身上。

小夭忽然有些不忍心看下去了，儘管她一個勁地告誡自己，這些全是殺人不眨眼的惡魔，就是他們劫域人給坐忘城帶來了無可彌補的災難；儘管方才她還豁盡全力狠擊一名劫域劫士。

於是，她道：「爻意姐姐，我們還是去找陳……戰大哥吧，這些人就任他們自生自滅！」她一時還無法習慣於改口稱呼戰傳說。

花犯嘆了一口氣，「他們的傷勢看起來很重，卻都是容易恢復的外傷。這些人魔性頑固，決難改邪歸正，我便先廢了他們的武功。」

話音甫落，花犯右手倏揚，九枚圓孔錢幣飛射而出，各取一個目標！

「哎喲……」數聲，九枚圓孔錢幣一無例外地擊中九名劫士的右肩窩處，並且是縱向切入半個幣身。眾劫士的神色頓時更顯委靡不振。

「此乃我九靈皇真門獨門手法，從此你們再也無法修煉武學。」花犯說到這兒，解下身上所背負的包裹，從其中掏出一隻小而精緻的皮囊，只有兩個拳頭大小，他將它擲在了九名受傷的劫士面前，鄭重其事地道：「這是可去腐生肌的藥，你們日後自可保一條小命！」

言罷，再也不多看劫域劫士一眼，轉而對小夭、爻意道：「我們必須儘快找到戰傳說，以免他發生危險。」

小夭打斷他的話：「戰大哥武功奇高，連恨將也敗了，怎麼可能會有危險？」

戰傳說一舉擊敗恨將，小夭對他佩服得五體投地，同時又為恨將飽受重創而大感痛快。美中不足的是，在最後關頭，惡貫滿盈的恨將還是被人救走了。

花犯面對小夭的責疑，本待解釋一番，忽又改變了主意，轉而道：「也許他的確不會有危險，但我等又何必留在此地面對這些人？」

他指了指橫七豎八的屍體與一眾傷者。

小夭其實何嘗不想立即知道戰傳說追擊的結果如何？當下也不再多說什麼。

爻意向花犯道：「這一次多虧花公子出手相助了。」

花犯竟有些不自在了，忙道：「姑娘客氣了，劫域凶人在我樂土爲非作歹，身爲樂土武道中人，自不能坐視不理。」

他見爻意落落大方，不由爲自己的不自在暗叫慚愧。

三人便沿著戰傳說遠去的方向追去。

長街一戰，左知己自始至終都在默默地觀望。

當他見恨將終是敗於戰傳說劍下時，臉上不由泛起一層嚴霜，暗自沉思：「與劫域的人暗中聯手對付戰傳說——這一決定會不會是一個錯誤？」

爻意、花犯、小夭離去之後，長街上只剩下九名重傷的劫域劫士。

九人一邊喘息呻吟，一邊以複雜的目光望著花犯留下的藥，眼神中有懷疑，有困惑，有茫然，也有希翼。

花犯的舉動，讓他們感到不可思議，他們無法確信花犯留下的是否真的是可以助他們療傷的藥。

血，仍在流。

終於，對痛苦的忍受到了極限，眼前小皮囊中的藥成了一種巨大的誘惑。

一被斬去一臂的劫士再也忍受不住了，他不顧一切地連滾帶爬接近藥囊，就在他伸手就可以搆著藥囊的那一刹，一隻穿著勁靴的腳重重地踏在藥囊上。

眾劫士吃驚地抬頭望去。

他們看到的是一張在漫不經心中隱含冷酷的臉——是左知己。

驚愕的神色立即轉變爲憤怒。

是的，在他們看來，左知己既然與他們暗中勾結，就應對他們點頭哈腰，低眉順眼，怎敢如此無理？

即使是身受重傷連站立都成問題，但在面對左知己時，他們卻一下子有了底氣。

左知己由劫士的神色變化洞悉了他們的心理，這讓他很不痛快：這些如同被打斷了脊梁骨的狗一般趴著的人竟還敢對他怒目而視！

左知己嘴角牽動了一下，做了一個笑的動作，臉上卻殊無笑意。

他一邊用靴底輾壓著藥囊，一邊道：「年輕人就是年輕人，口口聲聲說要匡邪扶正，卻不懂得除惡務盡的道理。」

起初九名劫士聽得有些茫然不解，不知左知己話中之意，但當左知己慢慢地抽出一柄軟劍時，才猛地醒悟過來，幾個尚有活動能力的人拚盡殘存的所有力氣一躍而起，但一切都已無濟於事。

淒迷的劍光如霧般自左知己的手中瀰漫開來。一朵朵血腥之花在霧中怒放。光霧散去，所有的劫士全都倒下了，無聲無息。

左知己最擅長的是暗器手法，但他的劍法也不俗，何況殺九個已沒有什麼反抗力的人並不需要太高明的劍法。

左知己之所以選擇了用劍，是因爲以暗器取九人性命留下的線索會遠比用劍多，畢竟能與他的暗器手法相提並論的決無幾人，而劍法則非如此。

左知己以軟劍在死屍身上割下一塊布，將劍上的血跡擦乾淨了，這才從容離去。

他並沒有立即與恨將反目的意思，之所以這麼做，只是不喜歡劫域劫士對他的輕視。

死人是不會開口說話的，而且現在周圍處處隱有他的親信心腹。他早已知道，此刻四周決不會再有劫域的人。

何況，若九名受了重傷的劫域劫士不死，以他與恨將的關係，他就應該負起照顧這九名劫士的責任。

他怎可能願意在樂土境內冒著隨時都有暴露的危險，照顧九個已成廢物的劫域劫士？他明白若是被世人知道他與恨將之間的事，那麼就是冥皇也不能保他無恙。

不是冥皇沒有保全他的實力，而是冥皇不會那麼做。冥皇的選擇只會是捨卒保車。

殺了九名劫域劫士後，左知己的心中並不輕鬆，因爲他不知道恨將最終能否逃脫。

如果恨將落在戰傳說手中，那才是左知己噩夢開始的時候。

他寧願選擇恨將戰亡這樣的結局！

第七章　趕赴禪都

左知己過於自信了，事實上，在長街兩側注視著街上一幕幕情景的，除了他手下的親信之外，仍有他人。

只不過有一點倒是真的，此人與劫域毫無關係。

此人便是戰傳說在小巷中遇見的那個老媼。

對於苦木集，她比左知己及其手下更熟悉，所以比他們藏得更隱秘。當左知己殺了九名劫域劫士之後，老媼立即悄然退走了。

七彎八拐，她已回到了她所居住的那條小巷。以不易察覺的動作查看清四周並無異常時，她這才推開那扇沉重的木門，進入屋內。

屋內一如往日的昏暗，一個牆角處有一盞油燈，燈光如豆。

油燈只能照出很少的範圍，在光線不能映照的範圍內，有一張很簡陋的床，床上盤腿坐著一個人，正在用一把小刀一下一下地雕著一截木塊，他的頭低垂著，像是所有的注意力都在手中的那截木塊上，亂髮擋住了他的臉容。

當老嫗進屋之後，他才抬起頭來，露出一張皺紋縱橫的臉。

他，赫然是顧浪子！

顧浪子在此，那麼那老嫗難道竟是南許許易容而成？

老嫗將門關上閂緊之後，這才道：「他的確是戰傳說——這一次，他可是在正街上，當著許多人的面說的。沒有人會在知道戰傳說是不二法門的對手時還冒戰傳說之名。」

果然是南許許的聲音！

南許許之所以能夠東躲西藏活到今天，除了他有好幾處極為隱蔽的藏身之地外，也因為他那絕妙的易容之術。

在這樣的地方，這樣一條不起眼的狹窄的巷子裏，一個風燭殘年的老嫗怎會引人注目？

「我們不如他，至少他敢光明正大地說自己就是戰傳說，而不怕因此而招來不二法門的加害。」顧浪子緩緩地道，他的聲音顯得十分虛弱，那把小小的刻刀仍在一下一下地刻著木塊。

「也許他並不知道不二法門會對付他，在世人看來，只要行事問心無愧，就決不會成為不二法門的對手！」南許許道。

顧浪子搖了搖頭道：「也許他的確不知道假冒他的人是奉靈使的旨意而行，但他卻必然知道既然所謂的『戰傳說』已在不二法門的追殺下身亡，那麼無論他這個戰傳說是真是假，只要他向世人說出自己是戰傳說，就必然會爲不二法門所仇視。」

「由晏聰帶給的頭顱推測死者的真面目，由此繪出的人像與靈使驚人的相似，而且靈使的言行也同樣證明了死者與之關係極爲密切。但正如你所說，戰傳說雖然理所當然地知道死者不是真正的戰傳說，但卻決不會想到此事是靈使的陰謀。所以，按理真正的戰傳說將十分危險。」

顧浪子聽到這裏，有些驚訝地抬眼望著南許許，「聽你的口氣，倒像是想說事實上他卻並不會有被靈使加害的危險？」

南許許走近床前，點頭道：「正是，因爲此戰傳說就是晏聰曾提到的陳籍。」

「哦？」顧浪子頗爲意外，「你如何知道？」

「由一個與戰傳說同行的小姑娘口中聽出的。」於是，南許許將小夭對花犯所說的話複述了一遍。隨後道：「此戰傳說與晏聰帶至兩眼泉的死者的面目並不相同，而且曾用了『陳籍』之名，由此看來，此戰傳說也曾易容過——換而言之，靈使讓人易容成戰傳說，而真正的戰傳說反而又易容成他人，並且殺了冒充他的人。這一點，靈使也不知道！所以此刻，靈使與戰傳說都不知對方底細，靈使也就不會對戰傳說出手。」

顧浪子卻皺了皺眉，「錯了。戰傳說並非沒有危險，也不是未被靈使察覺到真相，而是靈使還沒有尋到向他出手的機會！」

南許許一怔，望著顧浪子，愕然道：「何以見得？」

「你可記得晏聰說他取下那死者頭顱的經過？」顧浪子道。

南許許沉吟片刻，忽有所悟，恍然道：「是了，晏聰當時曾遇到戰傳說，所以才有後來他與戰傳說約定在『無言渡』相見這一事。晏聰是自那時起才捲入此事當中的，靈使既然察覺到晏聰在暗中追查真相，同樣也就會知道戰傳說也在追查此事！看來，戰傳說就是靈使對付晏聰及你我之後的目標！」

顧浪子嘆了一口氣，「靈使無論心計、武道修爲都太可怕，如今我雖保全了一條性命，卻只是在苟延殘喘，晏聰下落不明，若戰傳說不加以提防，恐怕也難逃靈使毒手！」

南許許的臉上忽然有了興奮之色——當然，這是由「老媪」的五官容貌顯現出來的，所以多少顯得有些不真實而滑稽。

他道：「我親眼目睹了戰傳說與恨將一戰，戰傳說的武道修爲之高，實是出人意料，連劫域恨將也敗於他的劍下——哎呀，我還未告訴你劫域的人也出現在苦木集了。」

當下，他索性將自己在暗處所見所聞的一切對顧浪子述說了一遍。

聽罷，顧浪子的臉色有些蒼白了，他吃力地道：「怎會連劫域的人也在此出現？反倒是卜城的人一直到最後關頭才露面？劫域乃邪魔之地，如今卻深入樂土，可不是什麼好兆頭！更何況那恨將還親口承認他們的人早就闖入隱鳳谷——隱鳳谷那場變故，離現在可有些時日了，劫域的人在樂土出沒這麼久，難道樂土武道中人竟未發覺？」

南許許對顧浪子的這一顧慮倒是不以爲然，故遲遲不搭話，直到最後才說了句：「劫域的事，自有冥皇的人操心。」

顧浪子苦笑一聲。

南許許道：「也許卜城之所以在苦木集潛伏了這麼多人，就是爲對付劫域的人，只不過後來見劫域的人太過強大，故一時不敢動手，湊巧又有戰傳說、花犯兩大年輕高手替他們出手了，他們便樂得在一旁觀望。花犯是九靈皇真門的傳人，總是端著個四大聖地的架子不曾殺人，那卜城的人出手卻乾脆俐落多了，擊殺九人是一氣呵成。」頓了一頓，又道：「戰傳說能重創恨將，以這等修爲，未必在靈使之下，靈使想對付他，也極不容易！你我倒不必爲他擔心太多。」

顧浪子道：「梅一笑是我顧浪子的恩人，他一世英雄，最終卻不幸亡於千異刀下，戰曲力戰千異，便於我顧浪子有大恩，我怎能不爲戰傳說擔慮？就算他的武功真的不在靈使之下，但畢竟年少，怎比得上靈使的老奸巨滑？武道爭鬥，所憑的其實並非僅僅武力的強弱。」

南許許道：「這話有理，我南許許憑的就不是武道修爲——依你的意思，是要尋找機會提醒戰傳說提防靈使？」

顧浪子道：「就是不知晏聰是否與他在『無言渡』見過面。」

南許許嘆了一口氣，「老兄弟，我知道你的心思，是不肯相信晏聰會出事。不過，在當時那種情況下，晏聰要想自靈使手中逃脫絕無可能。」

他見顧浪子的臉色越發蒼白，便不忍再說下去，換了一種口氣：「不過晏聰聰明過人，加上靈使不會對他提防太多，所以晏聰的武學修為雖不如你，但沒準他反倒借機脫身了，否則怎可能未見他的屍體？」

說到這兒，連他自己都覺得自己後面所說的話非但不能讓顧浪子放心一些，反而會讓顧浪子更擔心。

顧浪子沉默不語，只是一下一下用力地雕著木塊，他的手背上青筋根根暴起，嘴唇抿得緊緊的，以至於泛白。

良久，他才道：「如果晏聰真的僥倖倖免遇難，那麼之後他唯一可能見過的人只會是戰傳說了。」

他似乎是在雕著什麼東西，只是一時尚不能看出是何物。

南許許明白顧浪子說出這番話的言下之意，就是希望能與戰傳說接觸，一來可以提醒戰傳說防備靈使，二來也許可以打聽到有關晏聰的消息。

於是，南許許道：「幸好我借機在戰傳說的袖上灑了一點藥粉，看來還真的能起作用了。」

戰傳說追出一段距離之後，才想起自己只顧追擊，卻把小夭、爻意擱在了長街上。如果這是劫域人的調虎離山之計，那豈非不妙？

若真如此，那麼所有的希望都將寄託在花犯的身上了。

但若讓戰傳說就此放棄追殺恨將，他卻決不甘心。

最後，他只好自我寬慰，忖道：「以花犯的修爲，能勝過他的人絕對不會太多，何況還有爻意的玄級異能，當初連驚怖流的斷紅顏都不能傷她分毫。」

既下了決心，戰傳說便將自己的身法提至極限。唯有速戰速決，才是解決進退兩難的最好途徑！

苦木集的民舍迅速被他拋在腦後，猶如天馬行空般掠過幾條街巷後，前方開始變得視野開闊了，一大片空地上只有兩三間屋子各據一方，房前屋後栽了些樹。

若再向前一里之外，則是一片松林了，一旦對方隱入松林中，戰傳說將束手無策。

思及此處，戰傳說有些不安。

就在這時，他看到與自己距離最近的那間屋後有人影一閃而沒，心頭大喜！

只要發現了對方的蹤影，戰傳說就有把握不讓對方走脫。

一聲大喝，戰傳說遙遙撲出，氣勢凜然。

剎那間，已迅速縮短與對方的距離！

驀然勁風撲面，一團黑影自正前方全速撲至。戰傳說一驚之餘，心知對方不再逃避反而開始反撲，必是孤注一擲，不可小覷，立即以自己的最強攻擊當頭迎去！

劍意奔湧如狂。

也就在那一刻，戰傳說驀覺手中的苦悲劍在劇烈震顫，幾難把持。戰傳說又驚又怒！

大敵當前，根本不容他有其他選擇，唯有全力緊握苦悲劍，用力之大，似要將劍柄生生嵌入手中。

與此同時，苦悲劍以滅天絕地之勢席捲而出，將那團黑影緊緊籠罩其中。

那黑影竟不爲所動，不閃不避，亦無應對之舉，依然高速直奔戰傳說而至！

戰傳說頓覺異常，心頭閃過一絲不安。

「噗噗……」長劍入體穿刺肌肉的聲音！苦悲劍赫然已將對手一劍洞穿。

結局來得太過突然，加上戰傳說又是傾力擊出，苦悲劍一往無回地穿透了對手的身軀後，戰傳說與對方高大厚實的身軀撞在了一起。

戰傳說赫然發現與自己撞在一處的竟是恨將！

未及轉念，炁化「長相思」的無儔劍氣全面爆發，恨將的身軀倏然化作無數碎片，血肉橫飛。

戰傳說全身上下如浴血雨，眼前更是一片淒迷的血霧，模糊了他的視線。

緊接著，手中之劍忽然傳出如鬼哭神泣般的顫鳴聲，未等戰傳說反應過來，在炁化「長相思」的形象迅速消退的同時，一聲脆響，苦悲劍的形體已化為無數碎片！

絕強邪兵，竟然就此毀去！

戰傳說倏覺體內如有萬劍左衝右突，剎那間，他猛然記起這種感覺在與大盟司一役中也曾有過，不過當時他很快便暈死過去，這種感覺也只是一閃而過罷了。

他急忙全力提聚內力護住心脈。一口熱血直湧而上，戰傳說卻竭力忍住不肯將之吐出。

這時，不遠處一道身影如一抹輕煙般向樹林方向疾馳而去，並很快隱入林中。

「砰……」戰傳說這才狂噴出一口熱血，神情痛苦，臉上有豆大的汗珠飛快地冒出，無力地跌坐於地。

不知過了多久，體內如有萬劍左衝右突的感覺才漸漸減弱直至平息。

戰傳說擦了一把汗，大有劫後餘生之感，忖道：「為何我每次全力催發心中隱藏的不同於『無咎劍道』的劍意，就會在攻擊力大增的同時，產生如此可怕的結果？當時若是救恨將的人趁機反撲，那我豈非只能束手待斃？」看看眼前一地血污，他默默地道：「落城主、重尉將，我已殺了害死你們的凶人，你們安息吧。」心頭湧起一股悲愴之情。

這時，他的身後響起了「沙沙」的腳步聲。戰傳說回頭望去，看到的是匆匆趕至的小夭、爻意、花犯三人。

他不想讓他們太過擔心，就慢慢地站起身來。

但小夭、爻意二人走近他時，仍是被他一身的血污嚇了一跳，小夭驚呼道：「你……受傷了？」

戰傳說搖頭道：「沒有，這是恨將的血濺到我身上了。」

「恨將現在何處？」花犯道。

「被我殺了，不過這也因為他的同伴已不願再為保全他的性命而連累自己有關。」

花犯目光四下掃視，卻未見屍體，有些疑惑，再看一地的血肉模糊，方明白過來。

小夭道：「那人一定是見戰大哥所向披靡，知道絕難救出恨將，才不得不改變主意。」

戰傳說笑了笑，「無論他是出於什麼原因，有一點是可以肯定的：此人一定心狠手辣，而且行事果決！」

「為什麼？」花犯道。

「因為他為了能抽身逃脫，在知道不可能既救下恨將，又保全自己的情況下，便毫不猶豫地把恨將主動送至我的劍下！」

於是他將方才的情景大致說了一遍，聽罷，三人對戰傳說的判斷都很贊同。

花犯關心的還有「苦悲劍」，他道：「戰朋友是說苦悲劍已不復存在了？」

戰傳說將手中握著的一截苦悲劍的劍柄攤開，「我也沒有想到會如此，不過此兵器的確太邪，毀了也好。」

花犯道：「此劍之所以被毀，是因爲它的氣勢還不足以與你的劍氣相抗衡！你與恨將決戰之時，我見你劍氣暴漲，所用的卻是一柄邪兵，很爲你擔心。你劍意剛正，與邪兵必有衝突，相持之下，若邪兵邪魔之氣占了上風，恐怕就有被其反噬的危險了，所幸你的剛正劍意顯然更強！」

戰傳說若有所思。

無論是他自己還是花犯，都不知道這一次催發炁兵，卻最終沒有遭遇與千島盟大盟司一戰相同的結局，也是因爲有「苦悲劍」自身的邪力與戰傳說的劍氣相抗衡，否則一旦狂熾劍氣驟然失去對抗的對象，戰傳說就非受點輕傷那麼簡單了。

小夭道：「不知這一次爲了對付戰大哥，劫域究竟出動了多少人？」

戰傳說有些答非所問地道：「苦悲劍已廢，但願十方聖令不要再失落了——走，我們回苦木集去，那輛馬車雖然毀了，但車上還有一些東西可用，至少我們必須用車上所藏的錢財另購一輛馬車。」

話鋒一轉，轉而對花犯道：「花兄弟，今日能得你仗義相助，不勝感激，有緣當能於他日相見。」

花犯哈哈一笑，「感激便不必了，在下倒有一事想請教。」

「但說無妨。」戰傳說道。

花犯收斂了笑容，緩聲道：「你，是否真的是戰傳說？」

戰傳說一笑，「你若信得過我，就不必如此相問，若信不過我的話，問了又有何用？」

「你誤會了，我只是想知道，你會不會只是在面對恨將時假稱自己是戰傳說。」

戰傳說鄭重地道：「我即是如假包換的戰傳說！」

花犯緊接著追問道：「你可知在世人口中戰傳說已死？」

「我還活著——所以，死的只是冒充我的人。」戰傳說道。

「你可知不二法門已認定戰傳說是十惡不赦之徒？」

「黑即黑，白即白，不二法門認定的事，未必永遠正確無誤，我戰傳說只需自知無愧天地即可。」

花犯卻並未就此甘休，而是道：「若你真的是被他人栽贓誣陷，就應告知不二法門，不二法門自會還你清白。」

戰傳說的目光忽然變得有些尖銳，他顯得有些冷淡地道：「『戰傳說』三字之所以惡名遠揚，正是不二法門的緣故，我不敢奢望由不二法門還我清白——何況，被不二法門認定是戰傳說的人不是已死了嗎？樂土中傳得沸沸揚揚的種種惡行，只與此人有關，與我則毫無干係，我又何需由不二法門還我清白？」

花犯如夢初醒般道：「不錯，不錯！作惡多端之人已死，豈能因爲他可能不是真正的戰傳說而改變這一點？同樣的，你只要心中清白，無論你是不是真正的戰傳說，亦是不會改變這一點。可笑我方才卻昏昧無知了。」

小夭道：「你身爲四大聖地的傳人，能這麼想也是殊爲不易了。」

花犯奇道：「在下是否能這麼想，與四大聖地又有何干？」

小夭笑而不言，一臉詭秘。她心中在想：「誰不知四大聖地的人總是過於迂腐，執於一念就很難改變？戰大哥的語氣分明是對不二法門有所不信任，你不會因此而認定戰大哥強詞奪理，總算不至於太迂。」

花犯向戰傳說拱手道：「擁有驚天地、泣鬼神的劍法，擁有獨拒恨將的勇氣，戰兄弟果有乃父之風。不過，花某有一言相勸：縱然戰兄弟對世人的褒貶抑揚不在意，但爲了令尊的英名，也應早日澄清事實，讓世人知道真正的大俠戰曲之子是坦蕩之人，而非爲禍樂土之輩，如此方可告慰戰大俠！」

戰傳說大爲感動！

他自知要澄清事實將有多大的困難，因爲他要面對的是爲世人所尊仰的靈使！這一切，此時是無法向花犯說明的，但他還是鄭重地道：「花兄弟這番話，戰某一定銘記於心！」

花犯道：「我知道戰兄弟必然還要追蹤劫域的人，花某本應助戰兄弟一臂之力，只是花某還有師門重任在身，不能多加耽擱，只好寄厚望於戰兄弟身上，望你能大獲全勝。」

小夭一撇嘴，「你說得輕巧，幾句話就既做了好人，又不必冒出生入死的危險了！師門重任？哼，四大聖地一向自稱要匡邪扶正，還有比對付劫域更重要的事嗎？這豈非也是匡邪扶正？」

花犯道：「姑娘有所不知，在下奉師門之命，要找一個人，此人當年對樂土的禍害，決不在劫域群魔之下。」

「他是什麼人？」小夭好奇地問道。

「此人在三十年前可謂是人盡皆知，當年九極神教爲禍樂土的事，想必你們都知道吧？」

小夭點了點頭，戰傳說與爻意卻沉默著。

小夭道：「難道，你所要找的人是勾禍？他豈不是早已伏誅了嗎？」

「不是勾禍，但卻與勾禍有關係，此人便是當年在勾禍重傷垂危時，竟出手救了勾禍的『藥瘋子』南許許！」

小夭吃驚地道：「是他？難道，他還活著？」

「他本就未死，只是一直無人能找到他的下落而已。前些日子，南許許又再度重現！當年九靈皇真門爲誅滅九極神教盡心盡力，今日九靈皇真門也不能讓與九極神教相勾結的南許許逃脫天譴！非但是九靈皇真門，連大羅焚門、元始宗壇、一心一葉齋三大聖地也各派年輕弟子追查南許許的下落了。」

戰傳說對九極神教早已有所耳聞，但對南許許救勾禍一命導致九極神教得以繼續保存數年這件事，卻幾乎是一無所知。

聽罷花犯所言，他道：「小夭姑娘純屬戲言，你莫見怪。」

花犯道：「豈敢？」再一拱手，接著道：「花某先行告辭了。」

言罷，扶了扶身後的包裹與劍，轉身離去了。

望著花犯挺拔的背影，戰傳說有些感慨地道：「不愧是四大聖地的傳人。」

小夭不平道：「我看不出他有什麼高明之處，既要充當正人君子匡邪扶正，又假惺惺地不願殺人！」

戰傳說道：「這正是他可貴之處，既愛恨分明，又真正做到了有容乃大。」

爻意忽然插了一句：「你能如此評價他，豈非說明你的心境更高他一籌？」

戰傳說很認真地搖了搖頭，「群峰聳然，我能見群峰之高峻，卻並不等於說我比群峰更爲高峻。」

爻意看了他一眼，笑了笑，不再說什麼。

戰傳說轉過話題，「當務之急仍是儘快追上殞城主，我們已因恨將而拖延了一段時間，不能再耽誤了。」

爻意道：「依我看，其實我們並非要急著追上殞城主。」

小夭一下子瞪大了雙眼，戰傳說也一臉愕然。

爻意解釋道：「恨將已親口承認他是有意要把你引出坐忘城，那麼現在唯一能使你不得不暴露行蹤的最好方式，就是利用你救殞城主心切這一點。劫域的人要伏擊你，根本不必知道你在何處，他們只需知道殞城主的行蹤即可。所以，只要他們追殺你的計畫一日未成功，他們就一日不會對殞城主下毒手。若是你急於追上殞城主，反而正好如他們所願！」

戰傳說回味著爻意的話，沉吟道：「這麼說也不無道理，重尉將、落城主是恨將所殺，暗殺殞城主未遂也是恨將所為。現在看來，也許他是有意這麼做，目的是讓我、讓坐忘城的人都感到殞城主危在旦夕，否則為何身處重重保護中的落城主被殺害了，殞城主是被囚護的人，反而得以倖免遇難？」

小夭救父心切，「依我看，最穩妥的辦法就是由坐忘城三萬戰士護送我爹進禪都，冥皇若識得時務倒也罷了，不識時務便將禪都鬧個雞犬不寧！」

爻意、戰傳說知道她這是氣話，也不以為意。

苦木集北面四五十里之外，一座小山前有高大而殘破的古廟。

古廟前有一條大河，從古廟廟門通向河岸處，鋪著石階，石階一級一級地順著地勢而下，直至最後兩級石階沒入了河水中。

河岸上有兩截樹樁，兩尺多高，皆是被伐倒後單單留下樹樁用來繫舟用的，樹樁的樹皮都被繩索磨去了，光禿禿的。

但奇怪的是，一截樹樁竟長出了一根細枝，細枝上長著幾片葉子，已在秋風中枯萎了卻未飄落。

一級一級的石階都被磨得十分圓潤，看得出曾有無數雙腳踏過石階。只是如今石階已長滿了墨綠色的青苔，越往下，墨綠的顏色就越深。

看樣子，這應是一座曾經香火鼎盛的廟宇，香客日日絡繹不絕，每天都有小舟載著香客划至廟前，再把小舟繫於樹樁上。人們帶著虔誠的表情，踏過一級級石階，走入廟內。只是，這些苔蘚證明近來已很久沒有人涉足此地了。

但今天卻是一個例外。

墨綠色的苔蘚上已多出了雜亂的腳印，自石階角縫處長出的草莖也被踩得莖折葉斷。腳印是有人去河中挑水留下的。挑水的，是押送殞驚天前往禪都的卜城人。

這一路，卜城戰士共有四百多人，正如南許許對戰傳說所說的那樣，他們比戰傳說三人早半日到達苦木集，並未在苦木集逗留。

但四五百人的軍馬不比單車獨騎可以一路狂馳，天黑駐營時，他們離苦木集也只有四五十里的距離。

百合平原是南北窄，東西寬，此地已在百合平原的邊緣，不時有並不甚高的山丘在視野中隆起，只是常常是獨成一體，並未形成山脈。

殞驚天被安置在廟中，而幾座營帳圍繞著古廟安紮。

雖然與坐忘城的對峙已成過去，但在這群卜城戰士心中所能感受到的並非輕鬆釋然，而是沉悶。城主落木四的被害對眾卜城戰士來說實在是一個沉重的打擊。古廟內的氣氛因此更顯沉重！

古廟早已只是一個空架子，徒有四壁，單問與殞驚天相對盤膝而坐，兩人之間是菜飯碟盤。

只是碗筷卻備了三份。一份是他們為落木四備下的。

如果殞驚天不是戴著腳鐐，他們看上去反倒更像促膝而談的朋友。

單問聲音低緩地道：「欒青那邊已借靈鴿傳書而至，他們那一路人馬一直未有人偷窺滋擾。」

「如此說來，對手倒看得很準，知道我是由這條道前往禪都！」殞驚天道。

「但這條道豈非走得也很順利？」單問道。

殞驚天目光略略抬起，正視著單問，「莫非你看出了蹊蹺之處？」

單問微微點頭，「兩路人馬都未受襲擊，這事本身就很蹊蹺。按理既然在千軍萬馬中，對手仍能無所顧忌，先殺害落城主，再暗襲殞城主，那麼此刻他應該早已動手了！」

他的眉頭緊緊皺起：「此人究竟在等待什麼？」

望著眉宇緊鎖的單問，殞驚天心潮起伏，不無感慨地道：「是我殞驚天連累了落城主，連累了單尉，更連累了卜城諸多戰士。」

單問略略提高了聲音，「你我不必再為此事擔憂，他越遲出手越好，最好永遠不出手才合我單問之意。來，你我同飲一杯！」

酒成一線，傾入碗中，酒香四溢。

苦木集長街一側的一座茶樓。

這是左知己的隱身之地。他親手殺了九名劫域劫士之後，便重新折返茶樓。

早在戰傳說與恨將血戰長街之時，茶樓中的掌櫃、夥計、茶客都已遠遠地避走了。剩下的全是左知己的心腹親信。

左知己覺得自己已沒有必要再留在苦木集，所以他返回茶樓後，就要下令所有的人都撤走。

在這種時候，他們若仍留在茶樓中，實在太惹眼了，儘管所有的人都是易過裝的，從衣著上看不出是卜城的人，但他們的面孔對苦木集的人來說卻是十分陌生的。

左知己正待下令之際，忽然有人對他道：「城主，還有一件事你不能忘了。」

左知己一震，側臉望去，發現說話的人是司空南山。

左知己面無表情地看著司空南山，沉默了好一陣子，方道：「左右沒有外人，有什麼話你就直說吧。」

「屬下是提醒城主別忘了十方聖令。」司空南山道。

左知己目光倏閃。

司空南山接著道：「戰傳說既然把哀將的苦悲劍帶在車上，那說不定十方聖令也在馬車上。戰傳說大概是想把苦悲劍與十方聖令一併帶到禪都，以證實他的說法：殞驚天無罪！」

「你怎麼知道戰傳說有十方聖令在手？」左知己顯得漫不經心地問道，聲音卻冷得讓人心寒。

「城主別忘了屬下本是一直跟隨在落木四身邊的，戰傳說對他所說的話，屬下聽到了不少。」司空南山似乎有些緊張了，連聲音都有些輕顫。

「戰傳說的話就如此可信？冥皇明察秋毫，洞悉萬里，怎會隨隨便便將十方聖令交與他人？」左知己道。

「是，是。」司空南山道，「冥皇英明蓋世，自是不會隨便將十方聖令交與他人，但這卻不等於他人不可以以其他手段取得十方聖令。十方聖令若是因此落在戰傳說手中，終是不妥，寧可信其有不可信其無，若我們真的能找到戰傳說所說的十方聖令，將它交與冥皇，冥皇一定會十分高興！」

左知己沉默了片刻，臉上慢慢有了笑意：「如此說來，是應該去馬車上看看有無十方聖令了？」

「正是。」司空南山恭恭敬敬地道。

「既然如此，那這事就交給你去辦吧。」說這句話時，左知己目光一直停留在司空南山的臉上，像是要看出一些什麼。

司空南山的神色中只有恭敬，他很簡練地應了一聲：「是。」便向長街方向走去。

一直等到司空南山返回，左知己仍靜立原處。

司空南山有些失望地道：「我找遍了車內每一個角落，也未見十方聖令的蹤影。」

左知己淡淡地道：「如果真有十方聖令，戰傳說也會隨身攜帶的。」

司空南山很吃驚地望著左知己，「城主……」

「看來你的確是個識時務的人，能爲我盡心盡力。其實十方聖令之事，我早已想到，但我知道十方聖令決不會在車內，甚至它也不在戰傳說手中。相信坐忘城派出的人除了戰傳說之外，另外還有一路人馬，既然苦悲劍在戰傳說手中，那麼十方聖令就應是在另一路人馬手上。」

司空南山趕緊道：「城主算無遺漏，屬下佩服得五體投地！」

左知己漫不經心地揮了揮手，吐出一句話：「不必在這裏逗留了。」

一聲令下，百餘左知己的親信心腹便悄然退出了苦木集。

對左知己來說，恨將的死對他並無多少影響，甚至從某種意義上說，恨將的死對他反而有利。

恨將目空一切，誰也不知道他若活著會不會將落木四被殺的真相說出，若單問或其他對左知己本就有所不滿的人知道落木四是在左知己與恨將的勾結下被殺害的，那麼左知己的城主之位定然不保。

所以，離開苦木集時，左知己非但沒有挫敗感，反而有如釋重負的輕鬆。

與此同時，在左知己的人離開後不久，戰傳說、爻意、小夭三人回到長街。

當三人見九名劫域劫士皆已斃命時，無不吃了一驚。

小夭道：「難道是那『金童娃娃』折回來後，又改變了主意，把這幾人都收拾了？」

戰傳說道：「殺他們的不是花犯。」

其實小夭也知不太可能是花犯所為，但她還是問道：「何以見得？」

「因爲這些屍體所躺的位置與我們離開此地時並無多少改變，這說明他們是在我們離開片刻後就被殺了！而花犯卻耽擱了一段時間——還有，這藥囊還未打開，也證明了這一點。」戰傳說拾起了地上被左知己踢開了的藥囊。

小夭道：「無論是誰殺的都不重要，反正他們也是死有餘辜！」

戰傳說並不如此看，劫域劫士的被殺至少可以說明一點：在苦木集中除了潛伏了劫域的人之外，還有其他武道中人。

他想了想，立即走至已破損不堪的馬車旁，仔細查看，忽然輕輕地驚呼了一聲。

小夭忙道：「發現了什麼？」

戰傳說已自馬車破開的側壁內縮回身子，「沒什麼。」

他的手中捧著一個盒子，盒子裏裝的是一些很值錢的東西。此去禪都，恐怕要接觸的不僅僅是武道中人，而是形形色色，這些東西也許會派上用場。

半炷香後，他們已一連敲了二十三戶的門，試圖找到一輛馬車，但結果只有一扇門被他們敲開了。

門只開了一條小縫就又迅速關上了。

「啪嗒」一聲，有什麼東西在門重新關上之前落在了戰傳說的腳前，在月光下閃閃發亮。

戰傳說驚訝地彎腰將之拾起，一看，竟是一錠金子，三人大感奇怪，愕然相向。

屋內傳來一顫抖著的男子的聲音：「小的家中老母正在發病，不敢勞駕幾位爺進屋，怕幾位爺威猛如神，老母禁不住驚嚇，多有得罪，多有得罪。」

戰傳說瞪大雙眼，哭笑不得。

爻意道：「看樣子，方才與恨將那一戰，已讓苦木集人人自危。」

小夭美目一輪，「我有辦法，不過恐怕只能騎馬，不能乘坐馬車了。戰大哥，給我金錠，你們只需在由此向北的路口等我即可。」

戰傳說將信將疑地望著她。

苦木集北路口。

戰傳說、爻意在等候著小夭，戰傳說既不安又焦急，此刻他倒有些後悔同意由小夭獨自一人去買馬了。

正當戰傳說心神不定之際，有馬蹄聲傳入耳中，並由遠而近。

很快，他們便看到小夭騎著一匹馬一路小跑而至，後面還牽著兩匹。跑至眼前，她並不下馬，而是飛快地道：「快上馬！」

戰傳說見三匹馬中只有一匹有馬鞍，不由有些奇怪，「難道馬的主人家未備齊馬鞍嗎？」

小夭笑道：「我找遍了整個苦木集才好不容易買到這三匹馬，你還挑剔什麼？這有鞍的馬，是留給爻意姐姐的。」

戰傳說也笑了，「妳的確是立了奇功一件。」

說話間，爻意已上了有馬鞍的馬，戰傳說也上了馬背，這時，他忽然聽到有一陣急促的腳步聲傳來，回頭一看，只見那邊竟有七八個人手持火把、木棍怒氣沖沖地趕過來，呼喊聲響起一片。

「女飛賊，快將我的馬留下。」

「休得讓女飛賊走脫了！」

「小心，她有同夥！」

戰傳說吃驚非小，他正待問小夭是怎麼回事，小夭冷不丁地在他的坐騎上抽了一鞭，戰傳說立時連人帶馬衝出老遠！

耳中只聽得身後小夭高聲笑道：「本女飛賊可是大慈大悲的女飛賊，已將一錠金子放在馬槽中。」

她的話又惹來一陣叫罵聲：「可惡！如此胡言亂語，實是欺人太甚！」

戰傳說暗自苦笑。

苦木集終已遠離於視線之外了，追趕他們的人更是早已被拋在身後。月光下，曲折蜿蜒的路徑呈灰白色，在百合平原中向北方延伸，直至於遠處與夜色融作一體。

戰傳說率先勒馬，放緩速度，小夭、爻意也隨之放慢速度，三馬並轡而行。

戰傳說側臉看了看小夭，「貝總管他們若是發現你突然不知所蹤，豈非會大為擔憂？恐怕坐忘城已亂作一團了。」

小夭道：「牛二會把真相告訴貝總管的。」

戰傳說道：「如此說來，這事是牛二與妳暗中合謀的？」

小夭道：「無論如何我都必須救出我父親！當得知你們要離開坐忘城為救我父親而前往禪都時，我便在你們在為出發前作準備的時候設法找到了牛二。」

「看來，在臨離開坐忘城時牛二離開馬車的短時間內，就是你們實施偷梁換柱之計的大好時機了。」戰傳說道。

小夭有些得意地道：「我這個計策可是瞞過了所有人，你們都不會真正留意一個車夫的。」

「更不會將城主的女兒與車夫聯繫在一起。」爻意插了一句，「不過，妳這麼做，恐怕會讓貝總管為難。妳救父心切，眾人會覺得情有可原，而牛二卻不同，但貝總管若是只追究牛二之責，就顯得有失公允，若是不問牛二之罪，亦有不妥。」

小夭吐了吐舌頭，「我可沒想這麼多，只是想著如何能離開坐忘城。貝總管他們是決不願讓我離開坐忘城的，他們會認為我非但救不了父親，反而連自己也難以自保。你們放心，就算貝總管會追問牛二的過錯，也不會太苛刻。等回到坐忘城後，我再向貝總管求情，向牛二賠個不是。」

戰傳說顯得很嚴肅地道：「如果早一點發現妳假扮成了牛二，我一定會讓妳立即回坐忘城！」

他對小夭擅作主張離開坐忘城頗有些不滿，口氣也因此而甚是嚴厲。他倒忘了小夭是坐忘城城主的女兒，而他只不過算是坐忘城的一個客人。

他過於嚴厲的口氣沒有使小夭不快，相反，小夭反而覺得心中有一絲甜美與欣喜感。她聲音柔柔地道：「為什麼？是否因為我不能幫上什麼忙？而為何現在又不讓我回坐忘城了？」

戰傳說道：「讓妳回坐忘城，是因為此去禪都萬分凶險；現在不讓妳返回坐忘城，則是因為此刻妳獨自一人回城同樣十分危險。」

「我既已離開坐忘城，不到我父親平安無事的時候，我是決不回坐忘城的。你若不願與我同行，我便獨自一人去禪都。」

戰傳說心道：「這豈非是要脅我嗎？讓妳與我們同行尚且不放心，何況讓妳獨自一人前往禪都？」

小夭見戰傳說默不作聲，心中又有些不安了，暗忖自己是否太過任性了？這麼想著，她忙轉過話題道：「對了，我究竟稱你爲陳大哥，還是戰大哥？你說你是戰傳說，是真的嗎？」

戰傳說道：「是真的。先前對妳父親及坐忘城其他人都自稱陳籍，多有不敬之處，不過我借稱陳籍，也是有不得已的苦衷。」

小夭有些憤憤不平地道：「不二法門行事未免太過草率，在未弄清真相之前，就將事情傳得沸沸揚揚，讓整個樂土都以爲戰傳說是一個大惡人。」

戰傳說反倒有些意外了，他詫異地道：「爲何我說我是戰傳說，妳一點都不懷疑？」

戰傳說的詫異不無道理，除小夭外，其他任何人都會對他的說法將信將疑，因爲相信戰傳說，就等於間接地否定了不二法門的說法。而無論在什麼時候，否定不二法門都需要一定的勇氣！

小夭道：「不爲什麼。」

戰傳說先是一怔，忽又笑了。

小夭奇怪地道：「有何可笑的？」

戰傳說回頭望著爻意，輕嘆一聲，「若是早知我說出真相會這麼容易被人相信，又何必爲自己捏造一個假名？」

爻意笑而不言，笑容有些神秘。

小夭見戰傳說一直抱著那只盒子，便道：「戰大哥，所謂財不可外露，你何必總是這麼抱著它？就像一個守財奴！」

雖是戲言，卻也提醒了戰傳說此去禪都路途遙遠，總這麼將盒子抱在懷中的確不妥，於是勒住了坐騎，將盒子打開。

他記得盒子底部鋪有一塊疊成軟墊的黃綢，想用黃綢將盒內的金葉、銀錠及十幾枚大小不一、價值不菲的珠寶打成包，便於攜帶。

戰傳說小心開啓盒蓋後，忽然愣住了。他愕然發現本應是墊在盒底的黃綢竟覆在了上面，開盒即可見！

「難道，是那個殺了九名已受傷的劫域劫士的神秘人將盒內之物順手牽羊全取走了？」戰傳說心頭不由閃過了這個念頭。

戰傳說急忙揭開黃綢，一看，所有的金葉、銀錠、珠寶全完好無損，不由大爲迷惑。

爻意、小夭見戰傳說神色有異，都勒住坐騎，靜靜地看著他，不知發生了什麼事。

戰傳說皺著眉沉思了片刻，忽然眉頭一跳，像是想到了什麼，立即取出盒內的黃綢，將它遞給身邊的小夭，「快，將它展開！」

小夭疑惑地接過黃綢，依言將之展開。

月光照著黃綢。

「血字！」三人幾乎是不約而同地同時失聲驚呼！

在黃綢上赫然有幾個已凝固了的血字，月光依稀，字跡很難看清，卻依然顯得觸目驚心。畢竟，它的出現太出人意料了。

小夭將黃綢湊至眼前，吃力地辨認著，慢慢地念道：「殺——落——城——主——者，卜城……司空……南山。」

「司空南山?!」這個陌生的名字如一記驚雷般在戰傳說三人的心頭響過！

司空南山是什麼人？

恨將已承認落木四是他所殺，怎會又冒出一個「司空南山」？

在黃綢上寫下這幾個血字的又會是什麼人？

有機會在黃綢上寫字的時間，只有戰傳說與爻意等人離開長街的並不太長的時間。從這一點推測，留下血字的人應該就在苦木集，而且極可能目睹了戰傳說與恨將一戰，既然如此，此人就應知道恨將親口告訴戰傳說是他殺了落木四，那麼此人爲何還要留有這種毫無說服力的血字？

他的真正意圖究竟是什麼？

三人心中閃過了一個又一個的疑問。

良久，戰傳說方緩聲道：「黃綢上的血字未必一定可信，但足以說明落城主的死不那麼簡單——就算有人留下血字是在誣陷名爲『司空南山』的人，也能由此看出有人要借此混淆人的視線。」

爻意道：「是真是假，必須先知道司空南山究竟是誰。」

戰傳說點了點頭：「那司空南山若真的是卜城人，那麼卜城的單問一定知道。依我看，最想知道落城主被殺真相的，也應是單問了。只要見到單問，事情或許就會有所突破。」

說著，他已小心翼翼地將黃綢收好，似乎這黃綢比盒中之物更爲珍貴。

三人正待繼續趕路時，忽聞身後馬蹄聲「得得」，甚是急促。三人回首望去，只見自苦木集方向有兩騎一前一後向他們這邊飛馳而來。

小夭難以置信地驚呼：「豈有此理！爲了三匹馬竟追出這麼遠！況且我還告訴他們已把一金錠放在馬槽裏，真是得理不饒人！」

戰傳說也有些意外。

小夭道：「不若我們就與他們比個高下，看看誰的騎術更高明，誰更有耐心！」

戰傳說見她果真拍馬就要走，急忙阻止道：「且慢，無論如何我們畢竟理虧，不可一錯再錯，還是與他們解釋清楚吧。」

小夭見戰傳說態度堅決，只好道：「就依你，不過到時候被人罵得無地自容可別怨我！」

戰傳說道：「人家未必也不講理。」

小夭一聽這話，立即瞪大了眼睛，「言下之意，就是我不講理了？」

正說話間，那兩騎已飛馳而至，遠遠地就喊道：「前面可是戰傳說戰公子？」

戰傳說一怔。

小夭樂了，「原來不是衝著我來的。」

戰傳說聽聲音並不熟悉，但知道自己真實身分的人決不會太多。

「這兩人究竟是什麼來頭？爲何隔得遠遠的就能喊出我的名字？」戰傳說暗自詫異。

他留了個心眼，沒有直接應答。

轉瞬間，對方已趕上了他們，在離他們幾丈遠的地方停下了。

這時，戰傳說已能大致看出對方的模樣，只看了一眼，他便大吃一驚，一時說不出話來，只知對對方愕然相望。

無論如何，他也不會想到匆匆趕至的兩人當中有一個會是他在苦木集遇到的老嫗！

爻意同樣是吃驚非小。

而小夭見對方兩人當中一人是已老態龍鍾的老嫗，消瘦得讓人感到隨時都有可能隨風飄去；另一人雖然高大許多，卻是一臉病容，無比憔悴，此刻幾乎整個身子都伏在馬背上大口大口地喘著氣，像是隨時都有氣息不繼的可能，她也暗暗心驚。心忖：如果這兩人真的是追討這三匹馬的人，那我可真的是問心有愧了，偏偏揀這樣又老又病、弱不禁風的人下手，雖然我的確給了金錠，與三匹馬所值的價格相比，絕對只多不少，但連累他們在這樣的夜裏跑出這麼遠的路，也是不該。

她正在自責自怨的時候，卻聽戰傳說道：「阿婆，怎麼是妳?!」

小夭又是一呆，愕然忖道：「戰大哥竟與他們相識?!」

追上戰傳說三人的正是南許許與顧浪子。

在與靈使的一戰中，顧浪子受了極重的傷，當場暈死，是南許許在設下計謀使靈使中毒不得不全力自保後，設法將顧浪子帶離危險之地的。

正如靈使所言，當時顧浪子五臟六腑皆受重創，與死亡已只有一紙之隔。

環顧當世，也許只有南許許能保全顧浪子的性命。

但顧浪子的傷勢委實太重，縱然南許許傾其所能，也只能暫保顧浪子性命，若說想恢復顧浪子的武道修爲——哪怕只恢復兩成，也無法做到！

失去了「斷天涯」，失去了一身驚世駭俗的刀道修爲，顧浪子還能依舊是從前的顧浪子嗎？他甚至連策馬疾行這種平時根本猶如兒戲的事，也難以做到。

南許許知道讓顧浪子隨自己一同追趕戰傳說要冒很大的險，但他勸阻不了顧浪子。

此刻，顧浪子的感覺就像是自己肺腑中的所有空氣都被擠乾了，無論怎樣拚命吸氣，氣息仍是難以爲繼。

他感到自己的軀體似乎無比的沉重，又似乎輕飄飄地毫無著落，兩種截然不同的感覺同時出現在他身上，而且竟以極爲奇怪的方式融作一處。

顧浪子心中充滿了悲哀！久久不願開口說話。

他本是強者，而此時，他只要一開口，就會把他的脆弱暴露無遺。這種感覺，外人又豈能知曉？

南許許面對戰傳說的疑問，不由有些失望，暗忖道：「此子似乎並無多少心計，換作是晏聰，他在兩次撞見我之後，一定會想到我不會是普通人，這老嫗的模樣也多半是假象——可此子竟沒能想到這一點！」

南許許沒有直接回答戰傳說所問，而是反問道：「戰公子，你可識得晏聰？」

戰傳說目光倏閃！

略作沉默後，戰傳說有些警惕地道：「前輩爲何要問這個？」

他改稱南許許爲「前輩」，可見他這時也已想到南許許決不會是苦木集一個普普通通的老嫗那麼簡單，而十有八九應是武道中人。

南許許心道：「小子，你雖然沒有直接回答我的問題，但你的舉止表情，以及所說的話都足以看出你是認識晏聰的。」他接著又問道：「戰公子與晏聰之間曾有一個約定，不知戰公子是否還記得？」

戰傳說決非南許許所想的那麼簡單，當南許許問到這件事時，戰傳說的神色已有些凝重，他沉聲道：「若是前輩問什麼，在下便答什麼，只怕前輩會在心中暗自取笑在下愚不可及了。」

南許許乾笑幾聲，這才道：「你放心，老夫決無惡意。」

小夭見南許許自稱老夫，再看他那一身老婆子的裝束，連容貌五官也是一個雞皮鶴髮的老婆子，偏偏此時他已不再假捏成老婆子的聲音，如此一來，小夭便覺得既怪異又厭惡，忍不住「哼」了一聲，「戰大哥，他既然不願告訴你他是什麼人，我們走！」

南許許也不以為忤，依舊向著戰傳說道：「看來，你果真是曾假稱陳籍的戰傳說。」

戰傳說道：「前輩對在下瞭解得倒不少！」他心中暗忖：如果眼前此人對自己懷有叵測之心的話，那麼就憑他對自己瞭解甚多，而自己對他卻一無所知這一點，就已處於極為不利的處境了。

南許許道：「且不說其他。老夫之所以急著要見戰公子一面，是想告訴戰公子一件事：不二法門靈使對戰公子包藏禍心，日後請戰公子多加小心——信與不信，皆在戰公子自己。」

這一番話，對戰傳說的震動可想而知！

讓他吃驚的不是這件事本身，而是如此隱密的事，眼前這老嫗模樣卻自稱「老夫」的怪人是如何知道的？不過，無論如何，由對方提醒自己提防靈使這一點看，應該是友非敵。

戰傳說定了定神，方道：「我信。」

這一次，輪到南許許吃驚了！他沒有想到戰傳說這麼輕易便相信了他的話，畢竟他的矛頭所指是不二法門靈使，而當世之中又有幾人會對靈使起疑心？

戰傳說看了南許許的疑惑表情，這反倒讓戰傳說更傾向於斷定對方並無惡意，而是好意提醒自己。

於是，戰傳說索性把話挑明了，他道：「多謝前輩提醒，不過，在此之前，在下已知道這一點。甚至，在下還曾與靈使一戰——如果我沒有猜錯的話，二位前輩與晏聰一定有何淵源吧？」

南許許脫口驚呼：「你曾與靈使一戰?!」語氣顯然包含了驚訝與不信。

因爲他深知靈使的武道修爲之高，以顧浪子的驚世刀法尚且落敗，那麼眼前這個如此年輕的人又豈能在與靈使一戰後還安然無恙地立足於此？

戰傳說明白南許許爲何那般驚訝，並未因此而有被輕視之感，他道：「與靈使一戰，凶險萬分，不過所幸靈使在與我交手前，似乎已受了內傷，而且又有人暗中助我，否則與靈使一戰，在下難以倖免。」

南許許聽戰傳說說靈使受了傷，對他的話的疑心已去了大半。

他急忙問道：「你與靈使一戰是在何時？」

這時，爻意已數次以眼色暗示戰傳說不可將一切底細都告訴對方，但戰傳說這次卻沒有聽從她的暗示，而是將與靈使一戰的時間告訴了南許許。

南許許聽罷，立時驚呼一聲：「老兄弟，是在與你一戰之後不久！」他這話是對顧浪子說的。

一直未開口的顧浪子這時也忍不住道：「戰公子，實不相瞞，在你之前，我也曾與靈使一戰，不過慚愧得很，我技不如人，被他擊成重傷，雖然僥倖逃脫一條性命，但我弟子晏聰卻從此下落不明。我們之所以急著要見戰公子，除了要告訴戰公子有關靈使的險惡用心外，也想打聽打聽晏聰的下落。」

言罷，顧浪子一陣喘息。

戰傳說一聽對方是晏聰的師父，大覺愕然。同時，對剛才南許許為何一再追問晏聰的事也心知肚明了。

以戰傳說今日的武學修為，自是能由顧浪子的說話吐字中聽出他的確傷得極重，而且也聽出了顧浪子對晏聰的萬分關切。

但為了慎重起見，戰傳說還是問了一句：「既然前輩是晏聰的師尊，想必一定知道在下與晏聰約定在何處相見，又是為何事而約定的。」

顧浪子道：「你們約定在稷下山莊外的『無言渡』相見，為的是一幅頭像，是也不是？」

戰傳說聽到這兒，心想這世間知道此事的除了自己、晏聰、靈使及晏聰至親的人之外，就不會有他人知悉得這麼清楚了。看來，這自稱是晏聰師父的人不會有假。

當然，還有一種可能，那就是他們所知道的一切都來自於靈使，換而言之，他們是受靈使差遣而來的——但戰傳說實在想不出靈使有什麼必要這麼做，靈使對自己早已是恨得咬牙切齒，刻骨銘心，一旦發現自己的行蹤，必會親自出手為其子報仇，豈會再使出什麼曲曲折折的詭計？

想到這裏，戰傳說忙翻身下馬，向南許許、顧浪子施禮賠罪道：「在下方才言語唐突冒犯，還請二位前輩多多包涵！」

南許許、顧浪子、爻意、小夭也相繼下馬。

戰傳說接著道：「我與晏聰的約定地點的確是在『無言渡』，而且正是為了一幅頭像。」

南許許輕嘆一聲，「借死者顱骨推測死者生前真面目的確是一種良策，你與晏聰走的這一步算是一著妙棋，不過，只怕誰也不會想到將樂土鬧得沸沸揚揚的『戰傳說』非但不是真正的戰傳說，而且此人還與靈使有密切關係！那幅人像已繪出，其五官容貌與靈使酷似，再結合靈使由此而對我們出手，足以看出假冒戰公子者是靈使的至親之人！」

「在下已知悉冒充我的人就是靈使之子。」戰傳說道。

南許許、顧浪子雖然早已有所猜測，但這件事由戰傳說口中證實時，他們仍是心頭劇震。

南許許道：「你怎能斷定這一點？」

「這是靈使親口說的，他的兒子是為我所殺，所以他對我恨之入骨，一心要除去我而後快。而他多半是自認為取我性命是十拿九穩之事，所以毫無顧忌地說出了真相。」

南許許大為感慨地道：「沒想到靈使為達不可告人的目的，竟連自己兒子的性命也搭上了，可謂得不償失！」

顧浪子首先想到的卻是晏聰，他有些吃力地道：「戰公子，你與晏聰相約在『無言渡』見面，除了你們自身之外，是否還有他人知曉？」

戰傳說不假思索地道：「除此之外，只有這位爻意姑娘知曉——不過她未再將此事向其他任何人透露。」

爻意微微頷首。

顧浪子聽戰傳說這麼說，心中頓時隱隱作痛，向南許許道：「如此說來，晏聰一定是落在了靈使手中，靈使之所以會準時出現在『無言渡』，恐怕就是……就是晏聰說出來的，我……」

話未說完，顧浪子只覺眼前一黑，喉間有一股甜腥的氣息直湧而上，隨後軟軟倒下。

戰傳說等人驚呆了。

第八章　快活邪丹

戰傳說尋來了許多枯枝落葉，生起了一堆火，由爻意、小夭兩人照應著這堆火不讓它熄滅。

顧浪子平躺在地上，南許許借著火光，把一枚枚銀針逐一扎在顧浪子的身上，南許許的嘴唇抿得極緊，以至於有些發白，無比消瘦的臉上豆大的汗珠一滴又一滴地滾落，他的神色凝重之極。

戰傳說見狀，忍不住上前低聲道：「前輩，能否由在下以內家真力相助？」

南許許竟沒有看他一眼，其目光死死地盯在手中的銀針針尖上，只吐出兩個字：「不行！」

戰傳說一怔，見小夭正望著自己，顯然已目睹了自己方才的尷尬，不由苦笑了一下，算是自我解嘲。

不知過了多久，方見南許許長長地吁出了一口氣，一屁股坐在地上，擦了一把冷汗，喘息著道：「老兄弟，若你再這麼折騰……折騰幾次，我這條老命也得爲你……爲你搭上了。」

戰傳說一聽，欣慰地道：「他沒事了？」

南許許「嘿嘿」一笑，「只要是我南許許想救的人，他就是想死也不是那麼容易……」說到這兒，他突然想到了什麼，話語戛然而止。

他想到的是，自己竟無意中說出了自己的真實身分！這可是他一心一意隱瞞了二十餘年的秘密！

此次南許許之所以無意中說出了自己的真實身分，一則是因爲剛將顧浪子從死神的手中給奪了回來，極度緊張之後的鬆懈使他失言；二來戰傳說也是深受靈使所害的人，南許許在下意識中把戰傳說視作了自己人，又少了一層防備之心，以至於老馬失蹄，苦苦守了二十多年的秘密，一不留神給說破了。

但南許許仍心存僥倖，希望戰傳說、爻意、小夭三人誰也沒有留神細聽他的話，或者即使細聽了，也因爲不知「南許許」這名字有何特殊之處而未多想。畢竟，戰傳說三人都如此年輕，未必知道二三十年前發生的事。

他的目光飛快地掃視了戰傳說三人一眼，頓時失望了。

只見戰傳說三人皆是怔怔地望著他，一臉的吃驚。顯然，他的期望落空了。

南許許在心中暗叫晦氣，他乾笑一聲，「不錯，我就是南許許，『藥瘋子』南許許，被世人視作十惡不赦的惡魔的南許許。嘿嘿，恐怕你們不會想到南許許會是老夫這等模樣吧？」

頓了頓，他又道：「不過，你們若是想要借殺我在樂土揚名，也不是一件容易的事！一個被不二法門追殺了二十餘年卻還活著的人，決不是那麼容易死的！」

其實若是更早一日，戰傳說三人聽到「南許許」這一名字，未必會有什麼反應，但就在今夜，在苦木集遇見花犯時，花犯稱他是奉師門之令追查南許許的下落，所以此刻聽到「南許許」三字，戰傳說三人才有如此愕然反應。

戰傳說沉默了好一陣子，方緩聲道：「據說你當年曾救過九極神教的勾禍一命，此事是真是假？」

南許許「哈哈」一笑，「當然是真，這已是世所共知的事，何必多問？」他的笑聲嘶啞，語氣中隱隱有憤懣與挑釁的意味。

戰傳說正色道：「但世所共知的事未必是真，世人豈非也認定戰傳說是十惡不赦之徒？唯我自知自己心中坦蕩，無愧於天地！」

南許許一怔，深爲戰傳說的話所震動！

他的神情一變再變，終於長嘆一聲，「不錯，世所共知的事未必就一定是真的——老夫盼了二十多年，卻從未聽到有人能說出這句話，沒想到今日竟由素昧平生的你口中說出。只是，老夫與你不同，不二法門強加於你身上的罪名，是因爲靈使之子冒充你之名爲惡，只要能證實這一點，就可以洗清你的罪名；而老夫所作所爲，卻是本性使然，沒有人假冒我南許許之名。」

「換而言之，世人對你的指責並沒有不公平之處，是也不是？」戰傳說正視著南許許道。

「公平?!」南許許啞然失笑，「連老天都瞎了眼，分不清黑白是非，這世間又何嘗再有公平可言？大奸大惡者已成了世人眼中最公正無私之人，誰還能奢求這世間存在公平?!」

他的臉上滿是譏諷之色：「廣袤樂土，武道蒼茫，不知有多少人心存捍衛道義，除邪扶正之志，並且真的爲這一目標孜孜不倦地追求一生，經歷千萬坎坷，百折不撓之後，自以爲終成正果，上不負蒼天，下不負心中良知，卻不知從一開始他們就只是別人手中的玩偶，他們所做的一切，自然也成了毫無用處的鬧劇，可憐可笑。」

南許許嘮嘮叨叨地說著，小夭漸漸聽得不耐煩了，冷不丁地道：「依我看，喜歡遮遮掩掩、吞吞吐吐的人才是真的可憐可笑。」

南許許先是一臉怒色，但很快憤怒不見了，取而代之的是一片茫然。

幾人都沉默了，只聽得火堆中不時發出「劈啪」之聲。

半晌，南許許打破沉默道：「小姑娘，看來妳對『南許許』這一名字知之甚少，若是妳知道南許許既被人稱做『藥瘋子』，又被人稱做『毒瘋子』，恐怕就不會這麼對我說話了。」

小夭道：「才不是！就算知道你是毒瘋子，我也要這麼說！在我小夭的眼裏，只有願不願爲之分，沒有敢不敢爲之分！」

戰傳說心中暗道：「妳口氣倒是大得嚇死人！這自稱毒瘋子的人既然連不二法門也難奈其

何，就一定有其不凡之處。」

他怕小夭的話惹惱了南許許，從而使南許許突然對小夭施以毒手，表面上不動聲色，暗地裏卻小心留意著對方的一舉一動，以作提防。

南許許撫掌大笑道：「真是後生可畏！如此看來，我南許許這二十多年來倒是活得太窩囊，活得生不如死了。」

戰傳說見他言語古怪，似乎情緒很不平靜，不由更爲緊張，只恐他對小夭突然出手。

南許許卻漸漸平靜下來，他微微瞇起雙眼，並不看戰傳說、爻意、小夭三人中的任何一人，而是將目光投向了遙遠的不可知的某一點，緩聲道：「老大一生都在爲躲避不二法門的追殺而東躲西藏，決不願讓他人知道老夫的真實身分，因爲那可能就意味著這二十多年所遭的罪全都失去了意義，意味著老夫將很快就要亡於不二法門手上！所以，按理，老夫應借一身毒功殺你們滅口。」

戰傳說全身肌肉倏然緊繃！

只聽得南許許接著道：「只是，我的老兄弟決不會讓我這麼做的，因爲你們三人當中有戰曲之子——其實，我也不願這麼做，若爲了保全自己的這條老命而連累你們三人，那麼我南許許的確罪已至死了。既然老夫既不能毒殺你們三人，又已被你們知悉了真實身分，便索性將已在心中埋藏了二三十年的秘密告訴你們，因爲我們的行蹤既已暴露，也許將不久於人世，我可不願讓一個天大的秘密隨我們一同進入地府。至於你們信或不信，我也無法強求。普天之下，能信任我們的人固然不多，能爲我們所信任的人也同樣是少之又少！戰傳說，無論如何，至少你已認清了靈使的真面目，而我所說的又恰好與不二法門有關，這也是我願把秘密告訴你的原因之一。」

戰傳說靜靜地聽著，他相信一個對整個樂土武道的命運都產生過極大影響的人，一個能讓四大聖地爲之聞風而動的人，所說出的秘密，必然是驚天動地！

南許許又沉默了一陣子，像是在整理著自己的思緒。良久，他才開口道：

「當年，九極神教爲惡一時，整個樂土都因此而被波及，樂土武道大小門派皆被席捲進那一場爭戰中，不知有多少人爲此而喪生，九極神教教主勾禍也因此而成了世人眼中魔鬼的化身。而後，九極神教的勢力久盛不衰，樂土正道幾乎難以與之抗衡。就在這危急存亡的關頭，不二法門傳出『真如法檄』，號令不二法門成千上萬的弟子與九極神教相戰！不二法門此舉一下子扭轉了戰局，從此九極神教節節敗退，不二法門的聲勢更如日中天，世人對法門元尊感恩戴德，敬如神明。」

戰傳說忍不住插口道：「不二法門不愧爲不二法門，雖然也有靈使這樣的人物混雜其中，但終究是武道的中流砥柱，爲樂土正道撐起了一片天空……」

「住口！」戰傳說話未說完，突然被南許許一聲怒喝打斷！

戰傳說愕然相望，只見南許許一臉冷笑，似對他的說法極爲不屑，不由大爲詫異。

南許許這時也意識到自己的失態，歉然一笑，「老夫之怒，其實並非針對戰公子，而是針對假仁假義、明裏一派公正無私、暗地裏卻不知有多少齷齪之舉的不二法門！」

戰傳說如聞驚雷，一時再也吐不出一個字來，心中卻飛速轉念：「莫非他是因爲被不二法門追殺二十多年，對不二法門懷有刻骨之恨，所以才這麼說？」

這時，南許許以更爲低啞的聲音說出了讓戰傳說驚愕得幾乎魂飛魄散的話。

他緩緩地道：「誰也不會想到，樂土之所以會有九極神教之亂，皆是不二法門一手造成，勾禍本就是法門元尊的心腹，勾禍所做的一切，皆是奉元尊之命而行！」

戰傳說驚得幾乎一躍而起！他本能地脫口大聲道：「不可能！這決不可能！不二法門怎可能先造就九極神教，隨後又親手毀了九極神教？於情於理都不會有這種可能！這對不二法門根本不會有任何益處！」

雖然戰傳說不是不二法門的弟子，又自幼生長在武外桃源，受不二法門無上權威的影響比他人少許多，更兼靈使的所作所爲讓戰傳說消除了對不二法門的不需理由的崇信，但不二法門的影響畢竟是無與倫比的，它就如同虛空中的氣息般無處不存，無處不在。

南許許又露出了他那譏諷的笑意——也許他譏嘲的並不是戰傳說，而是被他認作黑白顛倒的世道！

他沙啞著聲音道：「怎會毫無益處？不二法門親自造就了一個爲世人深惡痛絕的九極神教，

在世人感到已無法抵擋九極神教時，再將九極神教擊潰，如此一來，世人對不二法門必然感恩戴德，無限尊崇，不二法門就可以借此確立其前無古人、後無來者的至尊地位，將天地世人都玩弄於股掌之間！」

戰傳說的心一點一點地揪緊，背上冷汗涔涔，手心也是一陣陣地發涼。

如果南許許所說的這一切都是真的，那麼，這將是一個多麼可怕的秘密！

在這個秘密之後，又隱藏了多少血淚？多少陰謀？多少屈辱？多少死去的無辜生命？

僅僅是耳聽他人敘說，戰傳說已感到心靈極受震撼！

他無法想像，若是這個秘密能被南許許以無可爭辯的事實證明，那時他自己會有怎樣的反應。

他甚至有些不願讓南許許再繼續說下去，因爲南許許所說的一切太殘酷。

甚至，已不是「殘酷」二字所能形容！

僅僅爲了一己權欲，就讓整個樂土遭受了歷時數年、十數年的血腥浩劫，除了此人擁有一個魔鬼般可怕的心靈之外，戰傳說再也找不到其他更合理的解釋。

戰傳說寧可南許許是在說謊！

這並非等於說他的內心偏袒不二法門，而是不願讓二三十年前樂土正道與九極神教的那場可歌可泣的爭戰突然之間成了一場陰謀者的遊戲！

若如此，那麼，在那場爭戰自以為是為正義慷慨赴死的死難者，其靈魂在九泉之下也難以安寧。

但直覺又告訴戰傳說，南許許不像在說謊，因為如果他所說的是謊言，那麼這樣的謊言太容易被揭破了。

唯有因為這的確是事實，才會讓南許許寧可冒著不為他人所信任的風險，將它一五一十地說出。

在很短的時間內，戰傳說的心中不知閃過了多少念頭。他的心緒猶如一團怎麼也理不清頭緒的亂麻。

忽地，他覺得有一隻纖柔的手覆在了自己的手背上，一看，才知是爻意。

只聽得爻意對南許許道：「相信前輩既然這麼說，就一定有可以讓人信服的證據。」

戰傳說一下子冷靜清醒了不少。他明白爻意的話既是對南許許而言，同時也是暗中提醒自己要冷靜。無論如何，都必須真正地弄明白真相後，才能信什麼不信什麼。

於是，戰傳說道：「爻意姑娘說得不錯，畢竟此事關係重大。」

爻意向他微微一笑，把手抽了回去，她知道自己的提醒已對戰傳說起了作用。

不料南許許卻道：「老夫早已說過，對你們的信與不信已不在乎，老夫只是想把這個秘密全部告訴你們。」

隨後，他向戰傳說、爻意、小夭三人敘說了一段驚人的往事——戰傳說三人已不可能不聽，先前南許許的驚人之語已牢牢地抓住了他們的注意力。

南許許的聲音低啞，在這朦朧夜色中顯得有些不太真切。但戰傳說三人的心靈卻被深深地吸引了。

雖然就坐在火堆旁，但南許許所說的往事卻讓三人心頭泛起了一陣陣寒意。

四十年前的不二法門就已經是蒼穹武道中最爲引人注目的門派了。

當時，南許許尙是一個精悍力強的年輕人，與絕大多數人一樣，他對不二法門充滿了敬仰之情，但當時他卻只是不二法門有別於入門的修持弟子的普通弟子，如他這樣未被吸納爲修持弟子，卻對不二法門忠心耿耿的人多不勝數。

但與他人不同的是，南許許的師尊石泰卻是不二法門的修持弟子，這是南許許年輕時最引以爲自豪的一件事，也因爲這一點，他對師尊無比尊重，言聽計從。

南許許的師尊精通醫術，也擅長用毒，在不二法門中是藥使手下的四大藥士之一，專爲不二法門鑽研各種奇藥異毒。但不二法門門規之嚴謹非外人所能想像，其內部結構之龐大複雜也是出人意表。法門內的每一個人都只知效忠元尊，並直接服從上司的指令，對於其他旁支的情況，一概不得過問，所以南許許的師尊石泰只知一切服從藥使之令。對於不二法門的許多內幕，連石泰都無從知悉，更不用說是南許許了。

事實上，雖然因為南許許於醫道毒術有過人的天賦而深受石泰的喜愛，但限於不二法門門規，石泰就算知道什麼，也決不會告訴還未能成為修持弟子的南許許。

南許許在醫道毒術上的驚人天賦使他很快超越了其師石泰的修為，石泰對此十分欣慰，答應南許許，有機會一定向藥使舉薦，使南許許有機會成為修持弟子，南許許聞言自是興奮不已。

不料，就在石泰對南許許提出這件事後不久的一個深夜，石泰返回居處時，竟身受重傷，臉色因過度失血而極為蒼白。

南許許吃驚非小！他有心要問師尊是什麼人竟敢對不二法門的人下此毒手，但限於平時師尊的禁令又不敢發問，只有悶聲不響地施展自己的渾身解數為師尊療傷。

憑南許許青出於藍的藥理修為，石泰終於無恙，不過這次傷勢實在太重，石泰雖然保全了性命，但卻已元氣大傷。而且，南許許還察覺到了師尊這次受傷之後，似乎連性情也有所改變，開始變得心事重重，沉默寡言，身子也一天比一天虛弱，饒是南許許有妙手回春之術，卻無論如何也查不出師尊病在何處。

漸漸地，南許許開始猜測也許師尊是懷有心病，而心病是任何良方妙藥也無法醫治的。

明白這一點後，南許許便設法對師尊旁敲側擊，試圖打探出什麼，以便可以解除師尊的心病。

但他失望了，石泰對一切都守口如瓶，南許許根本無法從他口中打探到什麼。於是，他只能眼睜睜地看著對他恩重如山的師尊一天一天地消瘦下去，這種痛苦，是他人所無法體會的。

直到一年後的一個黃昏，石泰忽然將南許許叫到自己的居室。

那是一個晚霞佈滿天邊的黃昏，也是石泰離開世間的黃昏。

在南許許進入師尊的居室時候，他見師尊的氣色似乎比平時好了許多，渾身上下收拾得乾乾淨淨，不由暗感欣慰。

石泰與南許許聊了許多，說起了許多往事，又與他說起了一些醫道毒術方面的事，南許許一直恭恭敬敬地聽著。

末了，石泰忽然話鋒一轉，「日後，若是有一個人有難，你必須替爲師救他一次，因爲一年前若不是此人相救，爲師早已與你陰陽相隔了。」

南許許一怔，這一年多來，無論他如何想方設法，都無法讓師尊說出半句關於他如何受傷的事，沒想到今天自己未問師尊卻主動提起。

南許許只道有些奇怪，卻也沒有細想，而是立即恭敬地道：「弟子遵令，卻不知此人是誰？」

「他的名字叫勾禍。」石泰緩聲道，「還有，他右耳耳垂缺失。」

當時，九極神教尚未崛起，「勾禍」這一後來讓整個樂土不得安寧的名字當時尚無人聽說，南許也不例外。

所以南許許問道：「此人是什麼身分？」

「你不必知道他是什麼身分，其實爲師也不知他的真正身分，但爲師知道此人決不簡單，所以能讓他有難的事，必定是驚世駭俗的事。那時，你想不知他的名字都不可能了。」

南許許再應了一聲「是」，心中卻暗自奇怪：那人既然與師尊不相識，爲何要救師尊？莫非是一個頂天立地的俠者？

這時，石泰又補充了一句：「你要記住，此人只能救一次！」

南許許這一次更是吃驚了，忍不住又問了一句：「爲什麼？」

石泰沉默了良久，似乎想說什麼，但最終還是什麼也沒有解釋，而是道：「你只需依爲師所說的去做便是。」頓了頓，又道：「爲師有些累了，你出去吧，我要歇息一陣子。」

南許許便退了出去。

離開師尊居室後，方才的疑惑一直困擾著南許許，他反反覆覆揣摩著師尊所說的每一句話，直到天色完全暗了下來。

在點起油燈的那一剎那，南許許忽然心頭猛地一沉，驚呼一聲：「師尊……」立即飛速向師尊的居室奔去！

他的心中莫名地有了不祥之兆！叩了兩次門未有反應後，南許許就一下子撞門而入。

他一眼便看到師尊已靜靜地半坐半躺於一張寬大的椅子上，合目而逝！

石泰的眉頭微微皺起，仿若直到臨死的那一刻，他仍在為某件事深深地困惑著。

心中不祥的警兆竟得到了證實，南許許如遭五雷轟頂，呆立當場，一時竟不能有任何舉措，淚水卻如雨紛灑。

良久，他才悲呼出聲：「師尊——」

兩年後，南許許實現了自己的願望，成為不二法門的一名修持弟子。

南許許相信這是師尊為他向藥使引見的結果，所以對師尊更是充滿了感激與懷念。

三年後，南許許因其超越石泰的醫道毒術修為，接替了石泰生前的位置，成為藥使手下的四大藥士之一，也是四大藥士中最年輕的一個。南許許深感知遇之恩，對不二法門更為忠誠。

又過了一年，九極神教開始出現於樂土武道，並在以後的日子不斷壯大聲勢。

當九極神教的勢力壯大到已引起整個樂土的震撼之時，南許許終於聽說了一件讓他驚愕欲絕的事：九極神教教主的名字竟然是勾禍！

此事對南許許的震動可想而知，他無論如何也不會想到師尊臨終時叮囑他務必要報其救命之恩的人，會是這樣一個人！

而勾禍的所作所為倒也應了石泰所說的那句話：能讓勾禍有難的事，必定是驚世駭俗的事。

南許許初時還抱有僥倖，心忖：也許這只是名字上的巧合。儘管如此自我安慰，但南許許仍是日夜難安。誅殺勾禍，鏟滅九極神教已成正道中人的共識，難道自己竟然要冒天下之大不韙，在勾禍有難時去救他一次？

想到這一點，南許許不由又想起師尊石泰叮囑他只可救勾禍一次，那時南許許一直不明白其中原因，現在看來，這多半是他的師尊石泰已看出勾禍很可能會步入邪道，救命之恩不可不報，但對步入邪道的恩人，卻也只能救其一次。

從知道九極神教教主是勾禍的那一天起，南許許的心就再也沒有踏實過。九極神教不斷壯大，在樂土犯下了滔天之罪，南許許更爲惶然不安。

隨後便是不二法門元尊傳出「真如法檄」，九極神教陷於人神共憤的境地。形勢開始改變，勾禍被漸漸逼入絕境。

同時被逼入絕境的還有南許許！

當九極神教開始分崩離析時，勾禍已難有容身之處，開始四處躲藏。爲了使勾禍無所遁形，正道中人開始廣傳勾禍的畫像，而勾禍的容貌特徵中一個無可更改的標誌，就是他的右耳垂缺失！

南許許最後的僥倖念頭也被徹底地打破了。

終於，有一天，勾禍與乙弗弘禮一場驚世之戰後，勾禍身受重創，狼狽而逃！他的傷太重，除了當時已有「藥瘋子」之稱的南許許出手外，沒有人能救得了勾禍。

不二法門中，除了元尊及法門四使之外，其餘的人的身分都是隱密的，所以世人皆不知南許許早已是不二法門的人，包括四大聖地在內。武道各門正派開始留意南許許的行蹤，只要南許許不出手相救，勾禍就必死無疑！

但，南許許卻在這時候失蹤了。

南許許的失蹤在樂土掀起了軒然大波，眾人都在猜測南許許是否已被九極神教的人劫擄而去，以迫使他爲勾禍療傷。

同時，還有另外一種對南許許更爲不利的猜測，那就是猜測南許許會不會因爲執迷於醫道幾近瘋狂，對這樣極富挑戰性的機會決不肯放過，已主動前往找尋勾禍並爲其療傷。

事實上，南許許的確是已接近九極神教，只是既非因爲被劫擄，也不是因爲癡迷於醫道，而是因爲師尊的一個遺願。

唯有他自己知道，師尊石泰在他的生命中佔據著怎樣重要的地位，如果連師尊唯一的遺命都無法替他實現，南許許將永難心安！南許許也知自己的舉動有違天道，但他卻也本能地爲自己內疚的靈魂尋求解脫，他決定只救勾禍一次性命，但決不能讓勾禍能夠很快地恢復其修爲。

這樣一來，在當時勾禍已處於由各名門正派結成天羅地網的情況下，勾禍仍難免一死，南許許既可了卻師尊石泰的遺願，又不至於爲樂土帶來太大的災難。

南許許如願以償地見到了勾禍——因爲他是南許許。

正道中人知道唯一能救勾禍的人是南許許，九極神教的人也同樣知道，即使南許許不主動前來，九極神教也會設法找到他。

在九極神教一個秘密的分壇內，南許許與勾禍相見了。

南許許無論如何也不會想到傳言中已傷得極重的勾禍，竟還能坐在一張寬大的交椅上與他見面。

傳言不會有錯，勾禍如果不是真的傷得極重，是不會冒險見一個不屬於九極神教的人的。而且，以南許許的醫道修為，縱是與勾禍相隔兩丈距離，仍是能一眼看出勾禍的五臟六腑乃至七經八脈幾乎已無法找到一處完好無損的。

換作他人，受了這麼重的傷，只怕早已傷重而亡。但勾禍卻奇蹟般地端坐於南許許的眼前！甚至，在最初見到南許許的那一剎那，勾禍的眼中還閃過一絲得意的笑意。

儘管只是一閃即沒，卻足以讓南許許吃驚非小。

當他的目光與對方的目光相遇時，他的目光立即如被烤了一下般閃開了，久久不敢與勾禍的目光對視。

當一個人的生命力頑強得幾如神話時，那麼他的舉手投足都將足以讓人感到強大的壓力。

勾禍全身一動不動，仿若已是一座雕像，又像是已與身下的坐椅連作一體。只有他的唇在微微翕動，以及他可以表達七情六欲、喜怒哀樂的眼神能清晰地證明這個人還在頑強地活著。

南許許不由記起師尊曾叮囑自己只可救勾禍一次，看來，師尊早已看出勾禍是一個非凡的人物，只要勾禍活著，就有可能做出任何驚世駭俗的事情。

這時，他竟能清晰無比地聽到勾禍的聲音——儘管勾禍只是雙唇在微微翕動：「你是奉你師尊之命而來的吧？」

乍聞此言，南許許神色微變，心道：勾禍爲何連這一點也知道？

「你身爲不二法門的藥士，卻想救我性命，難道不怕不二法門將你處死？」勾禍的聲音似乎顯得很遙遠，像是來自於天邊，但南許許卻聽得十分清晰，字字入耳。

如果說勾禍的第一句話已讓南許許吃驚的話，那麼這第二句話則讓南許許震愕莫名。他自忖除了靈使以及無所不知、無所不曉的元尊之外，不會有他人知道他是藥使手下的四大藥士之一，這正是不二法門有別於其他任何門派的特點所在。

不二法門的人幾乎無處不在，但當你想到知悉更多時，卻又會突然發現你根本無法得知誰是不二法門的人。

不二法門如煙、如霧，你能清晰地感受到它的存在，卻無法觸及。但勾禍卻一語點破了南許許的身分，這如何不讓南許許吃驚？

「你不必驚訝，我之所以知道這一點，是因爲我本也是不二法門的人，我在不二法門中的地位比四使只高不低，當然能知道你的身分。」

南許許忍不住大聲道：「不！這決不可能！不錯，我是奉師尊遺命前來救你，這與不二法門無關，你根本不必說這些可笑的謊言！」

說完這一切，他才察覺到自己的聲音很大，偌大的一個大殿中只有他的聲音在空蕩蕩地回蕩著。

勾禍依舊一動不動地半躺半坐在那張寬大的交椅中，但南許許卻捕捉到了勾禍眼中閃過的嘲弄之色。南許許忽然意識到自己太沉不住氣了，這種激烈的反應其實只能證明自己心中底氣不足，證明自己的信心有所動搖。

「無論是誰都會對我方才所說的話起疑，但我卻可以讓你看一件東西，相信你見了之後一定會改變想法。」

勾禍的話音剛落，便有一信箋飄然飛向南許許，平穩得就像有一隻手托著一般。

大殿中，除了南許許與勾禍外，再無其他任何身影，但顯然有九極神教的頂尖好手隱於大殿左近，九極神教乃藏龍臥虎之地，勾禍已傷至如此幾如廢人，卻仍能控制整個局面，殊不簡單。

南許許既敢進入九極神教腹地，就抱有必死之心，所以也少了顧忌，他立即「接」過了那張信箋。

他的目光匆匆掃過信箋，只見上面寫著：

「六年臥薪嚐膽，終成驚世之業。曙光已現，只待最後一搏，乙弗弘禮將於臘月初七約戰，爾當應諾。決戰乙弗弘禮時，吾自會擇機而動，助爾脫身。一戰之後，從此再無九極神教，亦無九極神教教主勾禍，唯有不二法門萬世垂範，唯有法門一尊一聖彪炳日月！此事既了，吾將於臘月十五與冥皇會盟於祭湖，冥皇感念法門數年來之豐功偉業，必願與法門訂立盟約，自此不二法門將深植於大冥樂土，根深葉茂，廣袤天地！絕世榮光，指日可待！」

最後一角赫然印著鮮紅醒目的法門元尊的法璽！

一紙信箋，南許許看得既驚心動魄，又難以理解其中玄奧。

南許許道：「僅憑一方法璽能說明什麼？要僞造元尊法璽並非難事，儘管他人不敢這麼做，但九極神教卻不會不敢！」

勾禍道：「法璽可以僞造，但有一件事卻是無法僞造的，那便是臘月十五祭湖之約。與冥皇訂立一個盟約，是法門元尊夢寐以求的事情，這樣他就可以光明正大地在樂土發展勢力，包括吸納王朝將士，所以祭湖之約勢在必行。今日是臘月初十，距臘月十五還有五日，若五日之後，真有祭湖之約，你是否會相信這一信箋不是僞造而成？」

南許許心中飛速轉念，他心想自己是藥使的四大藥士之一，在不二法門中地位超越自己的也只有元尊與四使了，而自己根本沒有聽說過元尊與冥皇會祭湖會盟。

這有兩種可能，一種是此事是勾禍捏造而成，還有一種可能就是此事只有元尊一人知曉，最多也只是加上四使，如果是後一種可能，那麼此事就屬於高度機密，外人不可能打探得到，這就等於證實了勾禍的確與不二法門有聯繫，而且其地位與四使相比只高不低的說法。

沉吟半晌，南許許方緩緩點了點頭。

勾禍道：「你一定很奇怪我爲什麼一定要說服你相信我所說的。如果有一天你也被一個你所最信任的人陷害，但卻無法讓他人相信這一點時，你就會與我一樣只恨不能揭穿那人的真面目！三天前，我與九靈皇真門乙弗弘禮一戰，依我與元尊的約定，我將在他暗中相助下脫身，而九極神教則任其灰飛煙滅。自始至終，九極神教都是爲了實現元尊雄霸蒼穹的野心而存在的，唯有九極神教的邪惡，方能襯出元尊的公正無私！我曾是元尊最爲倚重之人，身負監察不二法門上上下下的重任，爲了可以有效控制不二法門，我的身分是絕對的秘密，這樣才能使有可能對元尊存在異心的人不會防備我。六年前，元尊爲了能夠在樂土確立至高無上的地位，開始部署一個龐大的驚人計謀，這便是由我創下九極神教！」

「你是說，元尊與你約定，當九極神教失去利用價值之後，你將會搖身一變從九極神教的教主變爲不二法門的人？」南許許提到「元尊」二字時，聲音難免有些虛弱。

「以元尊的神通廣大，要做到這一點絕對不難，這也是我爲何敢依計而行的原因。在被元尊出賣之前，我對他深信不疑，我以爲與乙弗弘禮一戰後，我將會如元尊所說的那樣，被一步一步地塑造成不二法門中地位僅次於他的人，亦即他所說的『一尊一聖』中的『一聖』！誰知在最後關頭，他卻採用了惡毒的借刀殺人之計，讓乙弗弘禮與我一番苦戰，兩人雙雙受傷之際，卻不見元尊出手相救，我意識到不妙，立即抽身欲逃，就在逃亡之時，復又遭到法門四使的截殺。那時，我才明白元尊不但要滅九極神教，而且還要一併殺了我！只有這樣，他才能真正安心。但他決不會想到以他對我的瞭解和佈置的人手，我還能逃脫，更不會想到你會來救我！」

南許許只聽得心驚肉跳！因爲自大冥樂土開國以來，就出現過無數次門派分爭。但在他的眼中，元尊的形象高大完美如神明，根本無法想像會做出如此邪惡之事。而勾禍所說的則是對他平時所深信不疑的一切予以徹底的傾覆。

南許許只覺一片迷茫，他的靈魂似在被兩種截然相反的力量生生撕成了兩半，不知不覺中，他已冷汗涔涔，全身像是虛脫般無比乏力。

終於，他像是試圖逃避什麼似的大聲道：「你與不二法門之間的恩怨，我不想知道更多，我只是爲完成師尊唯一的遺命而來！」

「嘿嘿……嘿嘿……」

南許許忽然聽到了勾禍的笑聲，笑聲低沉森然！但勾禍的臉上依舊沒有表情，也沒有動作，依舊只是雙唇在微微翕動。

勾禍道：「我已不相信任何我沒有真正瞭解的人，同樣也無法信任你！如果你是奉元尊之命而來的，我豈非將死無葬身之地？」

南許許先是一愣，復而也笑了，他道：「如果不是有師尊遺命，我決不可能出手救你這種給樂土帶來血腥與死亡的人，既然你信不過我，我更無話可說！」

「你不必自欺欺人，如果你真的會因爲我是九極神教的教主而決不會救我的話，那麼此時你就不會在這兒出現了！你既已來見我，說明在你心中，師尊的遺命重於一切！你不可能會放棄能實現師尊遺願的機會的。」

勾禍「說」的那麼胸有成竹！

南許許只覺一股熱血一下子湧上了頭部，他恨不能一躍而起，拂袖而去。

但事實上，他的身子卻像是被釘在了椅子上一般無法起身，既未一躍而起，更未拂袖而去。他恨不能大聲告訴勾禍，雖然有師尊遺命，但爲了樂土蒼生，他寧可違背師尊遺命，也不願爲勾禍療傷。

沉默了很久，神色一變再變的南許許艱難地吐出的話卻是：「你既把療傷的希望寄託在我南許許身上，就肯定有不用擔心我會加害你的辦法。」

言下之意，不言自明！

這幾句話他說得飛快，就像是擔心只要略一停頓，後面的話就再也沒有勇氣說下去。

說完這些，南許許的臉色已煞白如紙，冷汗竟止住了，但他的身子卻開始不由自主地顫抖，如同秋風中一片無助的枯葉。

「很簡單，只要你願意讓我九極神教先在你身上施毒，那麼，我就不用擔心你會加害於我了。」其語氣依然那麼胸有成竹，彷若他早已洞悉了南許許的靈魂。

南許許像是從牙縫中擠出一個字：「好……」

一道黑色的光芒自身後向南許許疾射而至！南許許只覺先是一痛，隨後便是又癢又麻的感覺。

南許許的毒術獨步天下，當然知道這意味著什麼。

他慘然一笑，「很霸道的用毒手段，恐怕決不在我之下。」

天上的星星似乎離人世間更遠了，顯得格外寂寥。

說到這兒，南許許停了下來，將目光從遙遠不可知的地方慢慢收回，隨後落在了火堆中跳躍不定的火苗上，久久不語。

每一個人都能感受到氣氛的無比沉重。

終於，小夭忍不住開口道：「你，真的接受了勾禍的條件？」

南許許點了點頭，「勾禍不愧爲百年來有數的魔者，極爲心狠手辣，他在我身上下的毒，根本無藥可解——換而言之，即使我能將他救活，他也要置我於死地！當然，這是我自己選擇的結果。」

「你最終救活了勾禍？」小夭問了一句毫無意義的話，因爲南許許救了勾禍的性命已是舉世共知的事。

南許許道：「勾禍的武學修爲，已接近神魔之境，老夫甚至懷疑當年他的修爲與元尊相比也已相去不遠，所以元尊才對他那麼顧忌！老夫爲他療傷時，深爲其受創之重所驚愕，甚至可以說他的軀體已進入假死狀態，唯有其靈魂還憑藉霸道無比的九極先天罡氣以及驚世駭俗的意志力而存活著。說實話，如果不是勾禍的驚世修爲及可怕的意志，老夫的醫術再高明逾倍，也是無濟於事！」

頓了一頓，他接道：「實不相瞞，如果當初我答應救他還有些無奈的話，到後來卻因爲對醫道的癡迷而忘卻了外界的一切，只知全身心地投入其中，因爲如勾禍那樣的傷者，絕對是可遇而不可求。正如一個真正的強者，當他面對旗鼓相當的對手時，才會被激起最高的戰意！對老夫而言，尋常的傷病已難以真正投入其中了。」

戰傳說道：「勾禍死裏逃生，九極神教死灰復燃，恕在下直言，這一切其實皆拜前輩所賜，無論勾禍所說的話是真是假，前輩都已鑄成大錯！」

南許許苦苦一笑，「的確如此。因爲勾禍死裏逃生，九極神教得以苟延殘喘三年，在這三年中，不知樂土武界又因此而平添了多少亡靈，僅憑這一點，老夫已是死有餘辜！事實上，當老夫自前往九極神教的那一刻起，就已抱有必死之心。老夫雖非仁俠之士，但面對自己所犯下的無可彌補的過錯，尙不至於因畏於一死而苟且偷生！」

戰傳說等人相信南許許前去九極神教時抱有必死之心——無論何人，獨自涉足九極神教，都隨時有可能面臨死亡。

「但我不能死，因爲後來的事實證實了勾禍對我所說的一切：九極神教從出現到滅亡，其實全是元尊在幕後一手操縱！那年的臘月十五，元尊果然與冥皇祭湖會盟，立下祭湖盟約！」

說到這兒，南許許忽然挽起一隻褲管，指著自己的小腿道：「那張信箋勾禍交給了老夫，老夫一直將它貼身收藏。」

戰傳說卻無論如何也無法看出他能將信箋藏於何處，如果南許許所說的是事實，那麼他就要將信箋貼身收藏二十餘載！

卻見南許許右手一揮，手中已多出了一把長約七寸、寬約半寸的精緻銀刀，閃閃發光，看樣子，這把刀與那些銀針一樣，是南許許平時用來療傷驅毒所用。

但見南許許輕持銀色的小刀，忽然向自己右小腿處內側的肌膚一刀劃下。

戰傳說、小夭、爻意三人暗吃一驚！

卻未見有鮮血流出，而是在肌膚被劃開的地方露出一線墨綠色。

在戰傳說三人驚愕至極的目光中，南許許以銀色小刀的刀尖靈巧地一挑，他的小腿肌膚中竟有一條細長之物被挑出，「啪」地一聲落在了地上。

赫然是一截如拇指粗細的竹管！

戰傳說三人目瞪口呆！無論如何，他們也不會想到在一個活人的軀體內竟會被挑出一截竹管！

小夭甚至暗暗地用力掐了一下自己的大腿，很痛！看來這是真的，而不是在夢中。

南許許看了三人一眼，「你們不必驚訝，老夫擅於易容，你們此時見到的模樣當然不是我的真面目。同樣，將自己小腿的肌肉剔去一條狀，待傷口生成了新的表層肌膚後，再把這截竹管放入其中，最後在表層覆以假皮即可。能做到這一點的人不少，但能如老夫這般做得毫無破綻的，就極少了。」

戰傳說三人除了傻傻地聽著之外，便一句話也說不出來了。

南許許抬起竹管，小心翼翼地擰著一端，原來這竹管一端封死，另一端則以可以擰下的小塞子封住。南許許擰開小塞子之後，將竹管側倒，開口的一端向著地面，用力抖動腕部。

只見一張捲成細條狀的紙條漸漸地從竹管中滑出來。

戰傳說一下子明白過來，脫口驚呼：「這便是勾禍讓前輩看過的那信箋？」

南許許一邊將紙條極為小心地展開，一邊點頭道：「正是——它隨老夫已有二十餘載了。」

他的神情是那麼的凝重、小心，仿若他手中所把持的並不只是一張紙，而是稀世之珍！戰傳說為之深深地震撼了！

「老兄弟，二十多年前你讓我見了這信箋，使我此後二十餘載一直隱姓埋名，今天你把它讓戰公子過目，難道就不怕又連累了戰公子？」

眾人循聲望去，這才知顧浪子已甦醒過來。

南許許忙上前將他身上的銀針拔去，再將之扶坐地上，一邊忙碌一邊道：「不瞞顧兄弟，我之所以把往事告訴戰公子，其實也是存有了私心。」

顧浪子有些虛弱地道：「你的心思我明白……且讓我先問戰公子幾件事。」

南許許知道顧浪子之所以會傷勢復發暈死過去，是因爲顧浪子聽說靈使是在「無言渡」與戰傳說相戰，由此他推測晏聰十有八九向靈使洩了密。

無論晏聰是自願的，還是受不過靈使的酷刑才這麼做，這都足以讓顧浪子極度失望，正是這種萬分焦慮不安的心情使顧浪子傷勢復發。所以，南許許很擔心顧浪子此時要問戰傳說的又是關於晏聰的事，想要勸阻，卻不知該如何開口。

但這一次，南許許的擔憂卻是大可不必的了，因爲顧浪子所問的事根本與晏聰毫無關係。

顧浪子道：「戰公子，四年前，你在令尊與千異一戰後便向西而行，直入荒漠之中，不知你前去荒漠之中是所爲何事？還有，靈使之子在四年前便開始假借你的名字在樂土爲非作歹，爲何整整四年都未見你揭穿此事？外人因爲對你不熟知，也許無法由靈使之子的容貌上看出破綻，但你自身卻是可以輕易指出其破綻的，但爲何也遲遲未見你有何舉措？」

顧浪子一口氣問了三個問題，卻無一與晏聰有關。南許許這才放下心來，轉而忖道：「顧兄弟是否對戰傳說的身分還有懷疑之處？」

戰傳說道：「在下是前去荒漠一座古廟中見一個人……」

顧浪子未等他說完，立即又追問了一句：「那隨你同行的六名黑衣騎士同時被異域廢墟的人所殺，爲何唯有你一人脫身離開荒漠？」

戰傳說一怔，「不二法門的六名黑衣騎士被殺是真，但在下並不能斷知這是異域廢墟所爲，兇手自始至終都沒有露面，而且當時在下也未立即離開荒漠。」

顧浪子笑了。

隨後他道：「戰公子，難道你已識不得我？」

戰傳說聞言一震，留心細看，只見顧浪子雖然因傷勢所累已極爲消瘦而虛弱，但掩於亂髮後的一雙眼睛仍是有著驚人的光芒！

刹那間，眼前的顧浪子與他記憶中的一個人的形象重疊在了一起。

戰傳說脫口驚呼：「是你?!你是曾在荒漠中救過我一命的那個褐衣叔叔！」

顧浪子微微點頭，無聲地笑著。

戰傳說一躍而起，向顧浪子恭恭敬敬地施了大禮，「前輩當年的救命之恩，晚輩一直恪記於心，沒想到事隔四年，我還能在此與前輩相見，晚輩實在……歡喜得緊！」

顧浪子看似平靜，但他的眼神卻顯露出了他的激動，微笑著道：「很好……很好，四年前，我忽然聽說戰傳說在樂土犯下了不少不可饒恕之罪，當時只恨自己有眼無珠，不該救你。現在看來，我是錯怪你了。僅憑你先殺哀將，後重創恨將這一點，也不枉我深入荒漠所遭受的一番罪了。」

南許許見他們談得投機，也是很高興，大聲道：「顧兄弟，這事你可從來沒有向我透露過！」

戰傳說道：「恨將也已被除去了。」

顧浪子與南許許相視一眼，皆有驚愕之色。

顧浪子嘆了一口氣，對南許許道：「看來，現在不是戰公子擔心我們會連累他，而是我們應擔心他會連累你我二人。我們老兄弟二人得罪的只有不二法門，而戰公子殺了靈使之子，又與劫域結下了不解之仇，他的仇家可比我們還多！」

幾人知道顧浪子是在說笑，皆會心地笑了。

顧浪子對戰傳說道：「你所說的與事實無異，自然就是真正的戰傳說，但當年我見你時的容貌，與今日並不相同。南老兄弟擅於易容之術，我是近朱者赤、近墨者黑，一般的易容術也能看破，但卻無法看出你易容的痕跡——難道，你身上所用的易容術，是與靈使之子所用的易容手法相仿？」

這正是一直困擾戰傳說的疑問，他搖頭道：「我也不知其中緣故。」

當下，他將四年前在荒漠中與顧浪子分手後前往古廟的情形大致敘說了一遍，一直說到自己殺了六道門門主蒼封神，巧遇晏聰爲止。

聽罷，顧浪子感嘆地道：「我知道你進入荒漠之後的種種遭遇，所以才能確知你的確是戰傳說，否則換了他人，委實難以相信。單單以你今日容貌的變化之大，就足以讓人起疑了，更勿論你所說的在古廟中沉睡近四年之久這件事，更是匪夷所思！」

小夭沉默不語，暗自發呆，心道：「那爲何我對戰大哥從前的事一無所知，卻對戰大哥的每一句話都相信呢？」

戰傳說道：「晚輩正是有這一層顧慮，所以才暫時對世人以『陳籍』這一名字自稱，晚輩想等到揭開一些事實之後，再將真相公諸於眾，否則我根本沒有任何方法證實自己才是真正的戰傳說——連不二法門都認定戰傳說已死，要改變世人的看法不知有多麼困難！」

「那爲何如今你又改變主意了？」顧浪子道。

戰傳說沉吟了片刻，「靈使圖謀加害於我，使我意識到此事遠比想像的複雜，如果我連自己都不以『戰傳說』之名光明正大地立足世間，時間久了再說出真相，世人將會認定我是無中生有，不可信任。」

顧浪子點了點頭，「你可曾想過靈使爲何要讓他的兒子假借你的名義爲非作歹？或者換而言之，靈使爲何要陷害你？」

戰傳說呆了呆，老老實實地道：「這個……晚輩倒未想過。即使想了，也是毫無結果，因爲無論是我還是家父，都與靈使毫無宿仇。」

顧浪子道：「我卻想過了，因爲……啊……」

說到這兒，他忽停住了，臉色蒼白，一臉痛苦，大口大口地喘著氣，整個身子也佝僂起來，他聲音低啞地道：「快……南兄弟，把你的『快活丹』給我一顆……」

南許許立即道：「不行！」

戰傳說三人大惑！

顧浪子吃力地笑了一下，斷斷續續地道：「你我相交……近三十載，難道就忍心……看著我……受……受這苦痛……不成？」

南許許又氣又急，一下子站了起來，「『快活丹』只可止一時之痛，而且服幾次後就會上癮，旁人或許不知，難道你也不知一旦服『快活丹』成癮後其弊害有多大？」

顧浪子吃力地道：「無妨……我只服這一……次，我與戰公子難得巧遇，話……話又投機，有些話，我不能不說，不能遲說……」說到這兒，他忍不住一陣劇烈地咳嗽，咳得讓人的心都揪了起來。

戰傳說忙道：「來日方長，晚輩可以在日後再聽前輩教誨。」

他記得四年前在荒漠中見到顧浪子時的情景，那時的顧浪子鋒銳逼人，一派高手風範，而今日卻重傷纏身，憔悴不堪，相形之下，戰傳說不勝欷歔。

顧浪子依舊堅持：「老兄弟，切莫誤我……」

南許許神色慘然，連連苦笑道：「我莫誤你？我莫誤你？唉……罷了，罷了！也難怪你急於一時，二十餘年之痛，不吐不快。」

他的身上像是藏有無窮無盡的諸如藥丸、小銀刀、銀針之類的東西，當他將手伸向顧浪子時，手心中已多出了一顆暗紅色、晶瑩剔透的丹藥，其色澤鮮豔美麗，煞是誘人。

顧浪子立即接過，拋入口中，一咽而下。過了片刻，顧浪子不再咳嗽不止，連呼吸也平靜了不少。

反觀南許許，卻開始顯得有些緊張了。

顧浪子長長地吐出一口氣，「『快活丹』果有奇效，此時我是周身舒泰。」

南許許「哼」了一聲，沒有搭話，顯然對顧浪子不聽勸阻仍有不滿。

顧浪子對南許許的冷落不以為意，轉而對戰傳說道：「當年千異挑戰樂土武界高手，先後擊敗師慎行、微玄子、須彌城城主盛依、大俠梅一笑，天下震動，這時，令尊戰曲橫空出世，力挽狂瀾，終使千島盟染指我樂土山河的企圖破滅！由於令尊在此之前從不為樂土武界中人所知，因此此事對樂土武界震動之大可想而知。世人皆在暗自揣度令尊的來歷，這其中就有不二法門。

不二法門一直有包容蒼穹的勃勃野心，對任何有可能對法門構成威脅的力量，不二法門都會全力加以關注──但這一次，他們連令尊的來歷都不知！不二法門唯恐在令尊背後還有一股強大的卻不為他們所知的勢力，這是不二法門絕對不能容忍的，所以他們迫切希望能查出令尊的來歷。

但龍靈關一戰，令尊與千異雙雙消失，如此一來，要想借令尊這條線索查出不二法門想像中的強大門派力量，已不可能，剩下唯一的可能，就是由你身上著手探求真相！於是，不二法門派出了六名黑衣騎士與你同行，看似為了護送你，其實卻是為了借此查得蛛絲馬跡，只要你返回自己所屬的門派，就會有所洩漏。

整個樂土都為令尊力拒千異而欣喜不已，對你們父子二人自然也是敬重有加，所以不二法門要『護送』你，是不會有人起疑的，更不會反對──當然，我是一個例外，也正因為我並不信任不二法門，才會暗中追蹤你們一行人，我的目的一是為了保護你，二是為了看看不二法門究竟又有什麼陰謀。

後來，你與六名不二法門的黑衣騎士在荒漠遭受襲擊，先是有五名黑衣騎士被殺，唯有你與最後一名黑衣騎士逃脫。後來，此人也斷送了性命。這不會是你們父子二人所屬的神秘門派察覺了不二法門的意圖後，對黑衣騎士出手，因為在殺了那最後一名黑衣騎士後，殺人者立即對你出手了！」

戰傳說插口道：「會不會是不二法門的仇家見六名黑衣騎士進入了人煙稀少的荒漠，才對他們出手？」

「不二法門儼然勢蓋蒼穹，難免有仇家，你所說的這種可能性本也存在，但我卻更傾向於另一種可能，那就是被殺的固然是不二法門的人，但殺人者同樣也是不二法門的人！」

戰傳說皺了皺眉頭。

「接近異域廢墟後，不二法門難免懷疑你們父子二人是來自廢墟，這時，若是你遭遇危險，那麼就自會有人出手相救，救你的人則就是不二法門想要追查的！」顧浪子解釋道。

「但當時出手救我的人卻是前輩！」戰傳說道。

顧浪子道：「當時我尚未有這種猜測，就算有，也不會不出手，萬一我的猜測是錯誤的，那豈非一切都無可挽回？」

戰傳說坦言道：「晚輩可以透露一件事，晚輩與異域廢墟毫無關係。」

顧浪子默默點頭，沉默了一陣子，他像是作出了什麼決定般長長地吐了一口氣，「當年的經歷撲朔迷離，如今已很難撥開重重迷霧看清真相了。但有一件事卻是確鑿無疑的，那就是靈使對戰公子包藏禍心，所幸戰公子自己也已明瞭。我們之所以急著要與戰公子相見，一則是爲了提醒戰公子提防靈使，同時也欲向戰公子打聽晏聰的下落。前一件事已了，而晏聰的下落……唉，知道的人，恐怕只有靈使了。」

他的神色間隱有擔憂之情，他相信晏聰已凶多吉少。

戰傳說心中有與顧浪子相似的預感，但他還是安慰道：「吉人自有天相，何況晏聰機敏過人，定能逢凶化吉。」

顧浪子嘆道：「正是因爲他機敏過人，我才更爲擔憂！」

戰傳說一怔，委實不明白顧浪子此言何意。

顧浪子長身而起，對戰傳說三人道：「看樣子三位定有要事需辦，顧某就不多耽擱三位行程，就此別過了。」

略略一頓，接著道：「臨別前我有一言相送：無論戰公子是否相信我與南老兄弟所言，都請戰公子往後務必多加小心。還有，若是戰公子有朝一日發現我們所言不假，也請戰公子能韜光養晦，不可急於與不二法門反目，因爲不二法門勢力之大，決非外人所能想像！」

「外人？」爻意重複了這兩個字，淡淡一笑，「莫非唯有曾身處不二法門的人，方能知悉其中玄奧？比如……比如二位這般？」

顧浪子由衷地道：「姑娘聞弦而知意，顧某十分佩服。不錯！世人一向只知南老兄弟癡迷於醫道毒術，不知他是靈使的四藥士之一；只知天闕山莊顧家乃武界一大豪門，偏偏出了一個不羈浪子，但卻不知此浪子也曾投身不二法門，也曾立誓要爲不二法門拋頭顱灑熱血，不二法門之高深莫測由此可見一斑！」

小夭「啊」地一聲低低驚呼，愕然道：「你竟是天闕山莊的顧浪子?!」

小夭性情直爽，快人快語，直呼前輩人物「浪子」，也絲毫未感到有何不妥。

顧浪子愴然一笑，「顧某正是傳說中已被梅一笑梅大俠所殺的顧浪子。」

他以「顧某」自稱，但無論是小夭還是戰傳說，一直都未將他與顧浪子聯繫在一起，畢竟在世人眼中，顧浪子早已於十九年前就已死了，對一個已被殺十九年的人，又有幾人還會記起？況且，今日的顧浪子哪裡還有那不羈的浪子風采？

小夭如此年輕，十九年前她還未出生，能說出「顧浪子」三字，已是難得了。

小夭生性豪爽，猶如男兒，以至於坐忘城中連牛二這樣毫無地位身分的人也心甘情願地爲她出力。

平時她自詡爲「美女大龍頭」，顯是戲言，但在她身邊確也聚集了一群人，隨著她在坐忘城呼嘯來去。這看似戲鬧，其實這與小夭嚮往的坐忘城以外的豐富多彩的生活仍相去甚遠。

殞驚天對小夭約束甚嚴，決不可能會讓她獨自一人離開坐忘城浪跡於樂土武界。無奈，小夭只有讓她身邊的人爲她講述在武界中曾經發生過的恩怨紛爭，此舉多少可以緩解小夭對繽紛武界的嚮往之情。所以雖然小夭十多年來只限於在坐忘城生活，但她對武界的一些軼事倒知曉不少。

顧浪子接著又道：「我與南老兄弟都是在洞悉不二法門的真面目之後叛出不二法門的，不二法門自是不能容我們活下去，理所當然地會追殺我們，我們能活到今日，不知經歷了多少險惡波折。不提也罷，戰公子，不二法門深似海，險似海，謹記謹記！」

言罷，他牽過坐騎，翻身上馬。

南許許在上馬之前，又對戰傳說道：「戰公子，這張信箋我會一直保存下去，日後戰公子若是用得著，老夫願轉交於你，若是那時老夫已歸了黃泉，你自可在我的屍骨旁找到它。」

他這番話半真半假，看似戲言，卻自有良苦用心，戰傳說倒不知該如何接話了。

怔神間，南許許已打馬揚鞭而去。

跑出了十餘丈，南許許忽又回首，大聲道：「今夜在苦木集除了劫域的人之外，還有不少卜城人，不過在你殺退劫域人馬後不久，卜城人也退走了。」

這倒出乎戰傳說的意料之外，他暗覺此事透著古怪，想到再問個究竟，但一時又不知從何問起，躊躇之間，南許許、顧浪子已去了很遠，只好悵然若失地望著他們遠去的背影。

「一個是南許許，一個是顧浪子，這兩人當中無論哪一位在樂土武界現身，都足以轟動一時，而我們卻同時見到了他們兩人，真是不可思議！」小夭大加感嘆，「戰大哥，他們都是隱姓埋名了二十多年的人，但爲了能使你不爲靈使暗算，竟不惜自曝身分，你算是掙足了面子。」

戰傳說正色道：「我戰傳說何德何能？這一切皆是拜我父親所賜！」

小夭無限嚮往地道：「據說當年戰大俠與千異在龍靈關一戰，目擊者只有五人，除了不二法門四使之外，就是戰大俠之子，想必那一戰非驚天地、泣鬼神不能形容！」

戰傳說對父親的思念之情被勾起，他不願再提此事，便轉過話題，道：「妳說，卜城的人暗中逗留於苦木集，究竟有何意圖？」

小夭一直很羨慕爻意能爲戰傳說出謀劃策，而且常有妙計。戰傳說這次破例問她而沒有問爻意，讓她既意外又興奮，忍不住就要脫口說出自己的看法，但話到嘴邊還是暫且忍住了，有意沉吟了片刻，方道：「看來我爹由此道前往禪都已是確定無疑了，正因爲如此，卜城人才格外慎重，在陪送我爹前去禪都的人馬離開後，卻暗中另留一部分守候於苦木集，這樣若是有人追蹤，就會被他們及時發現。」

頓了頓，又補充了一句：「當然，作如此猜測，是在南許許、顧浪子所言是真實無誤的前提下。」

戰傳說對小夭的推測未置可否，而是道：「事情越來越複雜了，其中的真真假假，委實難辨。不過南許許所說的倒可能可以解開一直讓我困惑不解的疑團，那就是靈使爲何要加害於我。」

他接著道：「靈使先讓其子易容成我的模樣，然後讓他在樂土犯下種種罪孽，引起世人公憤之時，再以不二法門的名義立誓要追殺他。靈使相信如此大造聲勢之後，我所屬的門派必然會有所聞，由於靈使之子所用的易容術極爲高明，幾至毫無破綻。而且又由靈使向他傳授了我父親所使過的劍法，這樣連我父親的同門也難辨真僞，以爲我在不二法門的追殺中定無法自保，也許就會出手相救——只要靈使之子『被救』，靈使的目的就達到了，他完全有可能借此機會查出他所想知道的事實！」

說到這兒，戰傳說不無感慨地道：「靈使的這一計畫幾乎接近完美，但不幸的是，他的兒子過早地與真正的戰傳說相遇了。」

「對於這一推測，你有幾分把握？」爻意道。

「至少有八成把握——不過，暫時我只能推測這一切都是靈使的陰謀，與不二法門有無關係尚無法斷定。」畢竟不二法門在樂土乃至蒼穹諸國，其影響都太大了，在世人眼中，不二法門一直就是公正嚴明的象徵，如果此事真正的主謀是不二法門，那麼無論在什麼方面，都將帶來顛覆性的變化，連戰傳說也不敢輕易作出判斷。

或者說，戰傳說是不願作出這種判斷。若不二法門元尊真的是這場陰謀的主使者，那麼樂土將有浩劫只是時間遲早問題而已。那時，或是整個樂土被不二法門牢牢控制，玩弄於股掌之間；或是奮起反抗，引發一場空前絕後的爭戰。而無論如何，都難免生靈塗炭，樂土陷於血光之災，因爲不二法門太強大了！

戰傳說寧可靈使針對他的種種陰謀是在背著儼然是蒼穹至高無上的元尊所爲。

爻意聽出了戰傳說的心思，但還是提醒道：「靈使既然敢以其子假冒你，想必他本以爲是不會被你撞破此事的。」

戰傳說目光倏閃，頓有所悟！他望著爻意道：「妳是說靈使在四年前很可能以爲我已被殺，所以他才肆無忌憚？」

爻意微微頷首。

戰傳說像是自言自語般沉吟道：「靈使憑什麼斷定我已被殺？難道就憑六名不二法門的黑衣騎士被殺這一點？不，不可能！僅憑這一點作此判斷，顯然很是冒險，靈使不會沒有想到萬一死的只是六名黑衣騎士，那麼他的陰謀就會在我離開荒漠後暴露無遺，靈使何以那麼把握十足？」

這其中的曲折，實是難以明白。

爻意見戰傳說苦思冥想，心想當務之急可不是考慮這件事，於是道：「小夭說得頗有道理，殞城主十有八九就是經這條道路前去禪都的，我們不宜在此耽擱太久。」

戰傳說回過神來，暗暗自責，心忖怎能把這一點疏忽了？他立即將火堆撲滅了，隨後道：「所幸恨將已死，我們此行總算少了最大的障礙。只要大劫主未涉足樂土，劫域的人想要截殺我，也並不容易！」

抬頭望了望天空，道了聲：「出發吧！」隨即率先翻身上馬。

南許許、顧浪子策馬而行，奔跑出里許之外後，顧浪子忽然道：「且休息……一陣吧。」說罷，也不等南許許搭話，已自顧翻身下馬，盤腿打坐。

他的臉色竟蒼白得嚇人，不知什麼時候起，他的衣衫竟已被汗濕透了。

南許許趕緊也下了馬，連連責備道：「我早說過『快活丹』只能止一時之痛，藥效一過，你的元氣反而會減弱，傷勢也會因此而加重，你卻一意孤行。」

顧浪子一言不發。

南許許苦笑著搖了搖頭，取出銀針，在顧浪子身後幾處大穴深深扎入，隨後也靜坐一旁，不再言語。

不知過了多久，顧浪子才低低地哼了一聲。

南許許見顧浪子已暫時無恙，心頭火氣又「騰」地升了起來，他繼續道：「靈使將你傷得如此重，我雖能暫保你的性命，但若是你再如此折騰，就是神仙也無能為力了。」

「你的『萬象歸宗』這一絕世醫術的陽訣的妙用我是見識過了，否則我就不能活著陪你說這麼多話了，我還想見識見識你的陰訣呢！你不是說『萬象歸宗』這一絕技還從未施展過嗎？若是什麼時候我重陷危險時，但願你能為我施展『萬象歸宗』的陰訣。」

請續看《玄武天下》之六　萬象歸宗

蒼穹變 ⑤ 蒼穹武道 （原名：玄武天下）

作者：龍人
發行人：陳曉林
出版所：風雲時代出版股份有限公司
地址：105台北市民生東路五段178號7樓之3
風雲書網：http://www.eastbooks.com.tw
官方部落格：http://eastbooks.pixnet.net/blog
Facebook：http://www.facebook.com/h7560949
信箱：h7560949@ms15.hinet.net
郵撥帳號：12043291
服務專線：(02)27560949
傳真專線：(02)27653799
執行主編：朱墨菲
美術編輯：許惠芳

法律顧問：永然法律事務所 李永然律師
北辰著作權事務所 蕭雄淋律師
版權授權：蔡雷平
初版換封：2016年7月

ISBN ：978-986-352-316-1

總 經 銷：成信文化事業股份有限公司
地　　址：新北市新店區中正路四維巷二弄2號4樓
電　　話：(02)2219-2080

行政院新聞局局版台業字第3595號 營利事業統一編號22759935

定價：280元　特價：199 元

國家圖書館出版品預行編目資料

蒼穹變 ／ 龍人著. -- 初版-- 臺北市：風雲時代，
2016.03 -- 冊；公分

ISBN 978-986-352-316-1（第5冊；平裝）

857.7　　105002427